KB117334

짐

2

베르나르 베르베르 장편소설

전미연 옮김

LE SIXIÈME SOMMEIL
by BERNARD WERBER

Copyright (C) Éditions Albin Michel et Bernard Werber – Paris 2015
Korean Translation Copyright (C) The Open Books Co., 2017, 2024

제2막　　　　　　　　**꿈과 동행하다**(계속)

43

입면. 얕은 잠. 깊은 잠. 역설수면. 이어 꾸기. 붉은 모래섬. 흔들의자와 피냐콜라다는 온데간데없고 해변에서 서성거리는 JK48의 모습만 보인다. 그는 새 둥지처럼 머리가 헝클어졌고 신경이 곤두서 있다.

「오랜만에 뵙네요, JK48.」

「자네 때문에 너무 짜증이 나.」

「무슨 문제가 있어요?」

「자네가 문제야!」

「저는 조언대로 다 했어요. 그래서 목적도 이루었고요. 지금은 공격에 대비해 세노이족 마을을 한창 요새화하는…….」

「JK28, 자네는 어쩌면 그렇게 사리 분별이 안 돼? 가끔은 그 순진함이…… 할 말을 잃게 만들어. 자네 나이에 내가 그랬었다니, 참! 내가 그 정도로 현실을 지각하지 못하는 사람이었다는 걸 새까맣게 잊고 있었어.」

「제가 알아야 하는 게 있어요?」

「물론 있지! 자네가 즉시 깨달아야 하는 게 있어! 자넨 지금 엄청난 위험에 처해 있단 말이야.」

「네? 제가요?」

「이 소통 방식이 문제라니까. 자네가 현실을 인식하게 도와주고 부족한 정보를 줄 수는 있지만, 자네한테 다가올…… 눈앞에 닥칠 미래를 알려 줄 순 없어. 당장 닥칠 일인데 말이야!」

「어째 슬슬 불안해지네요!」

「그래야지. 그게 목적인데! 불안하긴 나도 마찬가지야. 자네 미래가 한 치라도 빗나가면 내 존재와 아톤 프로젝트의 성공이 위태로워지니까. 자네가…… 자네가 운명의 길에서 비틀하기만 해도 모든 것이 무너질 수 있어. 내가 어떻게 손을 쓸 수가 없어! 난 유령 같은 존재, 힘없는 방관자일 뿐이야. 아! 이렇게 답답할 수가! 꿈속의 존재가 아니라 피와 살이 붙은 근육을 가진 실체로 자네 옆에 존재할 수 있게 시간을 거슬러 올라가는 진짜 기계를 만들었더라면 얼마나 좋았을까! 아! 온전히 존재하지 못하는 이 고통을 누가 알까? 물질화되지 못하고 생각으로만 존재하는…… 그것도 상상 속에…… 게다가 지각없는 인간의 상상 속에 존재하는 이 난감한 문제를 장차 깨닫게 될 자는 누구인가?」

JK 28은 치밀어 오르는 화를 누르며 타협적으로 대응한다.

「저한테 무슨 일이 일어나는데요?」

「최악이지. 한 인간에게 일어날 수 있는 최악의 일이야.」

JK 48이 20년 전을 떠올리며 몸서리를 친다.

「무슨 일인지 힌트라도 줘요!」

안절부절못하고 해변을 서성거리던 중년의 남자가 버럭 소리를 지른다.

「뭐 하러? 말을 해봤자 바뀌는 건 없어.」

「그럼 애초에 얘기는 왜 꺼냈어요?」

JK 48이 마땅한 대답을 찾느라 고심 중이다.

「그래. 다 쓸데없는 얘기였어. 지금 단계에선 어차피 자네가 할 수 있는 게 아무것도 없으니까.」

그가 짜증을 내며 쐐기를 박듯 말한다.

「얘기 좀 해보라니까요!」

「그건 안 돼.」

「그럼 그 엄청난 위험이라는 것에 대비라도 할 수 있게 도
와줘요.」

「좋아. 일단, 자네는 스스로 생각하는 것 이상으로 강한 사
람이라는 사실을 명심해.」

「네, 그러죠. 그런다고 뭐가 달라져요?」

「자네는 아무리 힘든 시련이라도 이겨 낼 수 있는 사람이
라는 걸 잊지 마.」

JK28은 아예 자리를 잡고 앉아 상대방의 얘기에 귀를 기
울인다. JK48이 혼잣말처럼 투덜거린다.

「잊으려고 그렇게 애를 썼는데 결국 이렇게 재현되는구
나. 바로 지금 나한테 벌어졌던 일, 바로 지금 자네한테 벌어
질 바로 그 일. 이게 무슨 운명의 장난이야! 잊기 위해서 발버
둥 쳤던 기억을 아톤 때문에 다시 떠올리게 되다니.」

그가 공포에 떨며 몸을 움찔움찔한다.

「제가…….」

「반말을 쓰지 그래. 이젠 조금 우스꽝스럽게 들려.」

「아니에요, 존댓말이 편해요. 숙고(〈숙고〉, 참 묘한 말이
야) 끝에 이런 결론을 내렸어요. 당신이 지금 내 앞에 있다는
것은 결국 무슨 일이 벌어지든 내가 마흔여덟 살까지는 산다
는 증거잖아요.」

「이론적으로는 그렇지만 실제로는 훨씬 복잡한 문제야.
나는 버텼지만 자네는 실패할 수도 있거든.」

「이해가 안 돼요.」

「내가 여러 번 설명해 줬잖아! 그 빌어먹을 자유 의지가 문제라고. 매 순간 자신의 운명에 영향을 미칠 수 있다는 걸 보여 주려고 엄마가 자네 앞에서 손금을 칼로 그었던 일을 떠올려 봐.」

「그 자유 의지 때문에 엄마가 죽었다는 얘긴가요?」

「난 지금 그 얘기를 하려는 게 아니야. 내가 말하고 싶은 건 이거야. 지금 자네(자네의 시공간)한테서 나(나의 시공간)한테로 오는 길은 직선 코스의 고속 도로야. 가장 일반적이고 단순한 길이지. 하지만 자유 의지를 발휘하면 자네는 횡로를 택할 수도 있어. 얼마든지 차를 멈출 수도 있고 되돌아갈 수도 있어.」

「당신 말을 듣고 있으면 안전하게 느껴져요.」

「이거이거, 내 설명을 전혀 이해 못 했어! 그러니까 조만간, 눈 깜짝할 사이에 참극이 벌어진다니까! 난 자네를 위해 아무것도 해줄 수 없다고! 아무것도! 그러니 강해지라고, 아주 강해져야 해! 절대 무너지면 안 돼, 제발. 어떤 일이 있더라도 꼭 버텨야 해.」

JK 48은 신경이 극도로 예민해져 있다.

「그래, 방법이 있어!」

그가 냅다 소리를 지른다.

「최악의 상황에서 무너지지 않으려면, 미치지 않으려면 내 말대로 해. 짧게라도 붉은 모래섬으로 와. 단 10분의 1초라도. 알았어? 자네의 상상 속으로 몸을 숨기라고. 알았지? 자네가 저항할 힘을 찾을 곳은 거기밖에 없어. 자…… 이제…… 이거 어떻게 말해야 하지? 하여튼 건투를 비네!」

자크는 소스라치며 잠에서 깬다. 현실로 돌아온 그의 온몸이 식은땀으로 축축하다. 머리 위에서 앵앵거리는 모깃소리에 섞여 정체를 알 수 없는 다른 소리가 들린다. 방 안을 구석구석 휘둘러보던 그의 눈에 바닥에서 굼틀거리는 뱀 한 마리가 들어온다. 그저 뱀이라는 사실이 놀랍게도 안도감을 준다.

JK48 때문에 식겁할 뻔했잖아. 너무 제멋대로 영향력을 행사하려 든단 말이야.

자크는 통로에 서서 잠든 마을과 잔불이 남은 아궁이를 내려다보다가 별이 촘촘히 돋은 보랏빛 하늘로 시선을 돌린다. 마주 붙은 집들에서 황홀한 신음 소리가 나지막이 새어 나오고 있다. 모두가 잠든 건 아니라는 증거다. **슈키의 말이 과장이 아니었어.**

나무 꼭대기에서 박쥐들이 퍼드덕퍼드덕하며 장난을 치고 있다. 자크는 차가운 손으로 땀이 흥건한 얼굴을 쓸어내리면서 돌려 말하는 언어로는 프랑스어가 제격이라는 생각을 한다. 〈건투를 빌어요〉에는 〈불행한 일이 벌어질 것 같은 예감이 들어요〉 하는 의미가 내포되어 있다. 사람들은 〈정말 멋진 일이 일어나길 빌어요〉 대신 〈별일 없어야 할 텐데요〉라고 말한다.

문득 샴바야의 얼굴이 떠오른다. 장애가 있지만 예민한 감각과 우아함을 지닌 매력적인 여성이라는 생각이 든다. 해몽현녀라면 당연히 뭇 남성의 구애를 받을 테니 결혼해서 이미 남편이 있을지도 모른다.

자크는 다시 잠을 청하기 위해 안으로 걸음을 옮긴다. 이때 그림자 하나가 잰걸음으로 그를 뒤따라 들어가 클로로포름이 묻은 손수건으로 코와 입을 틀어막는다. 숨을 들이마시는 순간 자크는 다리에 힘이 풀리는 것을 느낀다. 단단한 두 팔이 그가 쓰러지기 전에 붙잡아 세운다.

44

매큼한 시가 냄새가 자크의 코를 찌른다. 잠 속에서 단어 하나가 그의 고막에 스민다. 아무리 시끄러운 소음 속에서도 그의 뇌가 분간하고 잡아낼 수 있는 한 단어. 〈클라인.〉

자크의 얼굴 위로 차가운 물이 한 양동이 쏟아부어진다. 그는 전에 없이 급작스럽게 잠에서 깬다.

「미스터 클라인?」

착착 감겨드는 고음의 목소리가 영어로 그의 이름을 부른다.

눈을 뜨는 순간 화물창 같은 방이 눈에 들어온다. 천장에는 파이프들이 지나가고 눈을 찌르는 형광등 불빛이 방을 밝히고 있다.

「반갑소, 미스터 클라인. 그 유명한 클라인 가문이신가? 청바지와 향수를 만드는 캘빈 클라인 말이오.」

자크의 눈에 몸을 숙이고 자신을 내려다보는 실루엣이 흐릿하게 들어온다. 가무잡잡한 피부에 얼굴에는 주름이 자글자글한 여든 살은 됨 직한 노인. 단정한 양복에 와이셔츠를 받쳐 입고 넥타이를 매고 있다.

「난 압둘라 키암방이오. 부동산 개발과 관광 전문 회사에서 전무 직함을 가지고 있소. 〈키암방 투어, 당신이 평생 잊지 못할 여행〉이 우리 회사의 모토요. 현재 우리는 아주 치열한 경쟁 분야에서 혁신을 벌이는 중이오. 레저의 시대가 도래하니까 저마다 이 시장에 뛰어드는 바람에 공급 과잉이 일어나고 있어요. 다들 가격 파괴를 외치면서 품질 낮은 상품을 내놓지만 우리 키암방 투어만은 소비자의 만족을 위해 최상의 품질과 독창성을 고집하고 있소. 〈레저와 휴식〉 분야의 최고 권위 잡지에서 우리 회사를 12위로 평가해 놓았더군. 품질 대비 가격 경쟁력이 세계 12위인 기업이란 뜻이오. 이 상황에서 당신의 축하를 기대하는 건 무리겠지. 하지만 우리가 관광 산업에서 손꼽히는 기업이라는 건 기억해 두시오. 지난한 노력의 결과니까.」

의자에 앉아 얘기를 듣던 자크가 화를 내며 응수하려 하자 키암방이라는 자를 양옆에서 호위하는 군복 차림의 수하 둘이 즉각 제지한다. 노인이 자크의 얼굴에 대고 시가 연기를 내뿜는다.

「내가 왜 당신을 찾아왔는지 묻고 싶겠지. 대체 내가 지금 여기서 뭘 하고 있는지 어리둥절하겠지. 캘빈 클라인 가문일지도 모르는 당신 같은 사람이 어련하겠소. 자, 지금부터 조금이나마 궁금증을 풀어 주겠소. 당신을 만나긴 만나야겠는데, 정식으로 초대하면 응하지 않을 것 같아서 이렇게 모시게 된 거요.」

실없는 농담이라는 듯 노인이 피식 웃는다. 수하들이 고개를 주억거리며 보스의 유머에 공감을 표시한다. 키암방이 시가를 세게 빨자 주름진 볼이 옴폭 팬다.

「미스터 클라인, 내가 어떤 정보를 입수했는지 한번 들어 보시오. 당신 여권에 기재된 내용과 경찰에 있는 내 친구들을 통해 당신이 풀라우 하랑의 소유주인 카롤린 클라인의 아들이라는 사실을 확인했소. 물론 당신은 유산을 챙기러 이곳

16

에 왔겠지. 나로선 잘된 일이지만 일이 좀 복잡해진 측면도 있소. 섬을 사겠다고 당신 어머니한테 제안했다가 퇴짜를 맞았는데 당신이 이렇게 나타나 주니 반가운 일이오. 산값의 두 배를 쳐주겠다는데도 당신 어머니는 굴러온 복을 걷어차더이다. 아무리 설득해도 끝내 고집을 꺾지 않았소.」

「당신이 우리 어머니를 살해했죠?」

자크가 사내에게 달려들려는 순간 하수인들이 그를 의자에 눌러 앉힌다.

「진정해요. 우리는 당신 어머니 죽음에 책임이 없소. 우연의 일치였을 뿐이오. 뱀이나 독거미에 쏘여 그렇게 됐을 거요. 알다시피 이곳 자연은 순하지 않지.」

그가 또 한 번 이죽거리며 웃는다.

「미스터 클라인, 당신 때문에 내 인생이 복잡하게 꼬이는 일이 있어선 안 되지만 그 반대는 얼마든 가능하오. 자, 상황을 되짚어 봅시다. 당신 어머니가 풀라우 하랑을 소유하고 있었어. 그런데 죽었지. 마침 당신이 도착했어. 우리가 당신을 찾으러 갔고, 당신은 지금 여기 와 있어.」

노인이 희뿌연 시가 연기를 코로 내뿜는다.

「당신이 어머니처럼 수면을 전공하는 의대생이라는 정보도 입수했소. 개인적으로 나도 수면 무호흡증을 앓고 있지만 지금은 아무리 봐도 진찰을 부탁할 분위기는 아닌 것 같고…… 마음이 동할 리가 없지.」

자크 클라인은 형광등 불빛에 눈이 부셔 납치범의 얼굴을 똑바로 쳐다보지 못한다.

「당신 같은 서양인은 이곳에 오래 머물기 싫을 거야. 모기도 많고 식당이나 패스트푸드점도 많지 않으니까. 그래서 난 당신이 내 경쟁자들과 거래하러 왔다는 결론을 내렸지. 벌써 저들이 연락을 취했겠지. 이미 다른 관광 회사나 호텔 체인과 매각 계약의 초안을 잡은 건 아니오? 그래요? 어디? 힐턴? 아코르? 셰러턴? 클럽 메드? 바리에르? 베스트 웨스턴? 메리어트? 미국 업체요? 아니면 중국? 독일?」

자크는 화를 참느라 숨을 몰아쉬고 있다.

「내 말 잘 들어요. 난 키암방 투어의 전무 입장에서 동업자들과 주주들의 입장을 고려해야 하오. 겉만 보고 판단하는 바람에 우린 그 조그만 섬을 얕잡아 보는 우를 범했소. 해변도 없는 바위투성이 섬을 미래의 우리 고객들이 〈불편〉하게 생각하리라고 잘못 판단했던 거요. 해저의 상황은 까맣게 몰랐던 거야. 그게 대단한 곳이라는 걸 이제라도 알았으니 실수를 바로잡을 생각이오. 그래서 당신의 도움을 기대하는 것이오. 이건 단지 비즈니스 차원의 문제지 그 이상도 그 이하도 아니오. 그런데, 우리 주주들 중에 더러 정부 각료가 있는데, 이 친구들은 말레이시아 땅 한 뙈기라도 단기 수익에 혈안이 돼 있는 외국 자본가들의 손에 넘어가는 건 원치 않더이다. 무슨 뜻인지 이해하리라 믿소. 애국심의 발현이나 영토 보전의 차원으로 내 의도를 이해해도 좋소. 당연히 당신도 알고 있겠지만, 얼마 전에 그 섬 가까이서 〈블루 홀〉이 발견됐소. 돌고래들이 모여드는 진귀한 곳이오. 외국인들만 와서 그걸 즐기면 안 되지 않겠소? 내 말이 틀려요? 에펠 탑이 중국인들 소유가 되는 건 당신도 싫지 않겠소? 우리도 마찬가지요.」

그가 손가락을 맞부딪쳐 소리를 내자 수하가 타자로 친 누런 서류를 한 뭉치 들고 온다.

「사인하시오! 우리가 세 배를 쳐줄 테니 풀라우 하랑을 팔고 집으로 돌아가요. 나중에 아마추어 수중 다이버들을 위한 호텔이 완공되면 당신한테 1박 2식 포함에 할인된 숙박료 혜택을 줄 테니 편안히 와서 머물다 가요. 누이 좋고 매부 좋은 거 아니오?」

「그럼 세노이족은 어떻게 되는 거죠?」

「오랑 아슬리 말이오? 교육을 충분히 받은 원주민들은 웨이터나 메이드, 화물을 취급하는 인부로 호텔에 취직을 시키겠소. 현대 사회에 적응하지 못하는 사람들은 본토로 안전하게 이송하고 대도시에 정착할 것을 제안해 볼 참이오. 마침내 말레이식 교육을 받고 여권을 손에 쥐는 순간 문명 세계에 발을 들이게 되는 거요.」

「빈민촌에 흘러 들어가 술과 마약에 찌들어 살거나 당신들 공장에서 노예처럼 살게 되겠죠, 안 그래요?」

「성공의 기회는 누구한테나 주어져요. 하지만 그들이 섬에 남아 있는 한 절대 선사 시대에서 벗어날 수 없소.」

키암방이 우렁차게 웃어 젖히자 수하 둘도 덩달아 히죽거린다.

「사인하시오. 모두를 위한 일이니까.」

「절대 못 합니다.」

「옳아! 사업가적 승부 근성이 보통이 아니시군. 마음에 들어요. 사인하면 금액을 네 배로 높여 주겠소. 당신 아주 꾀돌이야, 꾀돌이, 대단해! 나라도 당신처럼 했을 거야. 조금만 버티면 계약 조건이 이렇게 좋아지잖아.」

키암방이 서류를 건네자 자크가 기다렸다는 듯이 찢어 버린다.

19

「당신은 나를 여기에 감금할 권리가 없어요. 당장 섬으로 다시 데려다줘요.」

말레이 노인이 고개를 까딱하자 새 계약 서류가 그의 앞에 놓인다.

「사람이 이렇게 서툴러서야 원! 내가 선견지명이 있으니 다행이지. 여기 계약서가 한 부 더 있으니 사인하시오!」

「우리 대사관과 연락을 취해야겠어요.」

「내가 입수한 정보에 의하면 당신은 대사관을 거치긴 했지만 방문 목적과 거소는 밝히지 않았소. 공식적으로 당신은 (동료인 프랑키 샤라까지 포함해서) 중부 삼림 지역으로 떠난 수많은 관광객 중 한 명일 뿐이오. 사인해요!」

자크 클라인은 고집을 꺾지 않는다.

「좋소. 정 이렇게 나온다면 나도 내키진 않지만 다른 방법을 쓸 수밖에 없소. 사실 나는 부동산 개발업자가 되기 전에 말레이시아 정보기관에서 일했소. 2011년에 자유롭고 공정한 선거를 위한 말레이 연합, 즉 버르시의 시위 진압을 지휘할 때가 내 전성기였지……. 당신한테는 어차피 쇠귀에 경 읽기겠지만…….」

노인이 시가를 짓이겨 끈다.

「난 50년 동안 정보기관에 몸담았소. 장장 50년 세월을! 정보 수집에 평생을 바치고 나서 퇴직하면서 보시다시피 부동산 개발업자로 변신했소. 하지만 정보 수집 공무원 시절에 익힌 〈기술들〉은 아직 녹슬지 않았소.」

키암방의 지시에 따라 수하들이 자크를 바닥으로 끌어 내려 앉힌다.

「대학생들을 꽤 많이 고문해 봤소. 걔들은 아주 독해. 특히 말레이 애들은…… 세대마다 다들 영웅 심리가 있지……. 여자들의 인기를 의식해서 그런 거겠지만. 어쨌든 배후를 캐기 위해 여러 놈을 고문해 본 경험이 있소. 당신이 들으면 놀라겠지만, 우리 고문 기술자들도 의사인 당신들과 똑같이 연례 학술회의를 개최해서 경험을 공유해요. 아마 정치를 의식하지 않고 순수하게 만나는 유일한 시간일 거요. 전문가들 간의 진정한 국제적 연대의 시간이라고 해야겠지. 다들 자기만의 〈스타일〉이 있소. 개중에는 대중이 꼭 알아야 하는 진정한 대가들도 있지. (앞으로 리얼리티 TV에서 고문 경연 대회를 보게 될 날이 올까?) 난 맞춤형 고문을 개발하는 것에 관심이 많아요. 당신이 수면 전문가라는 점을 앞으로 참작하겠소.」

자크 클라인이 미간을 찌푸린다. 노인이 다시 시가에 불을 댕긴다.

「재밌는 얘기 하나 들어 보겠소? 내가 말레이 공산당 대학생들을 고문한 적이 있었는데, 아이러니하게도 소련 고문 기술자들한테 배운 방법이 가장 효과가 좋았소. 몸을 너무 망가뜨리지는 않으면서 도저히 버티지 못하게 하는 기술이지. 한마디로 소련 기술자들이 머리를 쥐어짜서 얻은 결과요. 지금부터 그 방법을 당신한테 사용해 볼 생각이오.」

자크 클라인이 몸을 일으키려 하자 군복 차림의 수하가 제지한다.

「1936년부터 1938년까지 스탈린 숙청 시대에 개발된 고문 방법이오. 공산주의자들이 인간에게 가장 고통을 줄 수 있는 방법을 찾기 위해 애쓴 결과물이지. 불 고문? 전기 고문? 물고문? 사지 절단? 아니. 이런 방법들 앞에서는 고통을 멈추기 위해 인간의 몸이 결국 항복을 선언하고 말지. 기절해 버린단 말이오. 그럼 그냥 끝나는 거야. 하지만 잠을 재우지 않는 건 궁극의 고문이지. 이 방법이 널리 쓰이게 된 건 다 스탈린의 천재성 덕분이오.」

노인이 자크에게 다시 섬의 매각 계약서를 내민다.

「사람이 잠을 자지 않고 버틸 수 있는 한계는 평균 엿새로 알려져 있소. 기네스북에 올라온 기록은 열하루인데, 기록 보유자가 원래 호르몬 분비에 이상이 있는 사람이었다고 합디다. 어쨌든 엿새 넘게 잠을 못 자면 뇌에 회복 불가능한 손상이 생긴다고 하오. 사인하면 자게 해주겠소.」

키암방과 그의 수하들이 형광등만 하나 켜진 선실에 자크를 가두고 밖으로 나가버린다. 문이 닫히는 순간 천장에 달린 스피커에서 귀가 먹먹해질 정도로 크게 음악이 흘러나오기 시작한다. 〈자크 신부님, 자크 신부님, 주무시고 계세요? 주무시고 계세요? 아침 종을 울리세요, 아침 종을 울리세요, 딩 댕 동, 딩 댕 동.〉 너무도 익숙한 동요.

땡땡거리는 종소리가 고막을 울리며 실내를 채운다. 그리고 다시 시작되는 노랫소리.

노래가 다섯 번째 되풀이되자 자크는 구석으로 가서 바닥에 웅크리고 눕는다. 그는 종소리가 들리지 않게 귀를 꽉 틀어막는다.

45

이 상태로 이틀을 보내는 동안 자크는 잠시도 눈을 붙이지 못했다. 선실 문을 열고 들어온 키암방이 한쪽 구석에 축 늘어져 있는 포로를 발견한다.

「브라보! 생각보다 훨씬 강단 있는 사람이군. 당신이 마음만 먹으면 끝나니까 계약서에 사인하시오.」

「날 좀 자게 내버려 둬요.」

자크가 마지막 남은 힘을 다해 노인이 내미는 서류를 밀쳐내며 중얼거린다.

「자고 싶어. 자게 해줘.」

「미스터 클라인, 이 고문이 고통스러운 건 피로감과 이로 인한 장기 손상도 이유지만 현실과의 접촉이 강제적으로 연장되기 때문이오. 동물, 곤충, 식물 할 것 없이 다 마찬가지요. 조금이라도 지능과 의식을 가진 생물이면 현실과의 항시적인 접촉을 견디지 못하지. 미쳐 버리는 거야. 당신이 지금 미쳐 가는 것처럼. 현실의 과잉은 견디기 힘들어요. 사인을 하면 꿈의 세계로 돌아가게 해주겠소.」

46

　수면을 박탈당한 지 사흘째 되는 날, 문이 열리며 압둘라 키암방과 그의 수하 한 명이 모습을 나타낸다. 차크는 몸을 흐느적거리며 움찔움찔 들썩들썩 경련을 일으키고 있다. 노인이 허리를 숙여 그의 얼굴에 자신의 얼굴을 바짝 들이댄다. 그 순간 자크가 괴성 같은 웃음을 터뜨리며 주먹을 뻗자 키암방의 부하가 즉각 팔을 붙잡으며 제지한다. 눈이 뒤집힌 자크가 그에게 달려들어 피가 나게 할퀴며 쥐어뜯는다.

　키암방이 주춤주춤 물러선다.

　「내 말 알아들어요, 미스터 클라인?」

　대답 대신 웃음이 돌아온다.

　「당신 미친 거야, 그렇지?」

　자크가 짐승처럼 으르렁거리더니 갑자기 발작하듯 웃는다.

　「단단히 미쳤네!」

　압둘라 키암방이 부하에게 말레이어로 말하기 시작한다. 고문을 제대로 못 하는 바람에 벌써 쓸모가 없어지면 안 되는 포로를 이 지경으로 만들어 놓았다고 힐난하는 눈치다. 강경한 어조에 부하는 고개를 떨군 채 변명을 늘어놓는다. 드디어 지시가 떨어진다.

　돌연 노랫소리가 멎고 형광등이 꺼진다. 반가운 고요가 찾아온다. 자크는 웃음을 주체하지 못한 채 눈을 감는다.

누군가 그를 힘겹게 들어 올린다. 밖으로 끌고 나간다. 드디어 침대에 누울 수 있다는 기대에 젖는다. 그 순간, 억누를 수 없는 웃음이 마치 기침처럼 다시 목구멍에서 올라온다.

자크 클라인은 순식간에 잠이 든다. 얕은 수면인 1단계와 2단계를 차례로 지난다. 몸의 긴장이 풀어진다. 3단계. 세로토닌. 솔방울샘 분비. 멜라토닌 분비. 그는 견딜 수 없는 현실 세계를 도망쳐 나간다.

이럴 때는 상상의 세계로 의식을 이끌 수 있는 자신의 능력이 얼마나 대견한지 모른다.

그는 엄마가 했던 말을 떠올린다. 〈상상력을 쓸 줄 모르는 사람은 현실에 만족할 수밖에 없어.〉 현실, 지금 이 순간, 그는 이것들로부터 달아나고 싶다. 그가 바라는 것은 순전한 상상력의 세계다. 영화, 게임, 꿈, 책, 이야기, 우화, 시…… 무엇이라도 좋다. 비현실적인 이미지들에 의지해 이 시공간에서 벗어날 수만 있다면.

4단계, 5단계. 그는 배에서 멀어져 있다. 끔찍한 노랫소리에서 멀어져 있다. 각막이 화끈거리는 눈에서 멀어져 있다. 고통으로 몸부림치는 자크 클라인에게서 멀어져 있다.

그의 의식이 육체를 벗어난다.

이어 꾸기. 그는 붉은 모래섬으로 도망친다. 조난자처럼 해변 모래사장에 쓰러져 눕는다. 그는 야자수들과 태양, 새들, 나비들을 쳐다본다. 어릴 적 꿈속의 오래된 풍경을 다시 만나는 것이 이토록 좋을 줄이야. 현실에서 멀리 떠나오는 것이 이토록 달콤할 줄이야. 한가롭게 찰락이는 잔물결이 모래밭에 다리를 뻗고 누운 그의 발을 간지럽힌다.

다시는 잠에서 깨기 싫어. 남은 평생 이곳에 머물 거야. 키암방의 말이 맞아. 어떤 생명체도 현실이 계속되면 견디지 못해. 상상의 세계를 통해 압박감을 덜어 내지 않으면 안 돼.

그는 숨을 크게 들이마신다. 그의 얼굴에 미소가 번진다. 소리 내어 크게 웃고 싶어진다.

해방감을 만끽하며 자크는 풀밭 사이로 난 해변가 길을 걷는다. 대양에서 불어오는 바람의 상쾌함을 폐부 깊숙이 밀어 넣는다.

그는 〈자신의〉 섬을 뛰어다니며 춤을 춘다.

그가 무리 지어 핀 연보라색, 빨간색 야생화들 앞에서 걸음을 멈추고 향기에 취해 있을 때 JK 48이 붉게 상기된 얼굴로 나타난다.

「아! 드디어 만났네요! 당신을 다시 만나서 내가 지금 얼마나 기쁜지 모를 거예요! 내가 해냈어요, 시련을 견뎌 냈어요, 무너지지 않았다고요. 끝까지 사인하지 않았어요! 내가 자랑스럽죠?」

상대방은 들은 척 만 척 할 말만 쏟아 낸다.

「얘기할 시간이 없어. 얼른 잠에서 깨, JK 28.」

「현실로 돌아가라고요? 그렇게는 절대 못 해요!」

「자넨 선택의 여지가 없어. 하라면 해.」

「사흘 동안 고문을 당했으면 조금 휴식을 취할 권리는 있어야 하는 거 아닙니까.」

「당장 잠을 깨라니까!」

「눈을 뜰 생각이 전혀 없다니까요. 어쨌든 내가 여기로 오게 된 데는 당신 잘못도 조금은 있어요. 그러니까 잠이나 자

26

게 날 가만히 내버려 둬요. 난 그럴 권리가 있어요.」

「일어나라니까!」

「나 참, 〈짜증스러운〉 양반이라고밖에 달리 표현할 방법이 없네. 어쩌면 다정한 말 한마디가 없어? 칭찬 한 번 하는 법이 없냐고? 그치 떨리는 일을 나한테 얘기해 주지 않길 정말 잘했어요. 알았더라면 공포에 질렸을 거예요. 어쨌든 무너지지 않고 이렇게 버텼으면 인정은 좀 해줘야죠. 축하는 기대도 안 하지만 적어도……」

「잠 깨, 이 답답한 친구야! 당장 벌떡 일어나! 자네 목숨이 여전히 경각에 달린 걸 몰라?」

「난 그냥 잘 거예요.」

「하, 융통성이라곤 없네……. 내가 이랬다니, 참! 우린 지금 소중한 시간을 허비하고 있어. 나보단 자네가 말이야. 상황이 정말 호락호락하지 않아. 우리가 이렇게 사교나 하고 있을 시간이 없다니까. 촌각을 다투는 문제라고.」

「당신 눈에는 뭐든 심각하고 중요하겠죠. 난 휴식을 취할 권리가 있어요. 잠이 온다고요.」

「휴식을 취할 기회는 평생 있어. 지금은 자네가 처한 심각한 위험을 인지할 때야.」

「꿈의 세계에서는 시간 지각이 압축적으로 일어난다고 알고 있는데요. 캐노피 침대에서 떨어진 봉을 머리에 맞고 잠이 깬 사람이 경찰한테 체포당해서 기요틴 앞으로 걸어가는 꿈을 꿨다고 얘기할 수 있는 것처럼 말이에요.」

「다 정신 분석에서 하는 헛소리야. 내가 알기론 꿈속이나 꿈 밖이나 시간이 흐르는 속도는 같아. 어쨌든 여기서 꾸물거리다간 현실에서 자네 목숨을 구할 기회를 놓칠 수도 있다

27

는 건 내가 장담하지. 이번에도 날 믿고 꿈에서 깨. 시간이 갈
수록 점점 위험해져.」

「대체 밖에서 무슨 일이 벌어지고 있는 거예요? 눈뜨기 전
에 마음의 준비는 시켜 줘야죠. 제발 잠망경을 올려 현실을
보여 줘요.」

「미안하네. 얘기를 듣고 나면 다시는 눈을 뜨기 싫어질 거
야. 〈할 수 있는데도 하지 않은 사람은 정작 하고 싶을 때는
할 수 없을 것이다〉라고 했던 아빠의 말을 떠올려 봐.」

47

자크 클라인은 녹슨 철제 셔터처럼 무겁게 내리덮인 눈꺼풀을 가까스로 밀어 올린다. 아직 어둠이 깔려 있지만 주변 풍경이 초승달 아래서 희미하게 윤곽을 드러낸다. 헤드램프를 착용한 군복 차림의 용병 둘이 눈앞에 보인다. 바닥이 일렁일렁 움직인다. 키암방의 배가 아니라 먼바다에 나와 있다. 그는 몸이 묶인 채 고무보트처럼 생긴 모터보트에 누워 있다. 한 놈이 단도를 쥐고 다가와 사정없이 허벅지를 찌르자 피가 쏟아진다.

자크는 결박된 상태로 몸부림을 친다.

다른 용병이 〈야, 이 서양 놈아, 차라리 계속 자지 그랬냐〉 하는 표정으로 비아냥거리며 그를 쳐다본다. 그가 피가 벌건 생선 토막을 바다에 던지고 있다. 벌써 삼각형 모양의 등지느러미 몇 개가 보트 주변을 빙빙 돌기 시작하자 용병 두 놈이 히죽거리며 웃는다.

자크는 아버지가 했던 말을 애써 떠올린다. 〈나쁜 동물은 없어. 배고픈 동물과 이미 먹이를 먹어 배가 부른 동물이 있을 뿐이야.〉 아버지는 이런 얘기도 했다. 〈상어도 사람을 잡아먹지 않아. 사람을 물고기나 물개로 착각해서 실수로 공격하는 것뿐이야. 사람 살을 삼켰다가도 맛을 보고는 금방 뱉어 버려. 사람을 먹는 동물은 딱 하나, 범고래밖에 없어. 상어가 5백 종이나 되는데 위험한 건 딱 다섯 종뿐이야. 떨어진

야자열매에 맞아서 죽는 사람이 더……)

등지느러미 개수가 점점 늘어나는 모습을 지켜보면서 사내들이 신이 나서 말레이어로 얘기를 주고받는다. 일이 잘돼서 흡족한 모양이다.

자크 클라인은 두렵고 막막하기만 하다. 아톤을 발명한 JK 48과 자신을 이어 주던 통로가 이번에는 사라질지도 모른다.

이런 일이 벌어질 줄 알았으면서 왜 뒤늦게 알려 줬을까? 왜 미리 조치를 취하지 않고 수수방관했을까?

등 뒤로 손이 묶여 저항도 못 한 채 무지막지한 아가리 속으로 삼켜질 걸 생각하자 소름이 끼친다.

어차피 난 수영도 못하니까 이래저래 가망이 없어. 차라리 이 상황이 빨리 끝나는 게 나을지도 몰라.

그는 자포자기의 심정이 된다.

앉아 있던 용병들이 일어나 자크를 양쪽에서 붙잡는다. 그를 공중으로 치켜든 상태에서 동시에 손을 놓아 떨어뜨리기 위해 말레이어로 천천히 숫자를 세기 시작한다. 그러나 미처 포로를 바다에 던지기도 전에 화살 두 개가 용병들의 목에 날아와 꽂힌다. 독이 퍼지는 순간 그들이 잡고 있던 자크가 짐짝처럼 보트 바닥으로 떨어진다.

또다시 쏟아지는 화살을 맞고 군복 차림의 두 용병이 고꾸라지며 물속으로 떨어진다. 고인인 프랑시스 클라인이 상어는 근시이며 인육을 좋아하지 않는다고 주장한 것을 비웃기라도 하듯 상어들이 순식간에 달려들어 그들을 삼켜 버린다.

「늦게 와서 미안하네, 잭!」

귀에 익은 프랑키 샤라의 목소리다.

「그놈들이 우리 쌍동선을 침몰시키는 바람에 쪽배를 만들어 타고 바다를 뒤지다 보니 이렇게 오래 걸렸어. 분명히 서쪽으로 가 있을 줄 알았는데 배가 완전히 북쪽으로 옮겨져 있더라고. 우리야 알 방법이 없었지. 그래도 다행히 샴바야가 꿈에서 위치를 알아냈어.」

프랑키의 옆에 바람총으로 무장한 세노이족 세 명이 서 있다.

아직 거품이 일고 있는 벌건 바닷물에 용병들의 남은 시신이 달빛을 받으며 떠 있는 모습을 보며 모두가 몸서리를 친다. 프랑키가 흐뭇한 얼굴로 기관총들을 수거한다.

「이제 우리한테도 무기가 생겼어.」

자크는 넋 나간 사람처럼 상어들을 바라보고 있다. 그는 바다에 빠질까 봐 보트를 꽉 붙든다.

「우리 둘은 이 보트로 가고 같이 온 세노이족 셋은 다시 쪽배를 타고 돌아가는 걸로 하자. 바다는 싫어하지만 항해술은 배워서 알고 있으니까.」

자크는 상어한테 잡아먹힐지도 모른다는 공포에 사로잡혀 육지에 도착할 때까지 공황 상태에서 벗어나지 못한다. 땅에 발을 딛는 순간 비로소 몸의 긴장이 풀린다.

자크는 보트에서 내리자마자 방으로 달려간다. 이 끔찍한 현실에서 도망치기 위해 눈을 감는다.

48

자크는 4단계로 내려갔다 역설수면으로 올라온다. 롤러코스터라도 탄 듯 다섯 번을 오르락내리락한다. 그는 여섯 번째 사이클에 들어가서야 이어 꾸기를 통해 미래의 자신을 만나러 간다.

붉은 모래섬은 고요 속에 잠겨 있다. JK 48은 야자수에 매여 건들대는 해먹에 누워 파인애플 조각과 설탕에 절인 체리가 꽂힌 피냐콜라다를 홀짝이고 있다.

「날 비난할 생각은 접어. 자네가 무사할 줄 알았고, 이렇게 멀쩡한 모습으로 내 앞에…….」

그가 미처 말을 끝맺기도 전에 자크가 턱을 올려 친다.

JK 48이 해먹에서 떨어지면서 큰 소리로 껄껄 웃는다. JK 28이 당장이라도 다시 주먹을 날릴 태세지만 그는 전혀 방어 자세를 취하지 않는다. 그가 일어나면서 몸을 좌우로 툭툭 흔들어 하와이언 셔츠에 붙은 붉은 모래를 털어 낸다.

「날 원망하는 거야? 나 때문에 그런 일이 일어났다고 원망하는 거야? 사람 참! 자넬 고문한 사람은 내가 아니야! 피아를 혼동하지 말라고! 나는 자네한테 번번이 조언을 해줬던 사람이야. 서둘러 엄마를 찾으라고, 발에 콘크리트 블록을 매단 채 바다로 던져지기 전에 도망치라고, 상어 떼에 포위되기 전에 달아나라고 얘기해 줬던 사람이란 말이야. 그랬으면 고마워하는 게 인지상정이지.」

JK 28은 여전히 분이 풀리지 않아 씩씩댄다. 그가 연장자의 배를 머리로 들이받으며 주먹질을 한다. JK 48이 한결 짓궂게 히죽히죽 웃는다.

　「이제 그만하지. 어차피 꿈이야, JK 28. 자네가 아무리 그래 봤자 난 아프지 않아. 살이 없잖아!」

　머리가 검은 자크가 발을 쳐들어 턱을 가격하자 머리가 흰 자크가 몇 미터 뒤로 나자빠진다. 입술에서 피가 흐르지만 그는 발작하듯 여전히 웃고 있을 뿐이다.

　「날 정말로 원망하나 보군?」

　「덤벼!」

　「여기서, 꿈속에서 나랑 치고받자고? 싱거운 소리 좀 하지 마. 난 자넬 도우러 왔지 쌈박질하러 온 게 아니야.」

　그가 몸을 일으킨다. 어느새 몸의 상처가 아물어 있다.

　「됐어? 속이 시원해? 이제 얘기 좀 할까?」

　「나한테 이런 끔찍한 일들이 생기는 건 다 당신 때문이란 말이에요.」

　「아니, 그게 자네 삶이고 운명이야. 삶의 큰길을 따라 지금 제대로 가고 있는 거야. 포커와 마찬가지야. 패를 돌렸으면 게임을 해야지,」

　「게임은 이제 그만둘래요. 엄마가 돌아가셨으니 난 그냥 프랑스로 돌아가서 잠이나 자면서 조용히 살 거예요.」

　「스물여덟에 은퇴를 해? 너무 젊은 나이 아니야? 난 아직 자네와 이룰 야망이 많은데.」

　「그 야망이 어떤 결과를 초래하는지 알았어요.」

　「시련은 삶의 자극제가 되지. 자넨 어떤 인생을 기대했는데? 행복과 충만감, 부와 영광이 모두 한 접시에 골고루 담긴 인생을 꿈꿨어? 그런 삶은 없다는 걸 자네도 알잖아. 게다가…… 서스펜스가 없으면 재미없지.」

「당신이 뭔데 내 인생에 서스펜스가 필요하니 어쩌니 결정하는 거예요?」

「난 미래의 자네잖아. 전력 질주보다는 조금 큰 그림을 그리는 나이지. 그저 불안과 욕망 사이를 오가는 자네와는 달라. 내 눈에 자네는 변덕스럽고 겁 많은 어린애로 보여. 그러니 자네한테 보다 큰 비전을 제시해 주는 나한테 고마워해. 아톤이라는 목표까지 설정해 줬잖아.」

그제야 화가 누그러진 젊은 자크가 JK 48 옆으로 와서 앉는다.

「자, 앞으로 우린 뭘 해야 하죠, 만물박사 님?」

「다행히 〈힘든 급커브〉를 잘 돌았어. 이제부터는 한숨 돌리면서 배우고 익히는 시간을 갖게 될 거야. 돌이켜 보니 〈훗날〉은 꽤 호시절이었어. 유유자적의 시간을 기대해도 좋아, 친구. 제대로 만끽할 수 있겠어?」

JK 48이 그에게 피냐콜라다를 한 잔 내민다.

「꿈속에서 이렇게 둘이 있으니까 참 좋네, 안 그래?」

젊은 자크가 대답 대신 가상의 칵테일을 목으로 넘긴다.

「아니 그런데, 당신이 나한테 이러는 이유가 대체 뭐죠? 단지 당신이 만든 아톤을 테스트하기 위해서예요?」

「과거의 나와 다시 연결되는 기쁨을 맛보고 싶어서인 것 같기도 해. 〈아! 젊어서 지혜가 있다면. 아! 늙어서 힘이 있다면!〉 이런 격언도 있잖아?」

「이젠 한물간 격언이에요. 요즘은 인터넷 덕분에 청춘에도 〈지혜〉가 있고 돈 덕분에 노년에도 〈힘〉이 있죠.」

「나는 물질성을 말하는 게 아니라 감정과 자각, 감성을 말하는 거야. 돈이나 건강과는 아무 상관 없는 거지. 그래서 내가 여기 있는 거야. 자네한테 정보를 주고 길을 안내해 주기 위해서이기도 하지만 무엇보다 자네가 자신의 현재, 그리고 미래의 모든 가능성을 자각하게 해주려는 거야. 자각과 전망. 그래, 이 두 단어가 바로 나를 자네한테 데려와.」

JK 28은 조금도 공감한 표정이 아니다. 두 남자는 지평선에서 영원히 지속되는 것처럼 보이는 일출의 광경을 나란히 지켜본다.

「아, 참! 한 가지 더. 샴바야를 어떻게 생각해?」

49

차가운 손이 얼굴을 지나간다. 자크는 이 익숙한 감촉의 정체를 알고 있다.

「깼어요?」

샴바야가 그의 눈꺼풀 위에 살며시 손을 얹는다.

「이틀을 내리 자서 슬슬 걱정이 되던 참이에요. 몸은 어때요?」

그는 몸이 땀에 젖어 있는 것을 발견한다. 더운 공기 중에 먼지들이 떠 있고, 모기들이 앵앵거리며 날아다닌다.

「험한 일들을 당했으니 몸이 회복될 시간이 필요하다고 생각해 깨어날 때까지 기다렸어요. 괜히 내가 깨운 건 아닌지 모르겠네요.」

「어떻게 된 일이에요?」

「말레이인들이 당신을 납치하고 나서 쌍동선을 침몰시켰어요. 그런 상황에서 프랑키가 구출 작전을 지휘했죠. 무척 강한 사람이더군요. 그가 당신을 다시 섬으로 데려왔어요. 그동안 잠을 못 자서 얼마나 힘들었어요?」

「미쳐 버리는 줄 알았어요.」

「우리 세노이족은 각성 상태보다 수면 상태에 더 의미를 부여해요. 잠이 더 중요하니까요. 잠은 오래 계속 잘 수 있지만 각성 상태는 오랫동안 지속될 수 없어요. 잠을 자지 못하면 고통스럽지만, 현실을 벗어난다고 문제가 생기진 않죠.」

「그 귀한 정보가 이제 내 몸의 세포들 속에 각인되기 시작했어요.」

그녀가 물을 한 잔 건네자 그가 달게 마신다.

「세상사의 이치는 균형에 있어요. 우리가 우리의 비밀을 알려 주면 당신들은 당신들의 비밀을 알려 주는 것처럼 말이에요. 당신 어머니는 당신의 마을인 파리와 그곳의 풍속을 알려 주는 데 인색했어요. 여기는 만사가 좋고 거기는 만사가 나쁘다는 식으로 말이죠. 하지만 그렇지 않다는 걸 난 알아요. 난 당신들의 언어, 당신들의 노래, 당신들의 계획, 당신들의 일상 속 물건들, 이 모든 걸 알고 싶어요.」

자크는 천천히 몸을 일으켜 밖으로 나간다. 방벽을 세우는 작업이 거의 마무리되고 있는 현장에서 프랑키가 바삐 움직이는 모습이 보인다.

「당신 친구는 용병들이 이대로 가만히 있지 않을 거라고 생각해요. 자신들이 남긴 흔적을 없애기 위해서라도 다시 야간 기습을 감행할 거라는 거죠. 프랑키는 공격이 최선의 방어라고 하더군요. 먼저 치고 나가는 쪽이 이길 거래요. 그는 행동주의자예요. 우리 부족에게 필요한 자질이죠. 우리가 가꿔 온 잠과 꿈의 문화가…… 현실의 폭력에 제대로 적응하지 못하게 만든 건 역설적이지만 사실이에요.」

「우리 문화를 배우고 싶어 하니까 〈알바트로스〉라는 샤를 보들레르의 시를 한 편 들려줄게요. 알바트로스는 하늘에선 위용을 자랑하지만 땅에서는 고초를 겪는 커다란 새를 말해요.」

시인의 신세가 다르랴, 이 구름의 왕자,

폭풍을 넘나들고 사수를 조롱하지만
지상의 야유 속에 유폐되어,
그 거인의 날개가 걸음을 방해하는구나.

「〈그 거인의 날개가 걸음을 방해하는구나⋯⋯〉, 이 구절은 새가 하늘을 날 수는 있지만 땅에 내려와서는 걸을 수 없다는 뜻인가요?」

「맞아요, 한 차원에서 강점인 것이 다른 차원에서는 약점이 된다는 의미예요. 당신들처럼 말이죠. 당신들은 꿈을 꿀 줄 알지만 무장 공격을 해 오는 사람들에 맞서 싸울 줄은 모르잖아요.」

샴바야가 이해했다며 고개를 끄덕인다.

「내가 당신들 문화에서 배우고 싶은 게 바로 이런 노래들이에요.」

그녀가 말한다.

「노래가 아니라 시라고 부르죠.」

「내 말은, 당신들을 이어 주고 하나로 묶어 주고 매듭을 풀어 주는 텍스트 말이에요. 당신들은 이런 걸 〈노래〉라고 하지 않아요?」

프랑키가 통로에 모습을 나타낸다.

「어이, 〈잠자는 숲속의 왕자〉, 샴바야 공주의 키스를 받고 일어나셨나? 그렇지 않아도 자넬 흔들어 깨우러 오는 길이야. 오늘 밤에 놈들을 공격할 거야. 내가 작전 중에 잠이 들지도 모르니까 자네가 꼭 있어야 해. 여기 와서 많이 나아지긴 했지만 기면증 증세가 아직 완전히 사라지진 않았어.」

「군인도 아닌 내가 어떻게! 게다가 그 배로 다시 돌아가는 건 영 내키지가…….」

「그러면 공격이 불가능해져. 저들이 밤에 다시 자네를 잡으러 올지도 모른다고. 지금 당장 행동에 나서서 주도권을 쥐느냐, 불안에 떨며 기다리다 당하느냐, 둘 중 하나야.」

「난 그냥 자고 싶어. 솔직히 아직 피로도 풀리지 않았는데…….」

샴바야가 끼어든다.

「당신이 현실 속에서 위대한 전사가 될 수 있게 내가 꿈에서 도와줄게요.」

그녀가 그를 데리고 간 방에는 알록달록한 색깔로 꽃과 나비, 새를 그려 넣은 벽걸이 천이 무수히 늘어뜨려져 있다. 그녀가 바닥에 편안히 몸을 뉘라고 그에게 손짓을 한다. 그녀가 자크의 눈을 손으로 가리고 나서 어머니가 해줬던 유도몽과 흡사한 꿈 체험을 유도한다. 그녀는 자크에게 개, 호랑이에 이어 상어와 싸우는 장면을 시각화하게 한다. 그가 겁에 질려 달아나려고 할 때마다 그녀가 강제로 붙잡아 대항하게 만든다. 동물들을 물리치고 나자 샴바야가 총과 칼, 바람총……으로 무장한 인간들과 싸우게 시킨다. 자크는 상대를 하나씩 때려눕힌다. 얼마 지나지 않아 그는 샴바야가 내세우는 적들을 모두 물리친다.

이 체험에 세 시간, 꼬박 아침 반나절이 걸렸다. 정오가 돼서야 그는 몸을 씻고 부족들의 점심 식사 자리에 합류한다.

「밤에 공격을 개시할 작정이니까 낮잠을 푹 자서 힘을 비축해 두는 게 좋을 거야.」

프랑키가 말한다.

「총은 있어?」

39

「자넨 원주민 무기인 바람총 쏘는 법부터 배워. 우리들의 현대식 무기와 달리 소리가 없는 게 최대 강점이지.」

자크는 전통적인 세노이 바람총을 다루는 방법을 배우며 오후를 보낸다. 프랑키가 기초 지식부터 가르쳐 준다.

「이 총의 사정거리는 40미터야. 총구가 눈의 연장선상에 놓이지 않기 때문에 소총 조준하듯이 할 수는 없어. 대신 두 눈으로 목표물을 조준하기 때문에 입체시가 확보되는 이점이 있지. 화살촉에 쿠라레가 칠해져 있으니까 빨아들이지 않게 조심해야 해.」

「자네 말대로 눈에 바람총이 두 개 보여! 한쪽 눈을 감아야 하는 게 아닌지 확실해?」

「아니야. 바람총이 두 개로 보여도 초점을 잡는 데 익숙해져야 해. 자, 이제부턴 슈키가 맡아서 가르쳐 줄 거야. 최고의 사수지. 오늘 밤에도 우리와 같이 움직일 거야.」

세노이 청년이 프랑키에 이어 자크를 가르친다.

「일단 목표물을 기준으로 당신의 공간적 위치부터 파악해야 해요. 그런 다음 그 둘을 잇는 가상의 줄을 상상하는 거죠. 그 줄이 화살이 갈 길을 안내해 줄 거예요.」

「바람총 길이가 너무 긴 것 같은데.」

「필요에 의해 그렇게 만든 거예요. 길면 길수록 강력하고 조준이 정확해지거든요.」

자크가 발사 자세로 선다.

「몸을 기울이면서 기도하듯이 양손을 앞으로 모으면 돼요. 알았죠?」

초보 사격수는 지시를 그대로 따른다.

「쏴요!」

화살이 너무 높이 날아오른다.

「너무 세게 불었어요. 아무렇게나 불지 말고 목표물에 따라 입김을 불어 넣어야 해요.」

슈키가 설명해 준다.

자크는 슈키의 조언들이 결국 한 가지로 요약될 수 있다는 사실을 깨닫는다. 목표물을 머릿속에 입력하면 화살이 제대로 방향을 잡아 빠른 속도로 날아갈 수 있게 눈과 입이 알아서 움직인다는 것이다.

이날 저녁, 원주민들과 두 손님은 힘을 쓸 수 있게 탄수화물이 많은 전분질 음식을 든든히 먹고 일찍 잠자리에 든다.

자크는 꿈속 친구에게 도움을 요청할까 하다가 JK 48과 그의 몸서리나는 예언들이 지긋지긋하다는 생각을 한다. 앞으로는 샴바야와 슈키, 그리고 오늘 밤 공격을 앞두고 누구보다 실질적인 조언을 해주는 프랑키에게 의지하리라 마음먹는다.

해몽현녀가 그의 걱정을 덜어 주기 위해 옆으로 와서 눕는다. 그는 아무 말도 못 하고 마른침만 꼴깍 삼킨다. 그녀가 어릴 적 그가 좋아했던 인형처럼 마음을 편안하게 해준다. 고양이 USB가 가릉거리던 소리처럼 그를 지켜 준다.

자크는 수면 5단계에 도달하지만 이어 꾸기로 붉은 모래섬에 가는 대신 조만간 벌어질 선상 공격 장면을 머리에 떠올린다.

어둠이 깔린다. 특공대로 투입된 그가 사다리를 기어올라가서 보초들을 향해 바람총을 쏘아 댄다. 하지만 화살이 목표물을 빗나가 순식간에 적에게 포로로 잡힌다. 용병들이 눈 깜짝할 사이에 프랑키와 슈키를 죽여 바다에 던져 버린다.

용병들의 우두머리인 키암방이 해적들이 하듯이 바닷물 위에 떠 있는 현문 사다리 끝에 자크를 세운다. 상어들이 몰려들어 맴을 돌기 시작한다. 깜빡 졸았다가는 바닷물에 빠진다고 키암방이 경고한다. 뱃전에서 〈자크 신부님〉 노래가 울려 퍼지자 키암방이 큰 소리로 웃음을 터뜨린다.

자크 클라인이 소스라치듯 잠이 깨 주변을 두리번거린다. 그는 곁에서 자고 있다 일어난 샴바야에게 악몽을 들려준다.

「뇌가 비관적인 시나리오들을 시험해서 몸을 미리 준비시키는 거예요. 자연스러운 일이죠. 중대한 일을 앞두면 나도 늘 실패하는 꿈을 꿔요.」

「몸서리쳐지는 꿈이었어요.」

「하지만 실제로 그런 일이 닥치면 어쨌든 준비된 상태에서 맞게 되잖아요. 당신 뇌가 하나의 시나리오를 미리 공부해 둔 셈이니까요.」

「무서워요. 이제 가기 싫어졌어요.」

「그 악몽을 다른 식으로 이용해 봐요. 나랑 같이 그 꿈을 연결해서 꿔보는 거예요. 당신이 꾼 꿈으로 돌아갈 수 있겠어요?」

「그럼요. 우리 어머니한테 배운걸요. 난 그걸 〈이어 꾸기〉라고 불러요.」

「좋아요! 우리 그럼 〈이어 꾸기〉를 해봐요.」

자크는 숨을 깊이 들이쉬고 나서 용기를 내어 눈을 감는다. 그는 샴바야가 시키는 대로 악몽의 현장으로 돌아가 다시 현문 사다리 끝에 선다. 키암방이 낄낄거리며 그를 쳐다보고 있다. 진저리 나는 동요가 흘러나온다. 하지만 자크는 사다리를 거슬러 올라가 보초들을 간단히 때려눕힌다. 키암방과 일대일로 맞선 그는 순식간에 상대를 제압해 배 밖으로 던져 버린다. 상어들이 키암방에게 달려든다.

됐다. 이제 그는 어느 쪽 시나리오에도 대응할 준비를 마치고 눈을 뜬다.

「언제나 승리가 가능성에 포함돼 있다는 것만 기억해 두면 돼요.」

삼바야가 힘주어 결론을 말한다.

잠시 후, 자크 클라인은 작전에 투입될 준비를 마친 소규모 특공대에 합류한다.

프랑키는 최대한 소리 없이 적진에 다가가려면 모터보트 대신 쪽배로 이동하는 게 낫다고 판단했다. 특공대는 바람총 사격에 능하고 물을 무서워하지 않는 열두 명의 대원으로 구성되었다.

아직 달이 높이 떠 있는 깊은 밤에 세노이족 열 명과 프랑스인 두 명이 바다로 나간다. 세노이족 대원들의 불안감이 뱃전 공기 중에 가득하다. 숲이 무성한 깊은 산속에서 살던 이들의 눈에 바다는 가상의 괴물들로 가득한 곳이다. 파도가 쳐서 쪽배가 앞뒷질할 때마다 이들은 하늘이 노래져 토악질을 한다. 작전 수행에 정신이 팔린 프랑키는 이런 사실조차 모르고 있다.

드디어 키암방의 배가 눈앞에 나타난다. 프랑키는 배 옆구리에 쪽배를 붙여 정박한 다음 갈고리 몇 개를 뱃전으로 던져 올린다. 나무를 잘 타는 세노이족은 수월하게 상대편 갑판으로 올라간다.

차례가 오자 공포에 질린 자크는 다리가 후들거려 발을 떼어 놓지도 못한다.

「안 되겠어. 저 배에는 도저히 못 올라가겠어.」

프랑키가 우물쭈물할 시간이 없다며 그에게 바람총을 건넨다. 자크는 달빛을 받으며 선체를 기어올라 갑판에 내려선다. 보초 둘이 이미 바닥에 널브러져 있다.

조마조마한 마음으로 걸음을 옮기던 자크가 어깨에 둘러멘 긴 바람총이 상갑판의 난간에 부딪혀 크고 둔탁한 소리를 낸다.

뒤따라 올라온 프랑키가 손짓으로 주의를 준다. 그는 발소리를 죽이며 선실로 잠입해 아직 잠들어 있는 용병 열댓 명을 순식간에 해치운다. 자다가 벌떡 일어난 용병 하나가 총을 발사하는 순간 곤한 잠에 빠졌던 나머지 용병들이 일제히 잠에서 깬다. 총알이 빗발치기 시작한다. 갑판에 쌓여 있는 상자들 뒤에 몸을 숨기고 있던 세노이 특공대원들이 독화살을 쏘며 응수한다. 양측 모두 사망자가 발생한다.

공격 내내 뒤쪽에 숨어만 있던 자크가 사방을 두리번거리며 황급히 동료를 찾지만 보이지 않는다. 그는 한참 만에…… 상자 뒤에서 잠이 든 프랑키를 발견한다.

「이런! 이 마당에 기면증 발작이 일어나면 어떡해!」

잠에 곯아떨어진 프랑키는 아무리 흔들어 깨워도 꿈쩍을 하지 않는다.

이미 여럿이 자동 화기를 맞고 쓰러졌지만 세노이족은 여전히 공격 태세를 갖춘 채 명령을 기다리고 있다. 전세가 급격히 불리하게 돌아가고 있다. 동료 하나가 다시 적의 총탄에 쓰러지자 원주민들이 급격히 자신감을 잃기 시작한다. 조준의 정확도가 떨어지고 화살이 목표물을 빗나간다. 자크가 꾼 악몽의 시나리오가 빠른 속도로 현실화되는 중이다. 그는 심호흡을 하면서 적절한 대처 방법을 고민하다가 일단 돛대로 올라가라고 세노이족에게 신호를 보낸다.

자크 클라인이 바람총으로 용병 한 놈을 조준해 쓰러뜨린다. 작은 승리의 기쁨도 잠시, 뒤에서 갑자기 나타난 적이 그를 덮쳐 백병전이 벌어진다. 놈이 단도를 치켜드는 순간 자크는 이제 끝났다고 생각한다.

그는 눈을 질끈 감는다. 어서 일어나 싸우라고 그를 독려하는 JK 48의 얼굴이 눈앞에 아른거리는 듯하다. 다시 눈을 뜨자 그는 멀쩡하고 도리어 칼을 들었던 놈이 목에 화살을 맞고 바닥에 쓰러져 있다.

그는 자신을 구해 준 슈키에게 고개를 끄덕여 감사의 마음을 전한다. 기운이 솟은 자크는 이 난리 통에 잠을 자고 있는 프랑키를 대신해 작전을 지휘한다. 그의 입에서 명령이 쏟아지자 총성은 서서히 바람을 가르는 화살 소리와 적들이 바닥으로 퍽퍽 쓰러지는 소리로 바뀌어 간다.

마침내 갑판에 정적이 찾아온다.

마지막 남은 용병 둘은 투항해 온다. 세노이족 특공대원들이 포로 두 명을 다른 말레이 사상자들과 함께 갑판 쪽으로 모아 놓는다.

이 순간을 기다렸다는 듯이 프랑키가 잠에서 깬다. 그는 침대를 빠져나오는 사람처럼 푸수수 몸을 털며 일어난다.

「다 있어?」

그가 묻는다.

「아니, 키암방이 빠졌어.」

「그게 누군데?」

「저자들 우두머리야.」

선실을 샅샅이 뒤져도 그의 모습이 보이지 않자 프랑키가 포로들을 다그쳐 키암방이 풀라우 다양에 있다는 자백을 받아 낸다. 프랑키는 즉시 두 용병의 여권과 소지품을 압수한 뒤 키암방이 머무르고 있는 섬으로 가서 힘의 관계가 역전되었다는 사실을 전하라고 명령한다.

프랑키와 자크는 키암방의 배를 접수하고, 용병들은 사상자들을 보트에 싣고 떠난다.

프랑키는 배를 몰아 생존자들을 무사히 섬으로 귀환시킨다. 열렬한 환영 속에 도착한 프랑키는 산호초가 적은 암벽지대에 배를 정박한다. 부상자들과 사망자들을 뭍으로 내린 다음 배에 실려 있는 장비를 회수한다.

「야, 이거 횡잰데.」

프랑키가 신이 나서 말한다.

「드디어 우리한테도 현대식 장비가 생겼어. 무기는 물론이고 컴퓨터와 위성 송수신기까지 있어.」

자크는 영 시들한 반응을 보인다.

「법적인 해결책을 찾지 못하면 저들은 다시 돌아오게 돼 있어.」

「법적인 해결책? 그게 뭔데?」

자크는 말레이 정부 각료들이 키암방과 한통속이며, 사법부와 경제 시스템이 모두 그의 뒤를 봐주고 있다고 프랑키에게 설명해 준다. 용병 열댓 명과 싸워서 이길 수는 있지만 말레이 경찰과 군대, 판사들을 상대하기는 불가능하기 때문에 장기적인 해결책을 찾아야 한다고 그를 설득한다.

「오늘 밤에 고민 좀 해보자. 당장은 자고 싶은 생각밖에 없어.」

자크가 말을 마치고 자리에서 일어난다.

그는 침대에 누워 간밤에 벌어진 일들을 순서대로 떠올리고 오간 대화들을 찬찬히 되씹다 눈을 감는다. 세노이족을 위한 장기적인 해결책을 찾기 위해 자신의 무의식을 작동시킨다. 왱왱거리던 모기떼와 근처의 숲에서 들리던 짐승들 소리가 순식간에 귓전에서 사라진다. 철썩이던 파도 소리도 들리지 않는다. 뇌의 모든 역량이 오로지 한 가지 목적에 동원된다. 난제를 해결할 방법을 찾아보자.

50

잠이 든 자크는 붉은 모래섬을 찾는다.

JK 48은 전날 헤어질 때와 거의 똑같은 모습으로 흔들의 자에 앉아 있다.

「〈미래의 나〉, 당신의 혜안이 필요해요.」

「상황을 정리해 보자고. 우리한테는 엄마가 그동안 저축한 돈으로 구입한, 엄마 개인 소유의 섬이 하나 있어. 매입 당시에는 관광 회사들이 관심이 없었기 때문에 값이 쌌지. 그런데 다이버들이 섬의 내포 한 곳에서 수심이 깊은 블루 홀을 발견했어. 돌고래들이 번식을 위해 모여든다는 사실까지 알려지면서 다들 눈독을 들이게 됐지.」

「방법이 없어요.」

「다른 업체들보다 훨씬 적극적인 현지 여행업체가 이 섬의 소유주가 프랑스 여성이라는 사실을 알아내고 섬에 상륙하지. 그런데 막상 와보니 그녀 혼자가 아니었어. 세노이족 전체가 그녀와 함께 살고 있었던 거지. 문제의 말레이 회사가 매입을 제안하지만 그녀는 거절해. 가격을 높여 불러도 그녀가 눈도 깜짝하지 않자 협박을 시작하지. 그것도 먹히지 않자 놈들은 행동에 나서. 용병을 가득 실은 배 한 척을 보내 공포를 조성한 다음 매각을 강요하지. 가장 최근의 원정에서 그녀가 용병들의 손에 살해돼. 그리고 사흘 뒤…… 자네가 도착한 거야.」

두 자크는 입을 굳게 다문 채 한동안 붉은 모래사장을 걷는다.

「한번 생각해 보자고. 키암방의 동기가 과연 뭘까?」

JK 48이 묻는다.

「돈일까요? 하지만 우린 그를 매수할 돈이 없어요.」

「악은 악으로 잡아야지. 키암방이 가장 우려했던 게 뭐지?」

「우리가 외국 부동산 회사에 섬을 매각하면 자신들이 수익을 올리지 못할까 봐 걱정하고 있어요.」

「한마디로 이 섬의 관광 개발로 생기는 수익을 서로 차지하려고 부동산 업체들이 싸움을 벌이는 거야. 그렇지 않아?」

「무슨 얘기를 하려는 거죠?」

「무술에서는 상대의 공격을 막으려 하지 말고 맞붙어서 공격해 오는 힘을 되받아치라고 하지. 자네가 외국 부동산 회사를 접촉해서 섬을 매각하겠다고 제안해. 그러면 그들이 이 섬을 말레이 경쟁업체로부터 지켜 줄 거야.」

「그랬다가 그들이 정착해서 섬을 초토화하면 어떡하죠? 세노이족을 내쫓으면 어떡해요?」

「그게 바로 문제의 핵심이야. 그러니까 〈착한〉 기업한테 매입을 제안해야지. 그런 회사도 있긴 있어.」

「어떤 회산데요?」

「차려 놓은 밥상에 숟가락만 얹으려고 하지 말고 머리를 써서 찾아봐, 이 게으른 친구야. 키암방의 배에서 수거해 온 컴퓨터가 있잖아. 바깥 세계와의 소통도 이제 생각할 때가 됐어.」

「하지만 세노이족의 힘은 은둔에서 나와요.」

49

「이젠 아니야. 상황이 변하면 얼마든지 강점이 족쇄로 변할 수 있어. 앞으로는 세상사에 적응해 나가야지. 자네들이 존재한다는 사실이 전 세계에 알려지면 용병들도 섬에 상륙해서 파괴를 일삼지는 못할 거야. 이제 자네들은 영상을 송출할 수도 있게 됐잖아. 앞으로 다시는 말레이 정부에서 대중이 모르게 세노이족을 협박할 수 없을 거야.」

「당신은 지금 나한테 은둔과 고립, 비밀주의를 강조한 엄마와 정반대로 하라고 하고 있어요.」

「그게 어떤 결과를 낳았는지 봤잖아. 약탈, 처벌 없이 자행되는 살인, 납치, 고문……. 자네가 납치당했던 일을 다시 내 입에 담아야겠어?」

JK 28이 JK 48의 흔들의자에 앉아서 천천히 몸을 흔든다.

「그러니까 당신 말은 호텔을 짓되 손님은 선별해 받으라는…….」

「숙박료를 올리고 투숙객 수를 제한하는 거야. 양 대신 질을 선택하는 거지.」

JK 28이 피냐콜라다를 홀짝거린다.

「그건 그렇고, 저는 앞으로 뭘 하면서 살죠?」

「자네? 배움을 즐기면서 즐거운 인생을 살아야지.」

「앞으로 또 어떤 일이 벌어져 뒤통수를 맞게 될까요?」

중년의 자크는 알 듯 말 듯 한 미소를 지으며 젊은 자크를 따라 칵테일을 목으로 넘긴다.

JK 28의 눈에 미래의 그가 달리 보이기 시작한다. 처음 느껴졌던 불신과 이에 더해졌던 짜증이 사라지고 새로운 감정이 싹튼다. 20년 후 자신의 모습이 될 이 남자에게 호감 비슷한 감정까지 느껴진다. 이러한 변화를 눈치챈 듯한 중년의 자크가 그에게 의미심장한 윙크를 날린다.

「JK 28, 자네는 우리가 〈친구〉가 될 수 있다는 가능성은 한 번도 생각해 보지 않았겠지. 나는 예전의 나와 친구가 되고 싶은데, 자네는 혹시 미래의 자네와 친구가 될 생각이 있나?」

JK 48이 손을 내밀어 악수를 청한다.

51

검은 파도가 바위를 집어삼킬 듯 철썩대며 부서진다. 새우들이 왈츠를 추며 파도에 밀려왔다 밀려간다. 청금강앵무새들이 풀라우 하랑의 밀림 상공을 나지막이 선회하고 있다. 바로 밑 수림에서는 긴 코가 아래로 늘어진 코주부원숭이들이 사방을 두리번거린다. 노랑 부리가 하나 더 달린 코뿔새가 요란한 울음을 뽑는다. 다람쥐와 뱀, 거미, 두꺼비, 도마뱀, 나비가 사방에 득시글거린다. 아직 생물 다양성이 보존된 이곳에서는 동물들이 환경과 조화를 이루며 살고 있다.

태양이 기지개를 켜는 사이 공작 한 마리가 아직 잠이 깨지 않은 둥그런 세노이 마을을 가로질러 지나간다. 공작새가 깃털을 부채처럼 펼치며 〈까욱!〉 하고 울자 잠이 깬 수탉이 〈꼬끼오!〉 하면서 목청을 뽑는다. 분홍빛으로 물든 하늘이 서서히 주홍빛을 띠어 간다.

수탉에 질세라 닭들이 일제히 홰를 치며 길게 울음소리를 빼자 잠든 마을 사람들의 뇌 속에 각성 상태의 호르몬인 코르티솔이 분비되기 시작한다. 수면 5단계, 4단계, 3단계, 2단계, 1단계. 사람들이 하나둘 표면으로 올라온다. 붙었던 눈꺼풀이 천천히 떨어진다. 혀 차는 소리, 쓱쓱 눈 비비는 소리. 곳곳에서 아기 울음소리가 터진다. 새들이 지저귀고 원숭이들은 나뭇가지를 옮겨 뛰어다닌다. 수런수런 숲속 축제가 벌어지고 있다.

온 마을이 아침을 맞았지만 귀마개를 하고 잠이 든 자크 클라인은 아직 한밤중이다. 모기 한 마리가 그의 이마에 내려앉고 오두막의 대나무 벽에 난 구멍으로 파고든 햇살 한 줄기가 그의 눈에 내리꽂힌다.

뇌파가 수면 상태의 델타파에서 깊은 휴식의 세타파, 가벼운 휴식의 알파파에 이어 정상 활동 상태의 베타파로 바뀐다.

잠이 깨자 그는 (용병들의 배에서 수거한 태양 전지판으로 충전한) 스마트폰부터 집어 들어 수면 곡선을 확인한다. 역설수면까지 깊이 내려간 수면 사이클을 4회 반복해 얻은 점수는 87퍼센트. 잠을 잘 잔 것이다.

그는 간밤에 꾼 꿈들을 최대한 상세히 기억해 내서 앞뒤가 맞지 않아도 가감 없이 공책에 적어 내려간다. 그는 미지근한 물통에 들어가 몸을 적신 다음 옷을 입고 이를 닦고 나서 방을 나온다.

벌써 온 마을이 불 주위에 모여 이야기꽃을 피우고 있다. 샴바야가 공용 벤치로 쓰는 나무 그루터기의 빈자리를 가리키며 자크에게 옆에 와 앉으라고 손짓한다.

「정말 오랜만에 꿈 나누기 의식을 위해 우리가 한자리에 모였네요. 그동안은 현실에 압도당해 기진맥진해 있었어요. 이제는 우리 관습으로 돌아가야죠.」

그녀가 운을 뗀다.

자크는 벤치에 걸터앉아 어두운 표정으로 심각하게 얘기 중인 두 남자를 관찰한다.

「오른쪽 남자가 왼쪽 남자의 여자와 자는 꿈을 꿨다고 고백하더니 사과를 하면서 선물을 주고 있어요.」

옆에 앉은 샴바야가 자크에게 상황을 설명해 준다.

「선물요?」

「노래 선물이에요. 이 노래가 그를 도우러 올 영혼과 그를 연결해 줄 거예요.」

그녀의 설명대로 남자가 노래를 흥얼거리기 시작하자 지켜보던 사람들이 그를 응원하는 듯 따라 부른다. 꿈에서 죄를 지은 남자가 상대 남자에게 노랫말이 적힌 쪽지를 건넨다.

「우리는 노래를 바치는 게 마법이 든 상자를 바치는 것과 다르지 않다고 생각해요.」

샴바야가 자크에게 설명한다.

노래가 끝나면 문제가 해결된 것이다. 다음 사람이 좌중 앞에 나선다.

「저 사람은 전투에서 친구한테 상처를 입히는 꿈을 꿨대요. 당연히 용서를 구하고 선물을 줘야 해요.」

「이번에도 노래 선물인가요?」

「조각한 바람총이에요.」

재능을 제대로 인정받고 싶은 남자는 기다란 관에 정성껏 새긴 조각들을 일일이 손으로 짚어 가며 보여 준다. 고개를 끄덕이는 것으로 이번에도 사건은 마무리된다.

한 청년이 일어나 입을 열자 야유가 빗발친다.

「아직 어린 친구인데, 호랑이를 피해 달아나는 꿈을 꿨다고 얘기해 질책을 받고 있어요. 남자다운 어른이 되려면 반드시 호랑이를 때려잡는 꿈을 꿔야 하거든요.」

「호랑이를 처음 만나면 제아무리 꿈이라도 무서울 거예요.」

자크는 그의 입장을 십분 이해한다.

이번에는 길쭉한 얼굴에 키만 장대같이 멀쑥한 빼빼한 사내가 사람들 앞에 나선다. 얘기가 끝나자 박수갈채가 쏟아진다.

「저 사람은 용병 우두머리를 만났다는군요. 당신이 키암방이라고 말한 그자 말이에요. 그를 설득해 사업을 포기하게 했대요.」

「너무 순진한 소릴 하네요.」

「아니에요, 농담이에요. 당연히 그자를 죽이는 꿈을 꿨다고 말했어요!」

또 한 사람이 새처럼 팔을 크게 저으며 얘기를 시작한다.

「저 사람은 하늘을 나는 꿈을 꿨나 보죠?」

「맞아요. 하지만 다들 수시로 꾸는 꿈이라서 감동을 안 하네요. 웬만한 꿈이면 새처럼 나는 건 기본이거든요.」

또 다른 세노이족이 아주 복잡한 듯한 얘기를 길게 하자 다들 배꼽을 잡고 웃느라 정신이 없다.

「블루 홀에 들어가서 돌고래들과 같이 수영을 하는 꿈을 꿨다고 하는데, 저 사람은 사실 수영을 할 줄 몰라요. 아무리 꿈이라도 수영에 미숙한 친구가 돌고래한테 다가갔을 리 없다고 다들 생각하는 거죠.」

발언자가 화난 표정으로 거짓말이 아니라고 강변하자 야유는 더욱 거세진다.

의식을 마친 뒤 참석자들은 대나무 통에 찐 고기와 수수로 맛있게 식사를 한다. 식사가 끝나자 족장이 우렁찬 소리로 부족 전체를 향해 얘기하기 시작한다. 이번에도 샴바야가 자크를 위해 통역해 준다.

「용병들이 돌아와서 우리를 다 죽이는 꿈을 꿨다는군요.」

좌중이 불안에 휩싸이는 듯하자 샴바야가 발언에 나선다. 이내 열띤 토론이 벌어지고, 두 프랑스인이 화제에 오른다. 한눈에도 의견이 분분해 보이는 세노이족이 거수투표에 들어간다. 다시 격론이 이어진다. 샴바야가 자크 옆으로 돌아와 앉는다.

「저기서 대체 무슨 얘기가 오간 거예요?」

「별 얘기 아니에요.」

「아니긴요. 중요한 얘기 같아 보이던데. 방금 투표도 했잖아요.」

「아니에요, 정말 별거 아니에요.」

「나한테 왜 감추는 거죠?」

「좋아요. 알고 싶어요? 내가 당신과 결혼하고 싶다고 말했어요. 그랬더니 당신은 나한테 어울리지 않는다고 하는군요. 나 정도의 사람이 당신 같은 남자와 부부의 연을 맺는 건 가당치 않다고. 그래서 당신이 우리를 구해 준 분의 아들이라는 점을 강조했지만 현실의 일은 꿈에서 일어나는 일만큼 중요하지 않다고 반박하더군요. 지금으로서 당신은 꿈의 세계에서 그저…… 무지한 이방인에 불과하다고 말이죠.」

「알았어요, 알았어. 내가 부족 전체에 할 말이 있다고 전해 줘요.」

자크 클라인이 자리에서 일어나 프랑스어로 말하자 샴바야가 청중을 위해 통역에 나선다.

「여러분은 제가 꿈을 잘 못 꾼다고 생각하시죠? 얼마나 잘 꾸는지 이제부터 증거를 말씀드리죠! 여러분을 안전하게 지키고 이 섬을 세계적인 문화의 명소로 만들 해법을 지난밤

56

꿈에서 찾아냈습니다.」

자크가 자신의 구상을 설명한다. 키암방의 경쟁자들을 접촉해 이 섬에 호텔을 지으라고 제안한다. 값비싼 숙박료에 투숙객을 일주일에 열두 명으로 제한해 자각몽 수련 코스를 제공하는 특별한 호텔이다. 이런 방식을 통해 한쪽이 다른 쪽을 지배하지 않고 이질적인 두 문화가 점진적으로 섞이게 만든다.

그의 말을 경청하고 있는 세노이족은 회의적인 반응을 보인다. 프랑키 샤라만이 동료인 자크의 전략에 적극적인 관심을 보인다. 자신감이 붙은 자크가 더 구체적으로 자신의 계획을 설명한다.

「세노이족 마을 옆에 〈외지인 전용〉 마을을 하나 지을 겁니다. 단단한 자재를 써서 현대식 호텔 시설을 짓고 배를 정박할 수 있는 항구도 만들 거예요.」

세노이들이 숙덕숙덕한다.

「제 얘기 들어 보세요. 용병들을 다시는 못 오게 할 장기적인 해결책은 이것뿐이에요.」

여전히 표정이 돌처럼 굳어 있는 원주민들을 향해 자크는 외지인 마을이 세노이족 마을의 집들을 보강하고 편의를 개선하고 환자를 치료할 병원을 세우는 일에 돈을 대게 될 것이라고 설명한다.

한 원주민 남자가 발언권을 청해 자크의 제안이 받아들여지면 마을이 외지인들로 뒤덮일 것이라고 경고한다.

「세노이족이 늘 절대다수를 차지하게 할 겁니다.」

자크가 반박에 나선다.

「엄격하게 고른 열두 명의 투숙객과 열두 명의 직원(요리

사, 정원사, 경비원, 웨이터, 수선 담당 기술자)으로 호텔을 운영할 계획입니다. 세노이족 3백 명에 외지인은 단 스물네 명인 셈이죠.」

또 다른 남자가 일어나 외지인들 때문에 세노이족의 아침 의식이 방해를 받아서는 안 된다고 우려를 표명한다.

「저도 그 문제를 고민했어요. 투숙객들은 아침에는 우리의 전통 의식을 따르고 오후에는 세노이족 꿈 스승들로부터 자각몽 기술을 배우게 될 거예요.」

자크 클라인은 계속 주민들을 설득한다. 키암방의 배에서 수거한 것보다 용량이 훨씬 큰 대형 태양 전지판을 설치할 계획이다. 일조량이 풍부한 섬이기 때문에 그렇게 하면 1년 내내 전기 기계와 전자 장비를 사용할 수 있을 것이다. 전 세계인들이 말레이시아 세노이족의 진정한 가르침에 눈뜰 수 있게 인터넷으로 강의를 배포할 계획도 가지고 있다고 밝힌다.

샴바야의 입을 통해 나오는 자크의 구상에 모두가 귀를 기울이고 있다.

「전 세계가 여러분의 존재를 알아야 합니다. 여러분의 독특한 문화를 발견해야 해요. 자신들만의 명상법을 가지고 산속에서 은둔하던 티베트인들도 똑같은 방법으로 세상에 자신들의 지식을 알렸어요. 여러분 자신만 이롭게 한다면 새로운 삶의 방식이 무슨 소용이 있겠습니까? 그것을 전파할 방법을 찾는 게 중요하죠. 그래야 인류 공동체 속에서 여러분의 자리가 찾아질 겁니다. 용병들의 손에 다 죽었다면 여러분의 지식도 함께 사라졌을 거예요!」

의표를 찔린 좌중이 웅성웅성하기 시작한다. 자크가 말끝을 단다.

「한 가지 더 있어요. 어쨌든 아직 아무도 모르지만 섬 이름을 바꾸는 게 좋겠어요. 간단히 세노이족의 섬을 뜻하는 풀라우 세노이라고 부르면 어떨까 생각해 봤어요. 사물은 명명되는 순간 존재하기 시작하죠.」

제안이 마음에 들었는지 여기저기서 흡족한 얼굴로 고개를 끄덕이며 〈풀라우 세노이〉를 반복해서 입에 올린다. 갑자기 한 남자가 붉으락푸르락하며 발언에 나서자 샴바야가 통역을 시작한다.

「외지인들을 들이는 건 몸에 독을 넣는 일이나 마찬가지라고 그가 주장해요.」

「우리 문화에서는 〈독도 약이 될 수 있고 약도 독이 될 수 있다, 용량의 문제일 뿐이다〉라고 얘기하죠.」

자크가 받아치지만 좌중의 반응은 미적지근하다.

「우리 형제자매들은 자신들의 문화를 잃을까 봐 두려워하고 있어요.」

샴바야가 한마디 거든다.

「세노이족은 두려움과 희망 사이에서 선택을 해야 합니다. 여러분의 문화와 여러분의 목숨 중에서 무엇을 더 걱정해야 할까요?」

몇몇이 어처구니없다는 표정으로 실소를 터뜨린다. 웅성웅성하는 분위기에서 적개심마저 느껴진다. 지켜만 보던 프랑키가 발언권을 청하자 역시 샴바야가 통역에 나선다.

「저는 이 부족의 여성과 결혼하려고 합니다. 제가 무지타와 부부의 연을 맺으려는 것은 이곳에 제 미래가 있고 우리두 문화가 섞일 수 있다고 믿기 때문입니다. 저는 이방인이지만 여러분의 문화를 배우고 여러분이 스스로를 지킬 수 있게 돕고 싶습니다.」

숨소리 하나 들리지 않을 만큼 정적이 흐른다.

「꿈, 좋지요. 하지만 행동은 더 좋습니다.」

프랑키의 목소리에 힘이 실린다.

「여러분한테는 밤의 세계가 낮의 세계보다 더 중요하죠? 꿈의 세계가 현실보다 더 의미 있다고 믿죠? 하지만 저는 그것이 비겁함의 발로이자 도피라고 생각해요. 저는 잠에 당하고 사는 사람이에요. 병이 있어서 의지와 상관없이 잠을 자죠. 얼마나 괴로운 일인지 여러분은 모를 거예요.」

「〈현실의 과잉 때문에 죽을 수는 있지만 꿈의 과잉 때문에 죽을 수는 없습니다.〉」

세노이 하나가 부족의 금언을 인용하며 응수한다.

「현실이 없으면 꿈도 존재하지 않을 겁니다. 여러분은 어떤 꿈을 꾸죠? 새? 나무? 꽃? 가족? 친구? 적? 이 모든 것은 현실이죠.」

「확신할 수 있습니까?」

이런 식의 논쟁에 익숙한 듯한 남자가 따져 묻는다.

「모든 것이 꿈에 불과하고, 진정한 세계에 이를 수 있는 길은 잠밖에 없다면 어떡할래요?」

「저 두 외지인은 어차피 섬에 계속 머무를 사람들이 아니라서 쉽게 말할 수 있는 거예요!」

또 다른 남자가 말을 보탠다.

자크가 벌떡 일어나 다시 발언권을 요구한다.

「이 프로젝트에 대한 저의 애정을 보여 드리기 위해 이곳에 남아 호텔 건축 공사를 지켜보겠습니다. 그리고 이를 약속하는 차원에서, 여러분이 인연을 허락하신다면…… 샴바야의 청혼을 영광스럽게 생각하고 수락하겠습니다.」

느닷없이 폭소가 쏟아진다.

「왜 웃는 거죠?」

「당신이 내 청혼을 받아들이겠다니까 웃는 거예요. 우리 부족은 남자의 의견은 물어보지 않아요. 남자는 여자에게 〈선택될〉 뿐이죠. 길 가는 개한테 계속 떠돌이 개로 살고 싶은지 주인이 생기면 좋겠는지 물어보는 거나 마찬가지죠.」

샴바야가 부족어로 사람들을 향해 애기한다.

「방금 뭐라고 애기했어요?」

「당신하고 결혼은 해도 당장 몸을 섞지는 않겠다고 했어요. 처녀성을 잃는 순간 해몽현녀로서의 내 능력이 사라질까 봐 사람들이 걱정하고 있거든요. 〈미신은 모든 원시 문화와 떼려야 뗄 수 없다〉고 당신 어머니가 말씀하셨죠.」

이 순간, 여태까지 침묵을 지키던 샴바야의 아버지가 자리에서 일어나 노래를 부르기 시작한다. 온 마을 사람들이 그의 노래를 따라 부르며 춤을 춘다. 수탉도 소리를 보탠다.

자크가 의아해하면서 프랑키를 쳐다보자, 자기도 모르겠다는 듯한 제스처를 취하던 그가 모로 쓰러지며 잠이 든다.

52

무더운 한낮, 공작새 〈까욱이〉가 요란한 울음을 뽑으며 다시 텅 빈 마을 한가운데를 가로질러 지나간다. 마을 전체가 낮잠에 들었지만 프랑스인 두 명은 테이블을 놓고 앉아 자크가 세운 계획을 실행할 방안을 모색 중이다. 프랑키가 키암방의 배에서 들고 온 컴퓨터를 태양 전지판과 위성 안테나에 연결한다.

이 장비들 덕에 이제 바깥 세계와 연결돼 원격으로 일을 처리할 수 있게 됐다. 그들은 말레이 변호사에게 연락을 취해 카롤린 클라인의 사망 사실을 공식적으로 확인해서 그녀의 유산인 섬이 독자인 자크 클라인에게 상속될 수 있게 조치를 취해 달라고 요청한다. 수임료는 신용 카드로 지급한다. 그러고 나서 프랑키는 섬의 새 이름인 풀라우 세노이를 공식 등록한다.

변호사와 함께 법률적인 밑 작업을 마치고 나자 프랑키는 적당한 관광업체를 물색하기 시작한다. 그는 진지하고 경험도 많아 보이는 세레니티스 어소시에이티드Sereinitis Associated를 매각 업체로 선정한다. 태양의 서커스의 전직 단원이 설립한 이 퀘벡 회사는 영적 체험 위주의 호텔 스파 시설을 이미 아마존 밀림(아야와스카 체험)과 시베리아의 툰드라 지대(샤머니즘과 환각 버섯 체험), 한국의 산속(불교와 홍삼 체험), 세이셸(아유르베다 요가와 미식 체험)에 지어 운영하고 있다.

프랑키는 가파른 해안가 땅 중에서 그나마 항구 조성이 가능한 땅을 조금 떼어 세레니티스에 팔자고 제안한다. 임대를 바라는 자크에게 프랑키는 항구를 건설하고 호텔을 지으려면 막대한 돈이 들기 때문에 투자자의 마음을 움직일 방법은 매각밖에 없다고 설명한다.

「자신들 땅도 아닌데 대규모 공사를 시작할 리가 없잖아. 나중에 땅을 비워 줘야 하면 그때까지 쌓아 놓은 성과가 모두 다른 회사에 넘어갈 텐데.」

자크는 자신보다 경제 감각이 나은 동료에게 부동산 관리를 맡기기로 결정한다.

행정적인 문제들이 처리되자 그들은 대외 홍보 방안을 고심한다. 그들은 위성 안테나와 태양 에너지로 작동하는 컴퓨터 한 대만 가지고 세노이족이 고립에서 벗어나 세계와 소통할 수 있게 해준다.

그들은 〈꿈의 민족〉의 가르침을 전파하는 단체를 설립한다. 그러고는 스마트폰으로 찍은 사진들과, 세노이 부족의 역사, 환경, 위치 등을 소개하는 글을 인터넷에 올린다. 세노이 방식으로 자각몽을 꾸는 기초적 방법을 가르쳐 주는 영상 자료들도 곧이어 업로드한다. 또한 관심 있는 사람들이 링크를 눌러 세레니티스가 운영하는 스파와 자각몽 수련 호텔에서 제공하는 자각몽 체험 코스에 사전 등록할 수 있게 만들어 놓는다.

이 체험 코스가 일주일에 열두 명으로 참가 인원을 제한한다는 사실이 사람들의 흥미를 북돋우는 바람에 사이트가 개설된 지 채 한 시간이 지나지 않아 첫 주 등록이 끝나고, 예약

금으로 1만 유로가 들어온다. 두 시간이 지나자 우주여행 예약처럼 이 프로그램도 경매 사이트에서 재판매된다.

SNS에서 입소문을 타면서 세노이족의 존재에 세계인들의 이목이 집중된다.

자크와 프랑키가 부지런히 인터넷 작업을 하는 사이 세노이족도 샴바야와 무지타의 결혼 준비에 여념이 없다.

이날 저녁에 벌써 결혼식 준비가 끝나 있다. 물루의 굵고 웅장한 합주가 예식이 임박했음을 알린다.

자크와 프랑키는 한바탕 펼쳐질 축제를 기대하며 일손을 멈췄다가, 결혼식이 부족의 평소 축제와 다르지 않다는 것을 확인하고는 실망이 이만저만이 아니다. 예식에서 불리는 노래들만 보통 때와 다를 뿐이다.

신부인 샴바야는 흰색 무명천으로 지은 드레스를 입고 결혼식에 나타난다. 그녀가 옆자리로 자크를 손짓해 부른다.

「흰 드레스는 세노이 전통인가요?」

「당신들 전통이죠. 내 동생 슈키가 프랑키에게 프랑스인들의 결혼식은 어떤 모습인지 컴퓨터에서 보여 달라고 했어요. 그걸 듣고 당신을 존중하는 의미에서 이 드레스를 입기로 했어요. 케이크도 준비했어요. 결혼식에 빠져선 안 되는 후식인가 보더군요.」

테이블에 탑처럼 쌓여 있는 두리안들이 보인다. 슈크림 대신 두리안을 층층이 포개서 만든 케이크다.

「결혼 선물도 있어요?」

자크가 묻는다.

「그럼요. 부족 전체가 똑같은 선물을 당신한테 줄 거예요. 세노이족만이 할 수 있는 독특한 선물이죠.」

「아? 뭔데요?」

「우리들의 밤이에요.」

자크가 어리둥절한 표정을 짓는다.

「오늘 밤에 우리의 결합을 축하하기 위해 세노이족 전체가 한 사람도 빠짐없이 잠을 자지 않을 거예요! 함께 밤을 새울 거예요.」

잠을 신성시하는 부족이 할 수 있는 최고의 선물이 신랑 신부를 위해 하룻밤의 잠을 포기하는 일인 것은 지극히 당연해 보인다.

「어머니가 예식을 보셨더라면 얼마나 좋았을까요.」

「어머니가 당신 얘기를 참 많이 해주셨어요.」

샴바야가 그의 말을 받는다.

「당신이 오줌싸개였다고 했어요.」

자크가 겸연스레 헛기침을 한다.

「어머니가 너무 사적인 얘기까지 자세히 하셨네요. 다른 얘기는요?」

그들이 보는 앞에서 남자들이 막대기를 들고 텅 빈 그루터기를 두드리는 소리에 맞춰 여자들이 춤을 추기 시작한다.

「당신이 겁이 많은 아이였다고, 또래 아이한테 맞고 불안에 시달린 적이 있다고 했어요.」

사연을 속속들이 안다는 듯, 그녀가 자크의 이마에 난 Y자 모양의 상처를 어루만진다. 그는 가만히 그녀의 손길을 느끼고 있다.

「이건 두려움의 징표잖아요, 그렇죠? 하지만 당신은 두려움에 맞서 싸울 수 있는 사람이란 걸 입증했어요. 숫자도 많고 성능 좋은 무기도 갖춘 적들을 모두 제압했잖아요. 당신

마음속에 이제 두려움이 설 자리는 없어요. 그래서 이렇게 결혼도 할 수 있게 됐죠.」

그녀가 코코넛우유로 빚은 술을 건네자 자크가 받아 마신다.

「어머니 얘길 좀 더 해줘요.」

「당신 어머니는 성생활을 무척 즐기셨어요. 전에도 말했지만 우리 부족은 성생활이 건강의 증거라고 여기죠.」

자크가 입 안에 든 액체를 왝 쏟아 낸다.

「당신 어머니는 우리 아버지와 관계를 맺었어요. 그런 면에서 우리 둘은 가까운 사이예요. 벌써 어느 정도 가족이나 마찬가지죠.」

「당신은 우리 어머니를 좋게 봤군요?」

「그래요. 자유분방하고 독창적인 성생활을 즐기는 분이셨어요. 오르가슴에 도달하면 어찌나 자지러지게 교성을 질렀는지 몰라요. 그 소리를 들으면서 많이 웃었죠. 누가 그렇게 당당하고 큰 소리로 쾌감을 표현하는 걸 듣기는 처음이었거든요. 당신 어머니처럼 느낄 수 있게 당신이 나와 섹스를 해줬으면 좋겠어요.」

음악이 잠시 멎는다. 자크와 샴바야, 프랑키와 무지타의 결혼 예식이 계속된다.

슈키는 웨딩드레스와 케이크 외에도 프랑스 예식을 흉내 내 증인을 세웠다. 자연의 정령을 수호하는 원숭이 두 마리가 증인 역할을 맡았다.

나머지 식순은 슈키가 프랑스 예식에서 보고 배운 그대로 진행된다. 하객들이 신랑 신부에게 쌀 대신 모래를 뿌려 주고, 생경하고 우스꽝스럽게까지 느껴지지만 둘씩 짝을 지어

춤을 춘다.

프랑스식 예식을 마친 뒤에야 세노이족은 평소처럼 불을 중심으로 둥그렇게 모여 앉아 식사를 시작한다.

한 부족 여성이 자크에게 멧돼지 고기와 카사바, 육즙에 익은 채소가 든 따뜻한 대나무 통을 건넨다.

「샴바야, 당신이 두려움을 느끼는 대상은 뭐죠?」

「우리 부족은 다 번개를 무서워해요. 자연의 심기를 건드려서 번개가 친다고 믿거든요. 그래서 번개가 번쩍이면 돌아가면서 잘못한 일을 고백해요. 그래도 번개가 그치지 않으면 잘못이 제일 큰 사람이 팔을 칼로 그어 빗물에 피를 섞어 흘려보내죠. 비가 그칠 때까지.」

「과다 출혈로 죽으면 어떡하려고…….」

「그러다 죽으면 당연하다고 생각해요. 우린 자연한테 심판할 권리가 있다고 인정하거든요.」

「인간한테는 그런 권리가 없어요?」

「우리는 사법 제도가 없어요. 자각을 통해 문제를 해결하죠. 각자 각자가 책임 있는 존재이기 때문에 스스로 심판할 수 있다고 믿어요.」

창의적인 발상이라고 여기며 자크가 조금 더 따져 묻는다.

「스스로 심판하길 거부하는 사람이 나오면 어떡하죠?」

「그런 사람은 악몽을 꾸게 될 거예요.」

그녀가 당연하다는 듯 대답한다.

「한 인간에게 일어날 수 있는 가장 끔찍한 비극이 그거 아닌가요, 〈남편 님〉?」

경찰이나 사법 기관, 수형 시설 없이 꿈을 통해 범죄를 해결할 수 있다고 믿는다면 틀림없이 여유로운 사회일 것이라고 자크는 믿는다. 상세한 설명이 더 필요하다고 판단한 샴바야가 말끝을 단다.

「중요한 것은 다 보이지 않는 세계에 존재한다고 우리는 믿어요. 자는 동안 우리의 영혼은 육체를 벗어나 다른 모든 영혼들이 머무는 거대한 구름으로 올라가죠.」

「모든 영혼이라면, 이 마을 사람들을 말하는 거예요?」

「잠자는 사람들의 영혼 외에 우리 곁에 머물고 싶어 하는 조상들의 영혼도 있을 수 있겠죠. 자손들을 보살피는 증조할아버지, 고조할아버지가 그렇게 존재한다는 건 큰 힘이 되죠.」

「그래요, 당연히 그렇겠죠.」

남편의 목소리에 조롱기가 묻어 있지만 샴바야는 개의치 않고 설명을 이어 간다.

「영혼도 사람과 마찬가지예요. 우리를 도와주는 영혼도 있지만 더 힘들게 만드는 영혼도 있죠. 우리는 도움이 되는 영혼을 〈구닉〉이라 부르고, 도움이 되기는커녕 훼방꾼 같은 영혼은 〈마라〉라고 부르죠.」

「구닉과 마라.」

자크가 마음에 새기듯 따라 말한다.

「사실 영혼들은 원래 모두 마라예요. 우리와 친구가 되는 순간 구닉으로 변하는 거죠. 동물과 비슷해요. 당신을 물지도 모르는 떠돌이 개를 데려다 쓰다듬어 주고 먹여 주면 길들일 수 있는 것처럼 말이에요. 떠돌이 개는 충직한 개로 변해 적들로부터 당신을 지켜 주죠. 자연에 존재하는 모든 생명체가 같은 원리로 움직여요. 우리가 그들을 길들이거나, 그들에게 당하거나, 둘 중 하나죠.」

자크가 공책을 꺼내 세노이 철학의 핵심적인 내용을 메모한다.

「우리한테 〈잡힌〉 구닉은 나중에 자기를 불러낼 때 쓰라고 노래를 가르쳐 줘요.」

「구닉은 어떻게 잡아요?」

샴바야가 연주자들과 한 여인에게 무언가 말한다.

「저 여성이 당신한테 방법을 보여 줄 거예요.」

끊겼던 음악이 다시 이어지자 여자가 다분히 농염한 자태로 춤을 추기 시작한다.

「구닉은 소심하고 의심이 많아서 다가가려고 하면 재빨리 도망치죠. 지금 당신 귀에 들리는 노랫말은 영혼들의 언어로 〈구닉, 언제든 반겨 줄 테니 이리 가까이 와요〉라는 의미예요.」

갈수록 격정적인 춤사위를 선보이던 여인이 환대의 포즈를 취한다.

「방금 저 여인이 구닉에게 자신을 영매로 삼으라고 말했어요. 대화가 시작될 수 있는 준비가 된 거죠. 이제부터 저 여성은 자신을 완전히 버리고 할라가 되어야 해요.」

「일종의 접신 상태군요?」

「지금부터 여성은 구닉 앞에서 인간을 대표하고, 또 구닉은 영혼을 대표하게 돼요. 이렇게 세노이족의 세계와 영혼들의 세계가 연결되는 거죠.」

마을 사람들이 자리에서 일어나 노래를 시작한다. 춤추는 사람이 부족민들의 말을 받아 구닉에게 전하면 구닉이 그녀의 입을 빌려 답을 들려준다. 구닉의 목소리는 시시때때로 변한다.

「왜 아내가 임신을 못 하는지 궁금하다고 저 남자가 물으니까 구녁이 영매 역할을 하는 춤추는 〈할라〉를 통해 〈성교에 미숙해서〉 그렇다고 대답했어요. 앞으로 어머니한테 조언을 구해 가면서 더 자주 아내와 성관계를 가지라고 말해 주네요.」

「〈허심탄회한〉 대화군요.」

「샤먼인 〈할라〉는 이따금 악령을 물리치는 역할도 해요.」

자크의 시선이 어른들과 함께 춤을 추고 있는 어린아이들에게로 향한다.

「애들한테 따로 자각몽을 가르치지는 않아요. 욕구가 생기면 우리를 흉내 내서 자연스럽게 하게 되니까요.」

「연장자들은요?」

「어른들은 매주 모여서 마을의 앞날을 논의하죠.」

「사업을 추진하기 위해 머리를 맞대는 건가요?」

「그건 아니에요. 그분들은 현재에 닥친 문제들을 바로 보기 위해 과거를 소환하죠.」

「그건 진보를 위한 자세가 아닌데!」

자크가 놀라며 묻는다.

「우리는 진보를 바라지 않아요.」

샴바야가 한마디로 잘라 말한다.

「우리를 둘러싼 것과 조화롭게 살길 바라죠.」

자크는 할 말을 삼키며 묵묵히 코코넛주를 목으로 넘긴다.

「당신은 진화하지 않고 늘 같은 상태로 머무르는 세상에 행복이 있으리라는 생각은 단 한 번도 해본 적이 없나요?」

「없어요!」

그가 냉큼 대답한다.

「깊이 생각해 봐요. 당신 어머니도 나중에 바뀌셨거든요. 움직임보다는 관조를, 앞으로 나아가기보다는 멈춤을 중요하게 여기게 되셨죠.」

「어머니는 스스로를 신대륙을 발견한 크리스토퍼 콜럼버스에 비유했던 분인데…….」

「우리를 만난 뒤 변하셨어요. 하루는 나한테 파스칼인가 하는 당신네 철학자를 인용해 〈인간의 불행은 모두 방 안에 가만히 있을 줄 모르는 것, 이 한 가지에서 비롯된다〉고 얘기하신 적도 있어요.」

「파스칼은 광장 공포증을 앓았어요. 자신의 동류를 만나기 싫어하고 낯선 곳에 가는 것도 꺼렸어요. 자신의 병을 법칙으로 만든 것뿐이에요.」

「현재의 순간과 영속성 속에서 행복을 찾아라. 당신이 이런 관점에서 한번 세계를 보면 어떨까요?」

「부동성과 진보의 거부에 행복이 있단 말이에요?」

「당신이 〈진보〉라고 부르는 것은 우리 눈엔 폭주와 다르지 않아요. 추락이 뒤따르게 마련이죠.」

자크는 이런 식의 대화를 계속하고 싶지 않아 화제를 돌린다.

「합방은 언제쯤 해요?」

「먼저 당신의 꿈속에서 우리 둘의 육체적 결합이 일어나면, 그 장면을 당신이 나한테 묘사해 줘야 해요. 꿈에서 당신이 나한테 멋진 성관계를 경험하게 해줄 수 있어야 현실의 경험으로 전환하는 게 가능해지기 때문이죠.」

그가 다시 술을 한 모금 넘기다 사레가 들린다.

「하지만…… 우린 결혼한 사이잖아요.」

「그래서요? 우리가 결혼했다는 이유로 내가 미숙한 연인에 만족해야 하나요? 너무 걱정하지 말아요. 그 시간을 우리 둘만의 귀한 시간으로 만들 수 있게 내가 최상의 방법을 가르쳐 줄게요.」

이날 저녁, 프랑키와 마주한 자크가 궁금증을 참지 못하고 묻는다.

「자네한테도 그렇게 말했어? 성행위를 먼저 꿈으로 꿔야 실제로 할 수 있다고?」

「아니, 우린 내일 할 거야. 대신 나는 기면증 증세를 일으킬까 봐 걱정스러워. 참, 사람마다 고민도 제각각이지.」

프랑키가 농을 던지며 자크의 등을 툭 친다.

후식 ── 두리안을 켜켜이 쌓아 만든 케이크 ── 을 먹는 동안 마을의 우두머리가 간밤에 사람들이 꾼 꿈 중에서 가장 멋진 꿈을 골라 내용을 들려주자 다들 일어나 주제에 맞춰 춤을 추기 시작한다. 뱀이 등장한 꿈이었던 탓에 세노이족 모두가 뱀 시늉을 하며 몸을 뒤튼다.

첫날밤이지만 어차피 춤을 추고 얘기나 하면서 지나가리라는 것을 아는 자크는 체념한 표정으로 두리안을 하나 집어 단단한 껍질을 벌려 깐다. 그는 상반된 맛들을 함께 지닌 과일의 달고 부드러운 속살을 우걱우걱 씹는다.

53

「영혼이 깃들고 싶어지게 몸을 항상 잘 보살펴야 해요. 그래야 밖으로 나가 다른 곳을 떠돌면서도 당신 몸을 그리워하게 되죠.」

샴바야는 남편에게 개인위생에 좀 더 철저해지라고 가르친다.

「건전하고 청결한 몸이 꿈도 잘 꾸는 법이에요.」

자크가 한참 동안 몸을 씻고 나오자 해몽현녀가 다가와 배와 겨드랑이에 코를 대고 냄새를 맡고 나서 고개를 끄덕인다.

「이제 지난밤 꿈에서 나와 성교했던 얘기를 해봐요.」

자크가 살을 조금 덧붙여(물론 아내는 속는 눈치가 아니다) 꿈 얘기를 들려주자, 샴바야는 그가 했어야 하는 것과 하지 말았어야 하는 것을 구분해 일러 준다. 그녀는 그가 미처 애무하지 않은 몸의 구석구석을 짚어 주며 직접 시범을 보인다. 그의 손을 잡고 얼마나 부드럽고 예민한 곳들인지 느끼게 해준다.

「당신은 의사라면서요.」

그녀가 말한다.

「맞아요. 하지만 의학에서 성감대를 애무하는 방법을 가르쳐 주진 않아요. 적어도 공식 수업을 통해서는!」

다음 날부터 자크는 자각몽을 꾸는 세노이식 방법을 배우기 시작한다.

샴바야는 인내심을 갖춘 훌륭한 교육자의 면모를 보인다. 그녀는 〈내가 지금 꿈을 꾸고 있나?〉라는 질문을 스스로에게 수시로 던지라고 자크에게 가르친다. 그렇게 하면 꿈속에서도 똑같은 질문을 던질 수 있게 된다고 알려 준다. 늘 같은 시간에 잠을 청하고, 잠들기 전에는 〈나는 꿈에서 내가 꿈꾸고 있다는 사실을 자각할 것이며, 내 꿈을 통제할 것이다〉라고 되뇌라는 조언도 잊지 않는다.

「꿈을 꾸는 순간부터 당신 자신을 외부에서 구경꾼처럼 바라봐서는 안 돼요. 지금부터 내가 시키는 대로 하면서 훈련을 해봐요. 당신의 손과 발을 의식 속에 이미지로 떠올려 봐요. 시야 아래쪽에 있는 당신 코의 흐릿한 형체도 바라봐요.」

「지금까지 한 번도 생각해 본 적이 없는데 정말 신기하네요. 가장 가까이 있는 내 코가 늘 흐릿하게 보이니 말이에요.」

「현실과 아주 똑같은 이미지를 재현해 내야 꿈을 잘 꿀 수 있어요. 당신은 꿈속에서도 여기서처럼 손과 발, 희미한 코를 가지고 있어야 해요.」

그녀가 또 다른 훈련을 제안한다. 촛불을 마주한 상태에서 두 손을 앞으로 펴놓고 바라본다. 촛불을 불어서 끈 다음 눈을 감고 〈수면 시작〉 하고 소리 내어 말한다. 〈출발〉하는 순간 자크는 눈앞에 펴져 있는 두 손이 다시 보이게 하는 것이 목표임을 인식한다. 손 다음은 발 차례다. 그는 꿈속을 활보하는 자신을 본다. 하지만 이것이 끝이 아니다. 여러 가지 방법을 통해 자신이 정말로 꿈을 꾸는 중인지 확인해야 한다. 자신의 모습을 비춰 볼 거울을 찾거나(꿈속에서는 이미지가 변형돼 있다), 숨을 멈추거나(현실이라면 당연히 질식할 것이다), 벽에 등을 기대(꿈이라면 벽이 물렁해서 통과해 지나갈 수 있다) 보아야 한다. 틀림없이 꿈이라는 확신이 들면 〈잠에서 깨고 싶지 않다〉라고 되뇌어야 한다.

이렇게 자신의 몸과 공간을 자각하고 나면 꿈 자체의 내용과 전개를 통제하는 방법을 배운다.

샴바야가 시키는 대로 점점 높이 뛰어오르다가 자크는 드디어 하늘을 날 수 있게 된다. 새로운 조건에 맞춰 자크의 몸도 부분적으로 변화한다. 손가락이 길어지고 손가락 사이사이에 막이 생기는 것은 물론 박쥐와 비슷한 날개가 몸에 달린다.

몸의 변화로 한층 자신감을 얻은 자크는 반투명에 가까운 얇은 피부로 덮인 긴 손을 펼쳐 공기를 휘저으며 더 높이 날아오른다.

샴바야가 비행에 재미가 들린 남편을 그만 현실로 돌아오게 한다. 자크는 수면 단계를 차례로 거쳐 올라와 눈을 뜬다. 또 한 명의 새내기 꿈 여행자가 탄생하는 순간.

「날아오르는 영혼에게는 두 가지 선택이 있어요. (마라들과 구닉들이 있는) 영혼들의 세계, 즉 자신의 바깥에 존재하는 세계와 연결되거나 자신만의 풍경을 창조해 비행의 속도나 전투 같은 걸 체험하거나.」

「〈영혼들의 세계〉라는 건 뭐죠?」

「우리 위에 떠 있는 거대한 구름 같은 거예요. 살아서 꿈을 꾸는 중인 모든 인간들의 영혼이 모이는 곳을 말하죠. 당신들한테도 이걸 가리키는 이름이 있나요?」

「잠깐, 생각해 보니까 비슷한 개념이 있는 것 같아요. 프랑스 출신 과학자인 테야르 드샤르댕 신부가 얘기한 〈노스피어〉라는 게 생각나요. 노스피어는 잠자는 사람들의 정신이 한데 모여 지구 위에서 대기의 한 층처럼 거대한 구름을 형성하고 있는 것을 말하는데, 꿈을 꾸는 동안 누구나 마음대로 접속할 수 있어요.」

「그렇군요. 당신들한테도 이미 익숙한 거네요. 테야르 드샤르댕에 관해 조금 더 얘기해 줘요.」

「창의적인 사람들과 예술가들은 이 〈인류의 집단 지성〉에 접속해 이것을 기억해 낼 수 있다고 그는 주장했어요. 여러 대륙에서 동시 발견(불, 직조, 농업, 바퀴 등)이 일어났다는 사실이 자신의 주장을 뒷받침하는 중요한 증거라고 했죠.」

「내 생각도 같아요.」

「우리 말에 비슷한 의미를 지닌 〈공기 중에 퍼진 생각〉이라는 표현이 있어요.」

「우리한테도 〈새처럼 날아다녀서 잡기만 하면 되는 해결책〉이라는 유사한 표현이 있어요.」

「테야르 드샤르댕은 노스피어가 인류의 집단적 사고이자 꿈과 상상력의 총체라고 여겼어요.」

「나도 거기에 수시로 접속해요. 그곳을 통해 복잡하고 다양한 인류에 대한 이해를 넓혀 가죠. 이따금 내 꿈에 생소한 장소나 물건이 등장하는 것도 이 때문이에요. 하지만 이런 살아 있는 존재들의 에너지 말고도 마라들과 구닉들의 에너지가 우리 곁에 있다는 사실을 명심해야 해요. 단순한 호기심에서, 혹은 우리에게 도움을 주려고 이승에 남기로 결정한 사자들의 영혼들 말이에요. 이 영혼들한테는 언제든지 말을 걸고 도움을 청할 수 있어요. 하지만, 당신도 이제 알듯이 이 혼령들 대부분은 소심해서 다가가 길들이기가 힘들어요.」

잠시 생각에 잠긴 듯하던 자크가 말을 받는다.

「노스피어 말고도 근래 들어 생긴 새로운 형태의 구름이 있죠. 〈인포스피어〉라고 불러요.」

「그건 뭔데요?」

「인터넷이라는 거예요. 사람들이 자신의 컴퓨터를 통해 의식적으로 주고받는 정보들이 모여 있는 〈클라우드〉, 즉 구름을 말하죠.」

「대단하네요! 어떻게 생겼는데요?」

「소리와 영상, 음악, 노래, 영화, 텍스트, 아이디어가 모여 화면과 스피커를 통해 나와요. 그것들을 저장할 수도 있고 다른 사람한테 보여 줄 수도 있어요.」

샴바야가 눈을 반짝거린다.

「당신이 내 동생 슈키한테 인포스피어를 어떻게 눈으로 구경하면서 다닐 수 있는지 가르쳐 줘요. 대신 나는 상상력을 이용해 노스피어에 갈 수 있는 방법을 당신한테 가르쳐 줄게요.」

이날 밤, 자크는 자신만의 꿈속 풍경을 창조해 볼까 노스피어에 갈까 망설이다가 후자를 선택한다. 눈을 감은 얼굴들이 바닥에 깔려 있는 거대한 흰색 공간이 나온다. 사람들의 이마 위로 역시 흰색을 띠는 소관목이 솟아올라 있다. 가지에 달린 잎들은 이들이 간밤에 꾼 무수한 꿈들을 보여 준다. 샴바야의 말대로 살아 있는 생각들이 서로 연결되어 있는 인터넷이다. 마치 한 나라를 여행하듯이 돌아다닐 수 있는 곳이다.

한 잠든 얼굴의 이마 위로 나뭇잎이 한 장 솟는다. 연꽃 모양으로 생긴 빌딩이 보인다. 새로운 건축 아이디어가 태어나는 순간이다. 주위에 금세 비슷한 빌딩들이 모습을 드러낸다. 인터넷에서 그렇듯이 노스피어에서도 아이디어들이 〈바이러스〉처럼 퍼지지만, 오직 꿈을 기억하는 사람들만이 이것들을 활용할 수 있다.

멀리서 한 여성이 줄거리와 유명 배우들, 동작까지 정해진 한 편의 완전한 시나리오를 꿈으로 만나는 모습이 보인다. 자크는 걸음을 멈추고 그녀의 꿈을 구경한다. 이번에도 주변에서 자는 사람들에게 이 영화가 〈전염〉된다. 노스피어에는 저작권이 없다.

자크는 눈을 감은 얼굴들로 뒤덮인 유백색 바닥을 계속 밟고 지나간다. 갑자기 한 남자의 이마에서 체스판이 솟더니 빠른 속도로 공방이 계속된다. 경기 장면을 꿈꾸는 중이다.

조금 떨어진 곳에서 파티시에는 새 디저트를, 산업 디자이너는 신형 자동차 단면도를, 화가는 새로운 추상화 작품을 상상하고 있다.

여기저기 폭력적인 장면들도 난무한다. 목을 베고 목을 매다는 살인의 장면들과 고문의 장면들.

파괴적인 생각은 건설적인 생각 못지않게 전염성이 강하다. 이 둘 사이에는 균형마저 존재한다. 선한 꿈만큼 악한 꿈도 많다. 꿈꾸는 사람이 많아질수록 선이든 악이든 극단으로 치닫게 마련이다. 악의적인 꿈일수록 볼만하기 때문에 바이러스처럼 퍼지기도 훨씬 쉽다.

복잡 난해한 성교 장면을 연출 중인 커플들도 곳곳에서 눈에 띈다. 파격적인 꿈을 꾸는 사람들은 현실 세계에서는 수

천 킬로미터 떨어져 있지만 꿈에서는 지척인 이웃들에게 영향을 미친다.

노스피어 구경을 마친 자크는 바로 아래에서 이승을 떠돌고 있는 혼령들을 발견한다. 구천(九泉)……. 하지만 그는 멀리서 구경만 하다가 수면 단계를 거슬러 밟아 위로 올라간다. 그는 꿈속 체험을 기억에 저장하기 위해 당장 눈을 뜨지 않는다.

잠이 깨면 귓불을 꼬집어 〈수면 종료〉를 알리는 분명한 신호를 뇌에 전달하라고 샴바야가 그에게 조언한 바 있다. 지나간 꿈의 영상을 기억으로 〈보낼〉 수 있는 때가 바로 이 순간이라고 했다.

눈을 떠 수면 곡선을 확인하면서 자크는 꿈꾸는 시간이 더 늘어난 것을 확인한다. 그는 꿈 일기장에 꿈의 줄거리를 적고 도식과 그림도 함께 그려 넣는다.

수탉의 울음소리에 일제히 잠이 깬 마을 사람들이 아침 식사를 위해 불을 가운데 두고 둥그렇게 모여 있다. 자크는 아내 곁에 앉는다. 차례가 오자 그는 꿈 얘기를 상세히 들려준다. 박쥐처럼 나는 방법을 배운 꿈에 이어 인간의 꿈들이 모두 모여 있는 구름, 즉 노스피어에 다녀온 얘기, 멀리서 〈객귀〉들을 봤지만 다가가기 싫었던 얘기를 한다.

자크가 한마디 한마디 할 때마다 샴바야는 고개를 끄덕이며 흡족해한다. 자크의 순서가 끝나자 그녀는 남편과 몸을 섞은 꿈을 꾼 얘기를 들려준다. 아내는 자신과는 비교가 되지 않는 상상력의 소유자임을 자크는 인정하지 않을 수 없다.

세노이족 전체가 돌아가며 간밤의 꿈을 들려주고 꿈속 행동에 따라 선물이나 물건, 노래를 주고받는 꿈 의식이 9시까지 이어진다.

의식이 끝난 뒤 마을 사람들은 각자 일터로 향한다. 여자들은 아이들을 돌보거나 점심 준비를 하고, 남자들은 사냥을 나가거나 훼손된 방어벽을 보강한다.

마을에 설치된 첨단 컴퓨터 시스템 덕분에 풀라우 세노이는 하나의 공식적인 문화 지구로 관리가 가능해졌다. 프랑키는 호텔 업체인 세레니티스와 연락을 주고받으며 빠른 사업 진척과 지원 인력 파견에 대한 약속을 받아 낸다.

자크는 슈키에게 컴퓨터 사용법을 가르쳐 준다. 컴퓨터 화면을 통해 보이는 지구의 다양한 풍경들(특히 핀란드와 시베리아, 캐나다의 광대한 설원들)에 푹 빠져 있던 슈키는 곧 시뮬레이션 게임, 그중에서도 특히 전쟁 게임에 흥미를 보인다.

「우리가 자각몽을 처음 배울 때처럼 두 팔을 앞으로 뻗고 있는 걸 보면 게임을 개발한 사람이 자각몽자인 게 틀림없어요!」

슈키가 들뜬 목소리로 말한다.

「내가 보기엔 순전히 우연이야.」

자크가 슈키의 말을 바로잡아 준다.

「어찌 됐든 너무 좋아요! 당신들의 가상 세계는 우리의 꿈속 세계의 연속처럼 느껴지거든요.」

샴바야의 교육은 낮에도 계속된다. 그녀는 자크에게 현실에서 벌어지는 모든 것, 시각과 청각 그리고 후각의 자극에까지 보다 세심한 주의를 기울이라고 가르친다.

「당신들이 사용하는 디지털카메라와 비슷하게 생각하면

돼요. 앞으로 이미지의 해상도를 높이는 일이 남았어요. 낮은 해상도를 이제부터 16:9 화면 비율에 고해상도로 높여야 해요.」

시간이 가면서 자크는 점차 새로운 삶에 익숙해져 간다.

저녁이 오면 어김없이 자각몽 훈련이 이루어진다. 샴바야는 자크를 능수능란한 꿈 여행자로 만들고 싶어 한다. 해묵은 물 공포증도 없애 주고 싶지만 그는 아직 엄청난 심리적 거부 반응을 보인다.

어설프기 짝이 없던 꿈 여행자는 시간이 흐르면서 점차 노련미를 풍긴다. 자크는 간단히 공중으로 날아오르고 거침없이 노스피어를 활보한다.

어느 날 밤, 그는 지표면과 노스피어 사이를 날고 있는 객귀 하나에게 작심하고 다가간다. 그가 쭈뼛쭈뼛 인사를 건넨다.

「저기…… 안녕하세요.」

남자가 의심스러운 눈초리로 자크를 빤히 쳐다보더니 제 갈 길을 간다. 무뚝뚝한 영혼들과 친해져 마라를 구덕으로 바꿔 놓으려면 자신의 소심한 성격부터 버려야 한다는 것을 자크는 깨닫는다.

샤먼인 〈할라〉가 되어 이 영혼들과 친구가 되기 위해서는 능력을 길러야 한다는 결론도 내린다. 자크가 배우고 익힐 게 하나 더 늘어난 셈이다.

샴바야와의 성관계 장면을 꿈으로 꾸고 다음 날 멋지게 들려주기 위해 자크는 노력을 계속한다. 조금이라도 속이면 그녀가 당장 알아차린다는 것을 아는 자크는 있는 그대로 줄거리를 얘기한다.

자크는 모든 방면에서 나날이 나아진다.

자크가 꿈에서 본 성관계 장면을 들려주자 샴바야가 드디어 만족스러운 표정을 지으며 남편과의 합방을 결정한다.

장시간 이어지는 고난도의 체조. 두 육체의 결합은 자크에게 놀라움을 선사한다. 무릎 안쪽, 목덜미 위쪽, 등마루 주변 등 뜻밖의 부위를 애무해 주는 맹인 아내 덕에 자크는 그동안 몰랐던 새로운 성감대들을 발견하게 된다. 그녀의 손이 닿기만 해도 자크는 쾌감으로 몸을 소스라뜨린다. 지금까지 자신은 성기와 〈고전적인〉 성감대들에 집중한 초보적인 성행위만 해왔다고 반성한다.

꿈과 성교의 기술을 터득한 뒤에도 자크에게는 아직 세노이족의 생활 풍습에 대해 배울 게 많이 남아 있다. 그리고 물 공포증을 완전히 극복해야 하는 과제가 여전히 남아 있다.

샴바야가 팔을 걷어붙이고 나선다. 여러 번의 유도몽을 통해 자크는 점차 심리적 거부 상태에서 벗어난다. 때가 왔다고 느낀 샴바야가 하루는 남편을 바닷가로 데리고 간다. 부부는 프랑키가 걸쳐 놓은 줄사다리를 내려가 바닷물에 발을 담근다.

「이러다 죽겠어요!」

무릎까지 물이 차오르자 자크가 비명을 지른다.

그는 샴바야처럼 물을 느끼기 위해 눈을 꼭 감고 필사적으로 꿈에 매달린다.

「버텨요. 당신이 헤엄칠 수 있을 때까지 계속할 거니까.」

허벅지, 골반을 지나 배까지 물에 잠긴다.

아버지와 함께 수영장에 있던 모습이 눈앞에 어린다. 침몰하는 아버지의 쌍동선, 고무 모터보트 위에서 용병들에게 당하던 일이 기억의 표면으로 떠오른다. 그는 공포를 떨치려고 안간힘을 쓰며 침을 삼킨다.

「이리 와요.」

샴바야가 다정히 말한다.

「이젠 발이 거의 닿지 않아요.」

웅얼웅얼하는 그의 목소리에 불안감이 가득하다.

맹인 아내가 앞으로 헤엄쳐 나가기 시작한다. 그녀가 수면에 솟아 있는 산호초들에 가서 부딪칠까 봐 걱정돼 바다로 뛰어든 자크는 한참을 정신없이 사지를 내젓다 사색이 된다. 그가 물을 먹고 캑캑거린다. 극도의 공황 상태.

이 순간, 자크의 머리를 물 밖으로 꺼내 주는 손이 있다. 프랑키. 멀리서 지켜보고 있던 프랑키가 친구를 구조하러 바다에 뛰어든 것이다.

「장애인들끼리 상부상조해야지!」

그가 자크의 턱을 들어 올리며 호탕한 목소리로 말한다.

「맹인과 마약 의존자, 공포증 환자, 이렇게 삼위일체잖아.」

주변 사람들의 응원 덕분에 자크는 이렇게 스물여덟의 나이에 개헤엄을 치기 시작해 금세 팔매 헤엄, 그리고 평형을 할 수 있게 된다.

밤에 꿈속에서 본 수영 동작을 낮에 실제로 물에서 테스트해 보는 과정을 거듭한 끝에 마침내 잠수(공포 극복의 클라이맥스)에 성공한 그는 용병들의 배에서 주워 온 작은 물안경을 쓰고 물속을 헤엄쳐 다니기 시작한다.

섬에 오기로 예정된 세레니티스 탐사단의 도착이 늦어지자 주민들은 다시 키암방 측의 공격을 걱정하기 시작한다.

세노이족은 교대로 밤새 보초를 선다.

차례가 돌아온 자크가 바람총으로 무장한 채 야간 보초를 서고 있다. 그는 대롱처럼 생긴 무기를 들고 앉아 달이 구름 뒤로 사라지는 모습을 쳐다본다.

이렇게 순찰하다 보니 밤에 현실에서 무슨 일이 벌어지는지도 보게 되는구나.

수풀에서 까막까막하는 반딧불이들. 바다 위 어둠 속에서 빛을 발하는 미역들.

풀라우 세노이에 딱 하나 아쉬운 점이 있다면 붉은 모래섬과는 달리 해변이 없다는 것이다.

다 완벽할 수는 없지!

자크는 무더운 열대의 밤공기 속을 천천히 걷는다. 이 시간쯤 되자 모든 오두막에서 나직하게 코 고는 소리들이 밖으로 새 나온다. 그는 잠든 아내의 얼굴을 보기 위해 자신의 오두막에 들른다. 그지없이 아름다운 모습이다.

눈이 따끔거리면서 피로가 몰려온다. 자크는 문득 프랑키의 병을 머리에 떠올린다.

달이 다시 모습을 드러내고, 멀리서 돌고래 한 마리가 그에게 인사를 건네듯 수면 위로 힘차게 솟구쳐 오른다.

그래, 여기가 바로 천국이야. 필사적으로 싸워서 지켜야 하는 곳이야.

결의를 다지며 흐뭇한 미소를 짓던 자크가 하품을 연발하더니 결국 졸음을 이기지 못해 손에 든 바람총을 떨어뜨리며 잠이 든다.

54

「비상! 비상!」

오늘 아침 자크는 수탉의 울음소리가 아니라 프랑키가 마을 사람들에게 경보를 울리기 위해 설치한 종소리에 잠이 깬다. 세노이족 주민들이 바람총을 쳐들고 집 밖으로 뛰쳐나온다. 프랑키가 벌써 곶 끄트머리에 서서 다가오는 배를 예의 주시하고 있다. 아침 7시.

「각자 위치로!」

그가 호령한다.

즉시 함정들을 점검하고, 올가미 장치들의 위치를 다시 조정하고, 용병들의 배에서 수거해 온 소총 몇 자루를 사람들에게 나눠 준다. 각자 지정된 위치로 가서 방어 태세에 돌입한다.

프랑키는 여전히 쌍안경에 눈을 박고 수평선을 탐색 중이다.

「키암방이 다시 용병 무리를 이끌고 왔어?」

자크가 묻는다.

프랑키가 바닥에 침을 퉤 뱉고 나서 대답한다.

「이리 곧장 오는 걸 보면 어쨌든 항로를 잃은 배는 아니야. 배의 크기를 육안으로 봐서는 스무 명가량은 탔을 것 같아. 자동 소총으로 무장한 놈들이 왔으면 큰일인데.」

배는 섬을 두 바퀴 돈 끝에야 접안이 가능한 내포를 찾아

닻을 내린다. 배에서 내린 사내들이 암벽을 기어오르기 시작한다.

「가봐야겠어.」

프랑키가 말한다.

「나도 같이 가.」

자크가 결연한 목소리로 덧붙인다.

그들은 M16 소총으로 무장하고 불청객들을 맞으러 나선다.

잠시 후 다섯 명의 사내가 길에 모습을 드러낸다. 우두머리로 보이는 장신의 대머리 남자는 선글라스를 끼고 있다. 그가 무기도 없이 자크와 프랑키를 향해 성큼성큼 걸어온다.

「정지! 당신 누구야?」

프랑키가 다그치듯 묻는다.

「실뱅 오르뒤로. 우리는 세레니티스가 보내서 온 사람들이에요.」

남자가 강한 퀘벡 억양으로 말하지만 프랑키는 여전히 총구를 겨누고 있다.

「왜 미리 온다고 알려 주지 않았어요?」

「당신들이 신속한 대처를 요청해서 깜짝 놀래 줄 겸 연락 없이 온 거예요.」

프랑키가 상대를 한참 뜯어보고 나서야 총구를 내리고 손을 내민다.

「난 경영을 담당하는 프랑키 샤라고, 이쪽은 섬의 소유주인 자크 클라인이에요. 다음에 올 때는 사전에 알려 줘요. 그동안 우리가…… 음…… 〈해적들〉과 문제가 좀 있었거든요.」

「미안합니다. 멀리서 오느라 이곳 사정을 전혀 몰랐어요.」

실뱅 오르뒤로가 미안해서 어쩔 줄을 모른다.

「제가 이번 현장 답사팀을 이끌고 있어요. 건축가들이 일을 시작할 수 있게 제반 준비 작업을 마쳐 놓을 겁니다.」

프랑키와 자크는 다섯 명의 외지인을 마을 중앙으로 안내한다. 프랑키는 함정의 위치를 일일이 가리키며 실수로 발을 딛지 않도록 조심하라고 당부한다.

바람총을 한 자루씩 손에 든 세노이족이 일행을 맞는다. 아이들은 재빨리 부모의 등 뒤로 몸을 숨긴다. 프랑키가 방문객들은 위험한 사람들이 아니라고 설명하자 슈키가 통역을 해서 주민들을 안심시킨다. 답사팀의 우두머리가 부족을 향해 정중히 인사를 건넨다. 샴바야가 앞으로 나와 사람들의 얼굴을 만져 보자고 하더니, 민둥산 같은 오르뒤로의 매끈한 정수리에서 손을 떼지 못한다. 두피의 감촉이 자신의 엉덩이를 만질 때와 비슷하다는 농담 아닌 농담까지 던진다.

「R&D 부서를 통해 일을 빨리 진행해 주었으면 한다는 얘기를 들었어요. 이런 방식으로 하면 어떨까 해요. 일단 제가 직원들을 데리고 섬의 지형부터 분석하고 나서, 다이버들의 관심을 끈 문제의 블루 홀과 돌고래들을 살펴볼게요. 그런 다음 선상에서 점심을 해결하고 오후에는 당신들이 요청한 야간 경비원들이 지낼 야영 시설을 설치할게요.」

자크는 방문객들과 함께 다니면서 그동안 몰랐던 풀라우 세노이의 구석구석을 새롭게 발견한다. 세레니티스 직원들은 현장을 사진으로 찍고, 영상에 담고, 측량을 하면서 토양을 분석한다. 그들은 섬 중앙의 야트막한 언덕과 강, 호수에 각별한 관심을 보인다. 작업을 끝낸 사람들은 배로 돌아가 수중 음파 탐지기를 사용해 해저 지형의 기복과 굴곡을 확인한다. 눈길을 끄는 지점이 보이자 실뱅이 즉시 잠수복을 착용한다.

「우리랑 같이 갈래요?」

그가 자크와 프랑키에게 묻는다.

「안타깝지만 난 못 가요. 바다 밑에서 잠들어 버릴지도 모르거든요.」

프랑키가 대답한다.

「나도 마음은 있지만 수영을 할 수 있게 된 지 얼마 안 돼요.」

자크가 아쉬운 표정을 짓는다.

「그리고, 바보 같은 질문이 하나 있는데, 상어가 나타나면 어떻게 대처할 거죠?」

실뱅 오르뒤로가 폭소를 터뜨린다.

「상어를 무서워하나 보죠?」

「근방에 상어가 있다는 걸 알거든요.」

「그렇군요. 우리가 상어에 대처할 방법은…… 돌고래예요. 돌고래가 주변에 있으면, 이 주변에 분명히 있잖아요, 상어는 없어요. 둘이 사이가 좋지 않거든요.」

납득은 안 되지만 물 공포증을 극복하기 위한 다음 단계가 산소통을 메고 심해 잠수에 도전하는 것임을 아는 자크는 잠수 장비를 착용하기 시작한다. 마스크, 산소통, 납 허리띠, 보온 잠수복, 물갈퀴.

부속선으로 옮겨 탄 실뱅과 자크는 신호에 따라 몸을 뒤로 젖혀 물속으로 잠수한다. 블루 홀을 찾아 몇 미터 내려가자 터키옥빛 해저에 블루마린색 동그라미가 하나 나타난다. 완벽하게 원을 그리는 이 형체를 향해 그들은 천천히 다가간다. 실뱅 오르뒤로가 손전등을 비추자 자연의 작품이라기보다는 기계가 파놓은 수영장처럼 보이는 원기둥의 매끈한 내벽이 보인다.

「클라인 씨, 내 말 들려요?」

「네, 아주 잘 들려요.」

자크가 잠수 마스크 안에 달린 마이크를 통해 대답한다.

「아름답죠?」

「정말 멋지네요. 상상도 못 했어요.」

두 잠수부는 파란 동굴 속으로 서서히 강하한다.

「지난 빙하기에는 해수면이 지금보다 낮았어요. 식물에 내리면서 산성으로 변한 비가 지표면을 깊게 파 일종의 산성호가 만들어졌는데, 나중에 해수면이 상승하면서 해수가 담수를 밀어내고 호수에 들어차게 됐어요.」

지질학을 전공한 실뱅 오르뒤로가 블루 홀이 생성된 이유를 설명해 준다.

「아주 깊어 보이네요.」

「현재 알려진 블루 홀 중에 가장 깊은 것은 바하마 제도에 있는 딘의 블루 홀이에요. 지름 25미터에 깊이가 2백 미터나 되죠. 카리브 해안과 태평양의 환상 산호초에서도 비슷한 블루 홀이 발견됐고, 홍해에도 하나 있어요.」

「왜 물고기와 산호가 안 보이죠?」

「폭이 좁아서 물이 흐름이 좋지 않아요. 쉽게 도망을 칠 수 없으니 작은 물고기들은 들어가려 하지 않죠. 하지만 물이 고여 있어 박테리아가 풍부하기 때문에 돌고래들한테는 인기가 많아요. 일종의…… 발효 액체를 마실 수 있는 곳이거든요.」

「술 말이에요?」

「맞아요, 비슷해요. 박테리아가 풍부한 이곳의 물이 일종의 향정신성 의약품 기능을 하는 거죠.」

말이 떨어지기 무섭게 흰 돌고래 두 마리가 그들 쪽으로 헤엄쳐 온다. 흰고래 커플은 동네에 나타난 관광객들을 못마땅하게 쳐다보는 노인들 같은 분위기로 멀찌감치 떨어져 그들을 관찰한다. 실뱅이 방수 카메라를 꺼내 고래들을 찍기 시작한다. 그들이 다가갈수록 흰고래 커플은 뒤로 물러난다. 그러다 갑자기 사람들에게 흥미를 잃은 듯 고래들이 방향을 틀어 블루 홀 안으로 깊숙이 헤엄쳐 내려간다. 장난기가 넘치는 고래들의 행동은 마치 술에 취한 듯한 인상을 풍긴다.

「취하기 위해 박테리아가 제일 많은 밑으로 내려간 거네요?」

「우린 지금 돌고래 바에 와 있는 셈이에요.」

블루 홀 밑바닥에서 거나하게 마시고 온 흰고래 두 마리가 구애 행동을 시작한다.

「여기가 러브호텔 역할도 해요.」

퀘벡 출신 남자가 여전히 카메라를 움직이며 말한다.

돌고래들이 사라지고 나서 자크와 실뱅은 세레니티스의 다른 직원들이 기다리고 있는 배로 올라온다. 실뱅이 그들에게 수중에서 촬영한 이미지를 보여 준다.

「블루 홀의 색깔이 바다의 다른 부분과 달리 아주 독특하더군요.」

실뱅이 감상을 말한다.

「프러시안블루였어요?」

프랑키가 떠오르는 대로 말한다.

「파랑 계통의 색조가 무척 다양한 줄은 아는데, 그건 유난히 특이한 빛깔이었어요.」

실뱅이 스마트폰에 색견본 카드와 비슷해 보이는 것을 띄워 놓고 유심히 들여다본다.

「내 생각이 맞았어. 〈클라인 블루〉야.」

「내 이름하고 똑같네요.」

자크가 한마디 던진다.

「아, 그래요? 당신이 그 화가 가문이에요?」

「글쎄, 그건 모르겠어요. 클라인이라는 성을 가진 사람이 워낙 많아서.」

실뱅이 스마트폰을 보면서 이렇게 독특한 파란색이 발견된 역사를 소리 내어 읽어 준다.

「이브 클랭은 1928년 니스에서 태어나 1962년에 사망한 프랑스 화가예요. 그는 자신이 만든 클라인 블루라는 색깔 하나로만 작품을 그렸어요. 다양한 재료를 가지고 이 색깔을 실험했죠.」

「내 이름이 그런 위대한 예술적 발견과 관련이 있다니 기분이 좋네요.」

「인터넷에서 찾아봐요. 한 화가가 오로지 한 가지 색채만 파고든 성과가 얼마나 대단한지 눈으로 직접 확인해 봐요.」

자크가 이브 클랭의 사진을 유심히 들여다보지만 자신과 닮은 점은 찾지 못한다. 그는 조금 전 보고 온 블루 홀과 정확히 똑같은 파란색으로 그려진 화가의 전 작품을 구경한다.

일행은 본선의 갑판으로 올라가 맥주를 마신다. 자크와 프랑키는 한동안 잊고 지냈던 부드럽고 씁쓸한 맛을 음미하며 거품이 이는 시원한 맥주를 목으로 넘긴다.

「돌고래들은 왜 짝을 지어 블루 홀을 찾는 거죠?」

「사람처럼 돌고래 수컷도 암컷이 술이 올라야 유혹하기가 쉬워서 그런 거 아닐까요?」

다들 배를 잡고 웃고 있을 때 마침 돌고래 세 쌍이 블루 홀 쪽으로 다가간다. 도약을 하고 장난을 치는 돌고래들의 모습이 행복해 보인다.

「돌고래는 어떻게 잠을 자요?」

자크가 묻는다.

「돌고래의 잠은 자연의 신비 중 하나죠. 사람들은 오랫동안 돌고래는 잠을 전혀 자지 않는다고 생각했어요.」

「내가 알기로 모든 생명체는, 심지어 식물까지도 어떤 형태로든 잠을 자요.」

「돌고래는 물속에만 있으면 질식해요. 고래류는 포유류에 속하기 때문에 우리와 똑같이 숨을 쉬거든요. 그렇다고 수면에만 있으면 물에 잠기지 않은 피부가 햇빛에 말라 심한 화상을 입게 되죠. 게다가 다른 고래들만큼 몸집이 크지 않아서 숨을 쉬지 않고 20분 이상 자기가 불가능해요.」

「그럼 어떻게 해요?」

「그래서 뇌의 절반만 잠을 자요. 절반이 피로가 풀리고 나면 나머지 절반이 휴식을 취하는 식이죠. 그래서 쉬지 않고 헤엄칠 수 있는 거예요.」

「결국 돌고래는 항상 잠을 자고 있군요. 절반만…….」

실뱅이 활짝 웃으며 설명을 이어 간다.

「돌고래는 늘 꿈을 꿔요. 언제나 반은 현실에, 반은 꿈속에 있는 동물이죠.」

「머릿속을 들여다보면 진짜 신기하겠네요. 마치 스크린

이 둘로 나뉘어 왼쪽에서는 사실주의 영화가, 오른쪽에서는 환상 영화가 동시에 상영되고 있는 것처럼 말이죠.」

돌고래들은 이런 식으로 매 순간 자신들만의 돌고래 노스피어에 접속해 있구나.

자크는 아련한 생각에 잠긴다.

돌고래들이 짝을 지어 차례로 수면 아래로 사라진다.

「여기서 원주민들과 함께 자각몽을 배우고 있다죠?」

실뱅이 몸을 틀어 자크와 프랑키에게 시원한 맥주를 따라준다.

「나도 자각몽에 무척 관심이 많아요. 꿈에 매료된 불교도 스승과 함께 예전에 명상 수련을 한 적이 있어요. 아마추어지만 내 방식으로 자각몽을 꿨다고 할 수 있는 셈이죠. 스승께서는 의식이 자유로워지려면 명상보다 육체를 완전히 망각하게 되는 자각몽이 낫다고 하셨어요. 특정한 자세를 취한 상태에서는 아무래도 자신의 관절이나 근육, 호흡 같은 것에 신경이 가다 보니 의식이 완전히 분리되기가 어렵다는 거죠.」

「한 번도 그렇게는 생각해 본 적이 없어요.」

자크가 말한다.

「자각몽을 꾸면 죽음을 향한 최후의 비상을 준비하는 데 도움이 된다, 삶에서 가장 중요한 것은 바로 자각 상태에서 죽는 것이 아니냐고 스승께서는 자주 말씀하셨어요.」

「달리 죽을 수도 있단 말이에요?」

놀란 프랑키가 눈을 동그랗게 뜬다.

「물론이죠. 죽기 전 몇 초, 그리고 죽는 몇 초 동안 사람은 이 순간과 관련된 온갖 상념과 두려움, 회한, 죄의식, 불안에 사로잡혀 자신이 죽는다는 사실을 인식하지 못하기도 해요.」

「죽음을 꿈과 혼동하지 않으려고 꿈꾸는 방법을 배운다니, 참 재밌는 생각이네요!」

자크가 놀라움을 나타낸다.

「얼핏 보면 죽는 게 간단해 보이잖아요. 하지만 너무도 강렬한 경험이기 때문에 도리어 그냥 지나쳐 버릴 수도 있어요.」

실뱅이 돌연 심각한 표정을 짓는다.

「마치 대형 롤러코스터에 탔을 때처럼 말이에요. 눈을 감고 있느라 탑승해 있는 동안 무슨 일이 벌어지는지도 모르게 되잖아요. 실제로 불교에서는 죽음을 의식하지 못한 채 죽는 사람들이 있다고 얘기하죠.」

「세노이족이 영혼을 바라보는 관점과 일맥상통하네요. 그들은 길들이지 않은 영혼을 마라, 길들인 영혼을 구닉이라고 부르는데, 이 중에는 삶과 죽음의 차이를 깨닫지 못하는 영혼들도 있다고 들었어요!」

「스승께서 한번은 왜 직장 동료들이 자신에게 인사를 건네지 않는지 의아해하는 영혼을 만나셨다고 해요. 그에게 죽었다는 사실을 납득시키느라 애를 먹었다고 하셨어요. 그 영혼이 결국은 추론을 통해 천천히 받아들이더래요. 자신의 실체가 무엇인지 깨달았다고…….」

「마라가 된 거잖아요?」

자크가 넘겨짚는다.

「예전에 살던 곳을 여전히 배회하는 객귀가 된 거죠.」

「유령이구먼.」

프랑키가 덧붙인다.

옆에서는 세레니티스 현장 답사팀이 바삐 움직이고 있다. 풀라우 세노이에서 지낼 가건물을 세울 장비를 배에서 내리는 중이다.

「아까 부동산 회사가 고용한 용병들과 문제가 있었다고 했죠?」

실뱅이 묻는다.

「그래서 당신들이 여기서 하는 일을 신속히 외부에 알려 공식화해 달라고 요청한 거예요. 섬을 지키게 도와줄 야간 경비원들이 필요하다고 한 것도 그 때문이고요.」

「준비하고 있어요.」

실뱅이 신호를 보내자 동료가 점심을 들고 온다.

프렌치프라이를 곁들인 햄버거. 빵은 씹히는 맛밖에는 아무 맛이 없고 고기에서는 플라스틱 맛이 나며 피클은 시큼털털하고 프렌치프라이는 고무에 기름을 잔뜩 발라 썰어 놓은 것 같다. 자크는 음식을 입에 넣다 말고 뱉어 낸다.

「미안해요. 세노이족처럼 계속 먹다 보니 식습관이 변했나 봐요. 여기 음식은 다 맛있어서 입안에서 살살 녹거든요. 그런데 서양 사람들은 플라스틱에 달고 짠 소스를 뿌려서 억지로 목구멍으로 넘기는 것 같아요.」

「당신들은 벌레와 뱀, 거미, 원숭이, 다람쥐 같은 걸 먹는다고 들었어요. 난 그냥 플라스틱으로 만든 햄버거에 만족할래요. 신축할 호텔의 식당에서는 고전적인 음식 메뉴를 그냥 유지하는 게 좋겠어요.」

배에서 점심 식사를 마친 자크와 실뱅은 블루 홀 주변을 둘러보다 돌고래 무리와 마주친다. 코가 길쭉한 잿빛 돌고래들은 사람이 접근해도 달아나거나 사납게 변하지 않는다. 실뱅이 한 마리를 쓰다듬는다. 가까이 다가가던 자크는 돌고래들이 순하게 나오는 이유가 있다는 사실을 알게 된다. 돌고래들이 정어리 떼를 한쪽으로 몰아 빙 둘러 포위한 상태인데, 포위된 물고기들이 두 인간 잠수사를 방패막이로 이용하고 있는 것이다. 정어리 떼가 마치 살아 움직이는 튜브처럼 자크를 에워싸면서 떠 있다. 돌고래들이 주둥이를 놀려 슬슬 물고기들을 위협하고 있다.

「돌고래들이 우리와 친해지려는 게 아니군요.」

돌고래들을 유심히 관찰하던 자크가 한마디 한다.

「정어리 사냥에 방해가 된다는 걸 알려 주려는 거예요. 자기들이 식사 중인 식탁에 우리가 올라가 걸어다니고 있다는 얘기죠.」

실뱅이 호쾌한 웃음을 터뜨린다. 두 사람은 연회 중인 돌고래들에게 자리를 비켜 준다.

그들은 오후 내내 코가 긴 잿빛 돌고래들이 모여 있는 곳을 첨벙거리며 돌아다닌다. (정어리 떼를 보호해 준 것이 꽤 씸씸해서) 인간들을 한심하고 마뜩잖게 여기던 돌고래들은 금세 상냥한 본성이 되살아난다. 돌고래들은 이방인들에게 다가와 호기심 어린 표정으로 뚫어져라 쳐다본다.

저녁에 마을로 돌아와 세노이족과 함께 식사를 하면서 자크는 바다 나들이를 다녀온 얘기를 들려준다. 샴바야가 가장 큰 관심을 보인다.

「새로 온 사람들이 말레이인들로부터 우리를 보호해 줄

까요?」

「그럼요. 우리를 지켜 줄 사람들이 더 오게 될 거예요.」

「앞으로 그들의 존재에 적응해 나가야겠군요. 이런 과정
이 서서히 일어났으면 좋겠어요. 슈키가 얼마나 열광하고 있
는지는 알아요. 날 붙잡고 늘 인터넷이며 〈우리를 둘러싼 거
대한 현실 세계〉 얘기만 해요. 하지만…….」

「무슨 뜻인지 알아요. 단계적으로 이루어져야 한다는 거.」

「무엇이든 새로운 것과의 접촉은 점진적으로 일어나야
해요.」

자크의 아내가 자신의 입장을 역설한다.

「우릴 봐도 그렇잖아요. 당신과 나는 우선 성교하는 꿈부
터 꾸었잖아요. 오랫동안 그렇게 하고 나서야 정말로 한 몸
이 되었잖아요.」

「그 말은 맞아요. 그래서 내 욕망과…… 쾌락도 더 날이
섰죠.」

「이건 또 다른 차원의 문제예요. 만약 너무 급히 그 사람들
과 〈친구〉가 되면, 그들이 우리에게 고통을 줄 수도 있고 우
리 역시 본의 아니게 그들에게 고통을 안길 수도 있어서예
요. 질병이나 서로의 본성에 대한 오해…… 어디 한두 가지겠
어요.」

「우리 말에 〈시간을 존중하지 않으면 시간에 버틸 수 없
다〉는 표현이 있어요.」

「내 형제자매들이 새로운 세상을 발견한 흥분 속에서 허
우적대지 않았으면 좋겠어요. 자크, 당신만 믿어요. 그들과
우리 간에 서서히 융화가 일어나게 해줘요.」

세노이족과 즐거운 저녁 식사를 하는 동안 자크는 후식으

로 나온 두리안도 기꺼이 집어 먹는다(마침내 이 과일을 좋아하게 된 것이다). 잠자리에 들어 그는 샴바야와 한 시간가량 사랑을 나눈다(그는 이 순간 역시 너무도 즐긴다). 피곤한 하루를 마친 그는 깊은 잠에 빠진다.

55

그들이 헤엄친다.

몸을 섞듯 스쳐 지나간다.

하얗다. 미끈하다. 날래고 유연하다. 그들이 클라인 블루 빛 원기둥 속에서 유영하고 있다.

일순간 수면 위로 솟구치며 날아오른다. 그들이 팔을 벌린 채 숲 상공을 선회한다. 나뭇가지들에 내려앉는다.

그들이 깃털로 뒤덮인 새 둥지들로 들어가 포옹을 나눈다. 하늘에 걸린 나뭇가지들에서 수직 하강한다.

그들이 에메랄드빛 호수들, 투명한 강들, 검은 격류들 속에서 헤엄친다. 덩굴에 매달려 나뭇가지를 옮겨 다닌다. 붉은 꽃잎이 양탄자처럼 깔린 커다란 새둥지들을 찾아든다.

싸락눈 같은 꽃가루를 흩날리며 그들은 한 몸이 된다. 다시 날아올라 세상을 내려다보며 떠 있다.

그리고 헤어진다.

자크는 혼자 노스피어를 찾아가 눈을 감은 인간들의 얼굴이 깔린 하얀 바닥을 걸어다니는 꿈을 꾼다. 지난번처럼 잠자는 사람들의 이마에서 하얀색 소관목이 솟아 나와 있고, 잎마다 그들의 꿈과 생각이 나타나 있다.

실뱅의 얼굴이 보인다. 그가 호텔을 짓고 있다. 흰고래들이 술에 취하고 짝짓기 하는 모습을 관찰할 수 있게 블루 홀 바닥에 플라스틱 돔을 설치한다. 내일 아침에 실뱅을 만나 잘못된 생각이라고 얘기해 주리라 마음먹으며 자크는 영혼들이 있는 곳으로 걸음을 옮긴다. 그가 용기를 내어 한 영혼에게 말을 붙인다.

「음, 여기 자주 오시나요?」

머리를 길게 기른 여성이다. 가시 세계에서처럼 비가시(非可視) 세계에서도 이렇게 자신에게 접근해 오는 남자가 있다는 사실을 재미있어하는 눈치다. 그녀는 놀라기는커녕 도리어 자크에게 가까이 다가온다. 안개처럼 반투명한 심령.

「날 꼬시는 거예요?」

그녀가 익살스럽게 묻는다.

「한번 대화를 나누고 싶었을 뿐이에요. 이곳에 올 때마다 번번이 내가 신참이라고 심령들이 피하는 느낌을 받았거든요.」

「그건 아니에요. 당신이 신참이라서가 아니라 살아 있어서 그런 거죠.」

유령 여인이 대답한다.

「우린 비물질성과 불멸성의 경험을 공유하고 있어요. 당신들, 살아서 꿈을 꾸는 중인 사람들은 차마 상상도 못 하는 것들이죠. 우린 당신들을 〈죽음의 경험에 입문하지 않은〉 자들로 보는 거예요……. 우리가 거만해서도 당신을 무시해서도 아니라는 뜻이죠.」

자크는 처음으로 마라와 대화를 나눈다는 사실이 놀랍고 신기할 뿐이다. 하지만 그녀를 〈우호적인〉 구덕으로 바꿀 능력이 아직은 자신에게 없다는 사실을 깨닫는다. 한마디 덧붙일 사이도 없이 그는 〈B플랫을 내기 위해 점점 힘껏 목청을 뽑아 올리는〉 수탉의 울음소리에 잠이 깬다.

자크는 아내가 가르쳐 준 대로 즉시 눈을 뜨지 않고 천천히 눈꺼풀을 밀어 올린다. 그는 스마트폰에 나타난 수면 곡선을 보면서 밤새 역설수면 상태에 오랫동안 머물다 온 사실을 확인한다.

해저 잠수 덕분에 깊은 수면으로 더 쉽게 내려가 더 오래 머물 수 있게 된 게 아닐까?

그는 아직 잠들어 있는 샴바야에게 키스를 하고 나서 꿈 일기장을 펼쳐 아침 메모를 시작한다.

돌고래들과의 만남이 떠돌이 영혼들과의 교류에 촉매제로 작용한 것일까?

자크는 공책을 덮다가 요사이 자각몽을 배우는 동안 한 번도 이어 꾸기로 붉은 모래섬에 있는 미래의 자신을 만나러 가야겠다는 생각을 하지 않았다는 사실을 떠올린다. 잠이 깬 샴바야가 그의 귀에 대고 속삭인다.
「거대한 영혼의 구름에 다녀와 감격에 젖은 사람의 얼굴이네요?」
「맞아요. 노스피어에 다녀왔어요. 자신이 속한 종의 집단무의식에 접근할 수 있다는 건 참 놀라운 일이에요.」
「영혼의 구름은 처음 경험하는 사람들에겐 분명히 놀랍고 감동적일 거예요. 하지만 관찰에 너무 빠져선 안 돼요. 부작용이 생길 수도 있어요.」
「그래도 다시 갈 거예요.」

자크가 부루퉁한 얼굴로 대답한다.

「인간이라는 종이 무슨 생각을 하는지 그렇게 궁금해요?」

그녀가 자크의 얼굴을 손바닥으로 쓸어내린다.

「바로 그곳에서 불이 발명됐잖아요. 농업, 직조, 바퀴도.」

「어디 그뿐인가요. 기차, 비행기, 로켓, 잠수함…….」

「평생 여행도 안 해본 사람이 어떻게 그걸 다 알아요?」

「이제 우리 마을에서도 성능이 뛰어난 위성 안테나에 연결된 컴퓨터로 인터넷 서핑이 가능하잖아요. 당신이 영혼의 구름에 매료된 것처럼 난 인터넷에 빠져 있어요. 새로우니까요. 슈키가 〈웹서핑〉을 할 수 있게 도와줘요. 인터넷을 통해 인류의 역사와 지리, 그 밖에도 많은 것을 배웠어요.」

「맹인인 당신이 어떻게!」

「소리가 있잖아요. 슈키는 화면에 보이는 것을 상세히 묘사해 주는 재주가 있죠. 그거면 충분해요. 나머지는……. 꿈으로 만나면 돼요.」

「그 많은 걸 이렇게 빨리 다 배웠단 말이에요……?」

「당신이 자는 동안 다큐멘터리를 많이 들어요. 인터넷에는 참 좋은 정보가 많더군요. 컴퓨터 구름의 세계는 너무나 풍성해요. 정말 좋아요.」

자크가 커튼을 젖히자 햇살이 방으로 쏟아져 들어온다. 새들의 지저귐, 원숭이들의 울음소리, 곤충들의 왱왱거림. 마을의 하루를 여는 이 소리들이 귀에 한층 또렷이 들리는 순간 샴바야의 얼굴에 미소가 번진다.

부부는 물통에 몸을 담그고 나와 옷을 걸친다. 그들은 아궁이를 중심으로 둥그렇게 놓인 나뭇등걸들에 벌써 나와 앉아 있는 마을 사람들에게 다가간다. 간밤의 꿈 얘기들을 두

런두런 주고받는 세노이족들 사이에 앉아 자크는 샴바야가 통역을 해주지 않아도 의미가 귀에 들어온다는 사실을 깨닫는다.

발언자가 바뀌는 중간중간에 아침 식사가 사람들 앞에 놓인다. 차례가 돌아온 자크가 세노이어를 섞어 가며 꿈 얘기를 들려주자 청중이 호감을 나타낸다. 그들은 자신들의 멸망을 초래할 뻔했던 블루 홀 얘기에 지대한 관심을 보인다.

발언권을 넘겨받은 프랑키가 자크 때문에 부담을 느껴 세노이어로 짧은 인사말을 하고 나서 얘기를 시작한다.

아내 덕분에 〈꿈을 꾸는 이 세상 모든 사람들의 영혼이 모여 있는 구름〉인 노스피어를 알게 됐다고 말문을 연 그는 장차 벌어질 일을 꿈속에서 미리 보는 느낌이 든다고 말한다.

그가 자크 쪽으로 몸을 돌려 속마음을 말한다.

「내 생각에 노스트라다무스 같은 예언자나 선지자들이 가진 재주는 딱 한 가지, 미래의 상(像)을 얻기 위해 꿈에서 노스피어에 접속하는 것밖에 없어.」

「기면증은 좀 어때?」

「무지타는 내 병이 장애가 아니라 강점이라고 생각해. 그래서 병을 없애려 하지 말고 인정하고 받아들이라는 거야. 자신의 문제를 제거하려 하기보다 그것과 친해져야 한다는 거지. 그래서 나도 기면증 괴물을 잘 길들여서 흥미로운 미래의 상들을 얻는 데 활용해 볼까 해.」

한 시간쯤 지나자 실뱅 오르뒤로가 아침 회합에 참석해 보고 싶다며 부족들이 모여 있는 곳으로 다가온다. 그가 꿈을 한 번도 기억한 적이 없다고 하자 세노이족은 어처구니없다는 표정을 짓는다.

「단 한 번도 없단 말이에요?」

샴바야는 믿기지 않는 눈치다.

「네, 정말 없어요. 내가 〈꿈을 안 꾸는 사람〉일 수도 있다고 생각해요. 가능한 얘긴가요?」

자크가 그의 말을 받는다.

「의학적으로는 불가능해요. 꿈을 꾸고 나서 잊어버릴 수는 있어도 꿈을 꾸지 않을 순 없어요. 그러면 (적어도 이론상으로는) 미쳐 버리게 될 거예요.」

설명하는 내내 자크는 눈빛에 광기 같은 것이 서려 있지 않은지 실뱅을 유심히 관찰한다.

남은 오전 시간은 답사팀과 함께 세레니티스 호텔을 건축할 부지를 물색하면서 지나간다.

정오가 되어 자크는 바다가 내려다보이는 암석 봉우리에 앉아 아내와 함께 야자열매로 점심을 해결한다.

「사람들 없이 이렇게 당신과 둘이서만 얘기를 하고 싶었어요. 모두 함께 있는 것도 좋지만 우리 둘만의 시간이 아쉬워요.」

자크가 아내에게 다정히 말한다.

「당신이 나한테 궁금한 게 있다는 거 알아요.」

샴바야가 입에 음식을 가득 물고 대답한다.

「내게 미래를 볼 수 있는 능력이 있는지 알고 싶죠? 당신 어머니한테서 손금 읽는 법은 배웠지만…… 당신한테는 없는 예언 능력을 내가 특별히 갖고 있진 않아요.」

그녀가 가만히 그의 손을 잡는다.

「당신은 날 때부터 앞을 못 봤어요?」

「말레이인들이 예전에 우리가 물을 길던 수원에 살충제를 탔어요. 우리 부족을 몰살하려고 했죠. 당시 나를 밴 지 석 달 됐던 우리 어머니 몸속에 그 독성 물질이 들어가서 내 눈이 정상적인 형체를 갖추지 못하게 됐어요. 선천적 장애인 셈이죠.」

자크가 그녀의 손을 꼭 잡으며 껴안아 준다.

「꿈에서는 당신도 앞을 〈봐요〉? 아니면 소리와 냄새만 있어요?」

「이미지가 있긴 있어요. 하지만 내가 세계를 해석한 결과로 생기는 이미지들이죠. 가령, 당신 얼굴을 만지면서 나는 마음속에 당신에 대한 입체적인 이미지를 만들어요. 그러고 나서 피부색은 발그레한 연분홍빛이고 머리칼은 검은색이라고 슈키가 말해 주는 정보를 더하는 거죠.」

「색깔도 상상을 하는 거예요?」

「그럼요. 원색에서 출발해서 내 마음속에서 그림을 그리죠. 〈진하다〉 혹은 〈연하다〉는 표현을 듣고 나서 농담을 정하죠. 실뱅한테서 당신의 성이 아주 귀한 색깔과 같다는 얘기를 들었어요. 그 클라인 블루라는 색을 내 눈으로 직접 보지 못하는 게 얼마나 안타까운지 몰라요.」

「내가 〈태양〉이라고 말하면, 당신은 뭐가 보여요?」

「태양은 본래 둥글게 생겼는데, 우리 눈에는 강한 빛으로밖에 보이지 않는다고 난 알고 있어요.」

「과일은요?」

「당신은 눈으로 사물이나 사람을 보지만, 나는 얘기로 듣고 냄새를 맡고 소리를 들으면서 이미지를 다시 만들어요. 그렇게 정보를 모아서 내 방식으로 해석하죠.」

「그 말은 모든 것에 대해 당신만의 해석이 있다는 뜻이군요.」

「당신도 나와 다르지 않아요! 〈현실은 우리가 더 이상 믿지 않아도 여전히 존재한다〉라는 말을 인용해 나한테 들려준 사람이 바로 당신이잖아요. 어떻게 현실을 이보다 더 함축적으로 표현할 수 있겠어요?」

「모든 걸 주관으로만 치환할 수는 없어요.」

「사람은 누구나 어느 정도는 장님이에요. 그 사실을 알고 인정하는 사람도 있고, 알면서 모르는 척하는 사람도 있죠. 하지만 우리는 어차피 감각이 일정 정도 왜곡해서 전달하는 신호들을 해석하고 있을 뿐이에요. 실재와 지각이 완벽하게 일치하는 것은 꿈속에서뿐이죠. 내가 꾸는 꿈이 앞을 보는 사람들이 꾸는 꿈보다 아름다운 이유는 그 꿈이 현실의 영향을 받지 않기 때문이에요. 나를 둘러싸고 있는 세계를 내가 끊임없이 재창조하고 있는 것이나 마찬가지죠.」

자크는 눈앞에서 펼쳐지는 황홀한 풍경을 차마 아내에게는 말하지 못한다. 반짝거리는 태양, 하얗게 흩어지는 구름들, 하늘의 파란빛, 멀리 곶 아래 바위들에 부딪쳐 부서지는 파도.

「주관성의 영향을 받지 않는, 모두가 인정하는 현실의 어떤 지점이 반드시 있어요.」

그가 주장을 굽히지 않는다.

「정말 그럴까요? 난 사람마다 지각하는 현실이 다르다고 생각해요. 내 관점을 잘 설명해 주는 세노이족 얘기가 하나 있는데 들어 봐요. 맹인 셋이 우연히 코끼리를 만나게 돼요. 첫 번째 사람은 코끼리 코를 만지고, 두 번째 사람은 한쪽 다리를, 세 번째 사람은 꼬리를 만지죠. 마을로 돌아온 맹인들에게 사람들이 코끼리가 뭐냐고 물어요. 첫 번째 사람은 뱀처럼 길쭉하고 물렁물렁하다고 대답해요. 두번째 사람은 아름드리나무처럼 둥글고 굵은 기둥의 모습이라고 얘기하죠. 세 번째 사람은 꽃처럼 길고 가늘게 생겼다고 묘사해요. 모두가 확신을 품고 있죠. 거짓말한 사람은 아무도 없잖아요, 안 그래요?」

「그렇죠.」

「그들은 각자 〈자신의 현실〉을 말했고, 〈자신의 진실〉을 있는 그대로 밝혔어요……. 다만 그게 서로 다를 뿐이죠.」

「〈눈이 보이는 사람〉들은 코끼리 전체를 봐요, 있는 그대로의 진짜 코끼리를.」

「정말 그럴까요? 〈눈이 잘 보이는 사람〉을 세 명만 잡고 사랑이 뭐냐고 물어봐요. 견해가 다 다를 거예요. 누구는 섹스를, 누구는 부모님의 사랑을, 누구는 조국을 향한 사랑을 떠올릴 거예요. 자신이 키우는 개에 대한 사랑을 얘기하는 사람도 있을 거예요. 내가 생각하는 사랑은…… 세 명의 맹인이 코끼리를 묘사하는 것처럼 한마디로 정의하기 어려운 거예요.」

「확실무의한 세계는 반드시 존재해요.」

「맞아요. 꿈의 세계가 바로 그런 세계죠.」

대화를 하면 할수록 자크의 머릿속은 더 복잡해진다. 샴바야는 자신한테는 명백한 진리를 서양인 남편한테 일깨워 주는 일이 신나고 즐거워 보인다.

「〈맹인들의 나라에서는 애꾸눈이가 왕이다〉라는 우리 말 속담도 있어요.」

자크가 고집을 꺾지 않는다.

「어리석고 틀린 속담이에요. 맹인들의 나라에 사는 애꾸눈이는 멀쩡한 한쪽 눈을 파내서라도 다른 사람들과 더 잘 어울리고 싶을 거예요.」

여전히 그녀의 관점이 틀렸다고 믿지만 자크는 속마음을 드러내지 않는다.

「당신이 맹인들의 나라에 오는 꿈을 이미 꾼 적이 있어요.」

그녀가 말끝을 단다.

「꿈속에서 당신은 나한테 당신이 유리한 입장에 있다고 주장했고, 나는 당신이 맹인이 되면 시각이 다른 감각들을 억압하고 있기 때문에 지금 당신이 보지 못하는 것들을 지각하게 될 것이라고 반박했죠.」

대화를 마친 자크는 세노이족과 살면서 하는 철학적 경험이 얼마나 소중한지 새삼 깨닫는다. 그는 자신의 경험을 바탕으로 〈자각몽 교본〉을 쓰기로 마음먹는다.

며칠간의 작업 끝에 완성된 교본의 내용을 자크가 인터넷에 올린다. 교본은 공개 즉시 네티즌들의 뜨거운 반응을 얻어 갈수록 많은 조회 수를 기록한다.

실뱅 오르뒤로는 〈영적 관광 프로젝트〉를 구체화하기 위해 매일 오후 돌고래들과 수영을 즐기고 무호흡 잠수로 블루홀 구석구석을 누빈다.

어느 날 밤, 자리를 펴고 나란히 누워 자크가 샴바야에게 말한다.

「난 행복해요. 천국에 와 있어요. 의미 있는 삶을 살고 있어요. 절대 여기를 떠나고 싶지 않아요.」

「내가 뭐랬어요. 항구성이 쇠락을 의미하진 않아요. 있으면 행복해지는 곳, 함께 있으면 행복한 사람이 있는 곳, 성취감을 느끼는 일이 있는 곳을 찾았다는 뜻이요. 이런데 굳이 변화를 꾀할 이유가 있을까요?」

56

아홉 달이 지난다.

가마우지알에 금이 간다. 원숭이 한 마리가 알을 훔쳐 달아나다 뱀에게 물린다. 하늘에서 내려다보던 갈매기들이 끼룩거리며 비웃는다.

샴바야가 아들을 낳았다. 이카르[1]라는 이름을 지어 준다. 아기가 낮의 세계보다 밤의 세계와 친숙해지게 생후 6개월까지 어두운 곳에서 키운다.

조립식 자재로 신속하게 지어진 세레니티스 호텔이 준공식 없이 바로 영업에 들어간다. 주로 퀘벡인과 캘리포니아인들인 손님 열두 명이 호텔에 투숙한다.

〈꿈 수련생〉들은 오전에는 실뱅 오르뒤로와 함께 해저 잠수를 즐기고 오후에는 외지인들과의 접촉을 좋아하는 슈키한테서 자각몽 기술을 배운다. 〈될성부른 나무〉에 집중한다는 세노이족의 원칙에 따라 샴바야는 학습 능력이 뛰어난 사람들을 골라 개인 지도를 한다.

수월성 교육 덕에 해몽현녀의 제자 몇 명은 놀라운 발전 속도를 보인다.

세노이족 역시 빠른 속도로 영어를 익힌다. 숙면을 취하는 그들의 능력이 외국어 암기 속도도 높이기 때문이다. 그러던 어느 날, 열대성 저기압 태풍이 몰아쳐 대나무를 얽어

---

1 Icare. 이카로스Icaros의 프랑스어식 표기.

지은 마을의 오두막들이 비바람을 견디지 못하고 쓰러진다. 재해를 겪은 세노이족은 악천후에도 버틸 수 있게 집들을 전부 〈내구성이 강한〉 건축 재료로 다시 짓자는 실뱅의 제안을 받아들인다. 그러나 기둥 위에 건물을 올리고, 마을 중앙에는 흙다짐한 공터에 아궁이를 설치하고, 이를 중심으로 둥그런 띠 모양으로 집들을 배치해 옛 마을의 특징은 그대로 살리기로 결정한다.

시간이 갈수록 프랑키는 더 적극적으로 공동체의 일에 팔을 걷어붙이고 나선다. 현대 세계와의 접촉 과정에서 발생하는 새로운 문제들을 해결하는 데 능수능란하고 선의에 넘치는 이 이방인에게 세노이족은 금세 정을 준다.

프랑키는 드디어 오랜 숙원이었던 세노이족 다큐멘터리를 완성해 전 세계에 판매한다. 다큐멘터리가 보급되고 세노이 마을이 명성을 얻자 말레이 관료들도 섬에 관심을 보인다. 풀라우 세노이를 〈관광 특별 지역〉으로 지정하고 싶다고 후세인 라작 말레이 관광 장관이 직접 세노이족에게 연락을 해 온다.

이렇게 장관까지 섬의 존재를 공식적으로 인정하자 실뱅은 야간 경비대원의 숫자를 줄이기로 결정한다. 말레이 정부의 관광 유산으로 등재된 풀라우 세노이는 비로소 안전한 섬이 되었다.

사업이 번창한 덕분에 호텔 투숙객들도 배움의 열정이 강한 소수만 선별해 받을 수 있게 되었다.

날이 갈수록 자크는 그가 떠나온 세계와는 극명히 다른 새로운 세계에 적응해 나간다. 자식을 키우면서 보람을 느끼고 자각몽을 꾸는 재미와 잠의 세계를 정복해 가는 성취감을 맛본다. 여름이 여섯 달이라는 사실이 즐겁다. 세노이 부족은 그를 한 식구로 여기고 결혼 생활은 만족스럽다. 자크는 자신의 시간과 공간 속에 있다는 충만감을 느낀다. 살아 있는 존재라면 누구나 열망하는 조화로움을 만끽한다.

57

5년, 10년, 15년, 그리고 16년의 세월이 흐른다.

이카르는 운동을 좋아하는 씩씩하고 호기심 넘치는 소년으로 자랐다.

자크 클라인은 풀라우 세노이까지 오게 되었던 불행한 상황들을 까마득히 잊은 채 살고 있다.

어느 날 밤, 그는 향수에 사로잡혀 실로 오랜만에 이어 꾸기로 붉은 모래섬에 다녀오기로 한다.

역설수면에 도달해 그의 섬을 머릿속에 불러낸다. 해변은 텅 비어 있다. 그는 옛일을 떠올리며 바닷가를 거닌다. 늘 있던 자리에 흔들의자가 주인 없이 덩그러니 놓여 있다.

손을 대자 의자가 찌걱찌걱하며 앞뒤로 흔들린다. 자크는 의자에 앉아 눈을 감는다.

「자네가 결국 돌아올 줄 알았지.」

등 뒤에서 목소리가 들린다.

자크가 몸을 돌리자 그의 늙은 분신이 해변에 서 있다. 마지막으로 만났을 때는 희끗희끗하던 그의 머리가 백발로 바뀌었고 얼굴에는 주름이 자글자글하다. 그도 노화를 비켜 가지는 못했나 보다.

늙은 자크는 예전처럼 하와이언 셔츠에 반바지, 샌들 차림에 손에는 여전히 피냐콜라다를 들고 있다.

「다시 만나서 반가워요, JK 48.」

「아니지! 40대인 사람은 이제 내가 아니라 자네잖아, 〈JK44〉. 난 보다시피 나이를 제법 먹었어. 이젠 〈JK64〉라고 부르게.」

「지금 당신의 모습으로 그 나이까지 살아 있을 수 있다니 기분이 좋네요.」

「확신은 금물이야. 자유 의지 때문에 일이 어떻게 꼬일지 모른다는 걸 명심하라고. 가령, 자네가 자살을 기도할지도 모르잖아. 그걸 어느 누가 막을 수 있겠어? 그 순간 내 존재는 깨끗이 사라지는 거야.」

「알아요. 시간의 역설 얘기는 그동안 귀에 딱지가 앉도록 들었으니까.」

자크가 연장자에게 앉으라는 손짓을 하는 순간 난데없이 나타난 의자가 벌써 옆에 떡하니 놓여 있다.

「앞으로 저한테 무슨 일이 벌어질까요, JK64?」

「진짜 궁금해?」

「글쎄, 잘 모르겠어요. 현재의 삶이 너무 좋거든요.」

「이제야 자네가 스스로에게 솔직해졌군. 자네를 만나기 전에 샴바야는 이미 삶과 사유와 세상의 이치…… 이 모두를 다 깨달은 사람이었어. 현대 서양 세계와 그 세계가 인위적으로 만들어 낸 컴퓨터 세계의 〈클라우드〉만 모를 뿐이었지. 다른 것과는 비교도 할 수 없는 세계의 기억 장치인 인터넷을 자네가 그녀에게 선물했어. 대신 그녀는 자네에게 노스피어의 세계를 알려 줬어. 당신들은 〈우주와의 조화라는 관점에서 상보적인〉 완벽한 커플이야. 그렇게 광범위한 인식의 영역에 접근할 수 있는 사람이 과연 몇이나 있을까?」

두 자크는 각자의 흔들의자에서 몸을 흔들며 앉아 있다.

손아래 자크는 이 꿈을 반복적으로 꾸는 동안 한 번도 느껴 보지 못했던 편안함을 느낀다. 상대에게 느꼈던 의구심도 거리감도 사라졌다. 미래의 자신이라는 그의 앞에서 더 이상 주눅이 들지도 않는다.

「JK64, 제 꿈속에 나타나지 않을 때는 어떻게 지내요?」

「예순넷 남자의 삶을 살지. 어차피 나이는 숫자일 뿐이야. 각자가 마음에 품은 계획이 무엇인지가 중요할 뿐이지. 자네도 이걸 깨닫는 날이 오겠지만 내가 미리 알려 주는 거야. 나이가 스물넷인 게 무슨 소용이 있어? 두둑한 노후 연금을 보장해 줄 수 있는 지루하지만 안정적인 직장을 갖는 게 꿈이라면 이미 늙은 거야. 반대로 나이는 예순넷이지만 독특하고 기발한 도구를 통해 과거의 자신과 대화할 수 있다면 아직 젊은 거지. 어떤 측면에서 보면 내가 젊은 정신을 유지할 수 있는 건 다 자네 덕이야. 그래서 내가 우리 대화에 이렇게 애착을 가지는 거야. 그래서 내가 자네를⋯⋯ 좋아하는 거고.」

새치 머리 자크는 백발의 자크가 던진 마지막 말을 되받아치지 않고 가만히 듣기만 한다. 그들은 수평선 위로 떠오르는 영원한 태양을 바라보며 피냐콜라다를 마신다.

「가끔은 이 상태로 영원히 머물고 싶어.」

JK64가 침묵을 깬다.

「저 역시 그래요. 하지만 저는 실제 삶도 이 풍경과 크게 다르지 않아요. 풀라우 세노이에는 꿈속 섬처럼 해변이 없다는 게 유일한 차이죠. 대신 블루 홀이 있어서 돌고래들과 수영을 할 수 있어요.」

미소를 띤 상대는 뭔가 할 말이 있는 것처럼 보인다.

「음, 나 역시 듣던 중 반가운 소릴세, JK44. 사실은 내가…… 아니 자네가 여기 온 게 우연이 아니야. 내가 자네한 테 이 만남을 암시했거든.」

「왜요?」

「다시 급한 일이 생겼어. 자네가 파리로 돌아가야 해.」

상대를 쳐다보던 JK44가 큰 소리로 헛웃음을 친다.

「절대 못 해요! 꿈에서도 안 돼요!」

「자네 심정은 이해하지만 어쩔 수 없어. 서둘러야 해.」

「농담이죠?」

「내가 농담하는 것처럼 보여?」

「난 여기가 좋아요. 내 삶도, 내 가족, 아들, 친구들도 다 여 기 있어요. 내 행복이 여기 있단 말이에요. 다시는 파리 생활 의 광기를 견디지 못할 것 같아요. 그 도시의 공해와 소음, 사 람들의 짜증과 공격성, 이젠 지긋지긋해요.」

「쯧…… 젊었을 때 내가 이렇게 붙박이였어.」

「붙박이여서가 아니라 책임감이에요. 불안을 부추기는 세상으로 내 가족을 데리고 갈 마음이 없어요. 생명력이 넘 치는 형형색색의 세상인 이곳과 달리 파리는 빛도 생명의 에 너지도 없는 무미건조한 잿빛 세계예요.」

「쯧…….」

「20년 뒤에 내가 입버릇처럼 내게 되더라도 당장은 곱게 들리지 않네요. 〈쯧〉이라니…… 잘난 척하고 거만한 사람들 이 내는 소리잖아요. 당신은 내 아버지가 아니에요. 게다가 당신도 수없이 말했듯이 난 자유 의지가 있는 사람이에요.」

「그래도 내가 자네한테 늘 도움이 되는 충고를 해줬다는 건 인정해. 그러니 이번 충고도 새겨들으라고. 어서 여기를 떠나 파리로 가.」

「날 말레이시아에 오게 한 사람은 바로 당신이에요! 내가 있을 곳은 여기예요. 이곳이 바로 나라는 존재의 논리적 귀결이란 말이죠. 〈내 존재의 자동차〉가 영구적인 주차 자리를 찾은 곳이 여기라는 뜻이에요.」

「쯧…….」

「사람 참 짜증 나게 하네. 왜 지금 떠나야 한다는 거죠?」

「자넨 이 모든 일의 발단을 잊고 있어. 제6단계를 찾기 위해 잠의 세계를 연구하던 엄마의 비밀 프로젝트 말이야.」

「그건 엄마의 일이지 내 일이 아니에요.」

「엄마가 여기로 오게 된 것, 그리고 지금 자네가 여기에 있는 것도 다 그 프로젝트 때문이야.」

「엄마는 그 수면 6단계 때문에 병원에서 내쫓겼고, 여기까지 와서 결국 죽었어요. 그 프로젝트는 엄마한테 불행만 초래했어요!」

「하지만 엄마가 6단계를 연구하지 않았으면 샴바야와 슈키를 포함한 세노이족은 몰살당하거나 노예로 전락했을 거야. 세노이족의 문화도 잊혔겠지. 이카르는 태어나지도 않았을 테고.」

JK 44가 흔들의자에서 몸을 일으킨다. 그는 고집을 꺾지 않는다.

「난 여길 떠날 생각이 없어요. 세레니티스 호텔도 번창하고 나도 행복해요. 물 공포증을 극복해서 이젠 돌고래들과 헤엄을 쳐요. 샴바야와 사랑을 나누고 이카르를 키우는 일이 즐거워요. 건강한 음식을 먹고, 잠도 잘 자고 꿈도 잘 꾸죠. 내가 왜 굳이…….」

「인도양의 외딴섬에 있는 조그만 공동체만이 아니라 인류

전체의 진보를 위해서야.」

「이번에는 당신 말을 듣지 않겠어요. 나한테는 더 이상 당신이 필요 없게 됐어요. 그동안의 일은 고마워요. 하지만 난 지금 이대로가 아주 좋아요. 그리고 당신이 나더러 돌아가라고 하는 이유를 내가 모를 것 같아요? 수면 6단계를 알아야 아톤을 만들 수 있기 때문이잖아요. 안 그래요? 〈JK 64 씨〉, 아톤은 당신의 장난감이지 내 장난감이 아니란 말이에요.」

「그건 엄마가 했던 연구의 결실이야.」

「그렇다면 그건 엄마의 장난감이네요. 하지만 엄마는 이미 저세상 사람이에요. 어쨌든 난 당신이 왜 16년을 기다리다 이제 와서 다시 파리로 배경이 바뀌어 드라마가 계속된다고 하는지 도저히 모르겠어요…….」

「꿈의 세계를 정복하려면 자네가 여기에 머물렀어야 하니까……. 밖에서도 기술적인 발전이 일어나야 했고. 파리에서는 이제 수면 6단계 연구가 재개될 수 있을 만큼 과학이 발전했어. 그동안 자네 역시 그 모험의 주역이 될 수 있을 만큼 성장했고.」

「이제는 제가 그 모험에 뛰어들 의사가 없다는 걸 모르시는군요.」

「옛날의 내 모습을 떠올려 보면 말이야……. 그래, 한량 같은 구석이 없진 않았어. 분명히 있었어. 하지만 새로운 세계를 탐험하고 싶다는 열망만은 한 번도 버린 적이 없어. 우리가 항해사와 선구적인 여성 과학자 사이에서 태어났다는 사실을 잊지 마.」

「좀 더 설득력 있는 이유는 없나 보죠?」

「있어, 아주 큰 이유가 하나 있어. 바로 엄마 말이야.」

「엄마는 돌아가셨어요!」

「정말 그럴까?」

「그 말을 하는 저의가 뭐죠?」

손위 자크는 짧은 말 한마디가 손아래 자크의 마음에 파문을 일으키는 걸 확인하고 흐뭇한 표정을 짓는다. 그는 대답 대신 상대를 짓궂게 쳐다본다.

「엄마가 살아 있어요? 그럴 리가 없어요.」

「자네 눈으로 직접 확인해.」

58

차근차근 상승 단계를 밟지 않고 현실로 복귀하는 과정은 고통스럽다. 해저 잠수를 할 때는 항상 철저히 강하 단계를 지키는 자크지만, 각성 상태로 돌아올 때는 자꾸 수면의 위 단계들을 부주의하게 건너뛴다.

샴바야는 바로 옆에서, 이카르는 옆방에서 자고 있다. 자크는 수면 곡선부터 확인한다.

틀림없어, 이어 꾸기를 한 게 맞아. 환상이 아니었어.

시계가 새벽 5시를 가리키고 있다. 그는 옷을 걸친 다음 손전등을 들고 어머니의 무덤으로 걸어간다. JK64가 의심을 불어넣은 이상 직접 확인하는 수밖에 없다. 그는 맨손으로 흙을 파헤치기 시작한다.

그의 눈앞에 모습을 드러낸 것은 무덤 속 자갈 더미뿐이다.

자크는 집으로 달려와 샴바야를 흔들어 깨운다.

「당신이 나한테 거짓말을 했어! 엄마는 돌아가신 게 아니야. 어쩌면 그렇게 날 감쪽같이 속일 수가 있어! 무덤 속은 텅 비어 있어!」

그녀가 남편의 얼굴을 손으로 더듬는다. 굳어 있는 근육이 느껴지자 뺨을 살살 쓸어내린다.

「그분의 뜻이었어요.」

「누구의 무슨 뜻이란 말이에요?」

「당신 어머니가 그렇게 연출하길 원했어요. 섬에 도착해서 우리한테 체포됐던 거 기억나죠? 어머니가 당신을 알아보고 섬 북쪽에 정박해 놓은 자신의 배를 타고 도망칠 때까지 당신을 꼼짝 못 하게 붙잡고 있으라고 부탁했어요.」

「내 가까이에 어머니가 있었단 말이에요?」

「그래요, 아주 잠깐이지만.」

「그런데 왜 날 피해 달아났어요? 말해 줘요! 실종된 지 1년이 된 엄마를 찾아온 아들을 어떻게 만나지 않을 수가 있어요?」

「분명히 어떤…… 이유가 있을 거예요. 그때 당신 어머니는 마치 귀신에 사로잡힌 사람처럼 보였어요……. 아들인 당신에게 감춰야 하는 비밀이 있는 것 같았어요.」

「또 그 구닥 타령이에요?」

「그분의 영혼은 강력한 힘을 지닌 듯 보였어요.」

「그래서 어디로 갔어요? 무슨 목적으로?」

「다시…… 파리로 가셨어요. 수면 6단계를 발견하기 위한 연구를 재개한다고 했어요. 그분이 일종의 계시로 받아들일 만한 사건이 있은 뒤였죠. 나한테도 그 얘기를 해주셨어요. 우리 부족의 꿈을 연구하던 당신 어머니는 매일 저녁 잠수복을 입고 바다에 들어가서 돌고래들의 꿈도 연구했죠. 그 꿈들이 모두 연결되어 있다고 했어요. 우리가 수영을 못하니까 늘 혼자 입수했죠. 돌고래들을 관찰하면서 수면 6단계에 대해 많이 배운다고 했어요. 그러던 어느 날, 당신이 도착하기 바로 며칠 전이었는데, 돌고래들이 복어를 데리고 장난치는

걸 봤다고 했어요. 연구를 계속하기 위해 필요한 것을 드디
어 찾았다고 했죠.」

「그게 언제였어요?」

「조금 전에 말했듯이 당신이 섬에 상륙하기 바로 며칠 전
이었어요. 어머니는 이미 떠날 준비를 하고 있었던 거예요.
또 다른 징조가 나타나길 기다리고 있다고 얘기했죠. 그러던
중에 당신이 도착한 거예요. 다시 아들과 헤어지기가 고통스
럽지만 떠날 수밖에 없다고 했어요.」

「말도 안 돼.」

「사실이에요, 자크. 솔직히 다 말했어요.」

「그건 그렇고, 돌고래와 복어 얘기는 뭐예요?」

「돌고래들이 복어를 데리고 장난을 치는 모습을 봤다고
했어요. 참다못한 복어가 독을 뿜었는데, 돌고래들이 죽기
는커녕 오히려 〈엑스터시〉 상태에 빠졌대요.」

「엑스터시요?」

「그분이 썼던 표현이에요.」

자크한테는 도무지 둘 사이의 연관성이 보이지 않는다.

블루 홀은 돌고래들이 술에 취해 짝짓기를 하는 일종의 주점이다.
돌고래들에게 복어는 마약이나 마찬가지다. 거의 항시적으로 잠을
자고 꿈을 꾸는 이 포유류 동물은 무의식 속으로 더 깊숙이 들어가
기 위해 화학 보조제가 필요하다…….

그가 생각을 크게 소리 내어 말한다.

「……돌고래의 무의식……. 엄마가 관심을 뒀던 게 이거였
어요?」

「6단계로 넘어가는 문제를 해결하기 위해 그게 필요했다고 했어요.」

자크가 아직도 자신의 얼굴에 얹혀 있는 아내의 손을 신경질적으로 밀어내더니 옆에 있는 침대로 가서 앉는다.

엄마가 살아 있는데 프랑스로 돌아가 연구를 계속하기 위해서 죽은 걸로 위장하고 날 피해 달아났단 말이지? 복어 독이 돌고래한테 마약과 비슷한 작용을 한다는 얘기는 대체 뭐지? 다른 건 다 차치하고, 어떻게 다른 사람도 아닌 내 아내가 엄마의 부탁을 받고 16년 동안이나 시치미를 뚝 뗄 수 있지? 난 까맣게 모르고 있었어!

「날 원망하지 말아요. 제발 부탁이에요.」

「JK64의 말이 맞았어. 그는 항상 옳은 말만 하니까 짜증스러워도 듣는 수밖에 없어.」

「그런다고 뭐가 달라져요?」

「완전히 달라지죠!」

「언제까지 당신 어머니를 기준으로 당신 인생을 결정할 거예요? 당신은 이곳에서 당신 자리를 찾았잖아요, 가족도 꾸렸잖아요. 이젠 세노이어도 할 줄 알고 돌고래들과도 친숙해졌어요.」

「엄마라는 사람이 홀연히 사라지고, 힘들게 자신을 찾아낸 아들을 피해 또다시 달아나는 게 정상이라고 생각해요?」

「그녀가 당신을 이곳으로 데려왔잖아요. 그래서 우린 부부의 연을 맺었고 이카르를 낳았어요. 마땅히 일어나야 할 일을 어머니가 일어나게 한 거예요.」

상념에 사로잡혀 방 안을 서성거리는 자크에게 샴바야가

다가와 입을 맞춘다.

「사랑해요.」

자크가 키스로 화답하기는커녕 그녀를 밀어낸다.

「JK64가 옳아요. 내 삶의 목표는 유유자적이 아니라 수면 6단계를 발견하는 거예요. JK64와 내가 계속 만날 수 있으려면 반드시 그 목표를 달성해야 해요.」

그녀가 실망한 얼굴로 물러선다.

「장차 나는 꿈속 시간 승강기인 아톤을 발명하게 돼요. 자신의 꿈속에서만 시간을 거슬러 과거로 돌아갈 수 있는 방법이죠. 정상적인 세계에서는 물질이 빛보다 빠른 속도로 움직일 수 없기 때문에 시간을 거슬러 올라갈 수 없어요. 하지만 꿈의 차원은 물리 법칙의 적용을 받지 않아요. 그래서 젊은 시절 자신의 꿈속을 마음대로 돌아다닐 수 있는 거죠!」

「무슨 얘길 하는 거예요?」

「아톤의 발명은 수면 6단계의 발견에 달렸어요. 아톤이 수면 6단계 속에 있다는 말이에요. 내가 반드시 발견해 내야 해요. 엄마가 찾던 게 바로 그거였어요. 그것 때문에 엄마가 이곳에 왔고, 역시 그것 때문에 엄마가 파리로 돌아갔어요. 클라인 가문인 이상 나는 가업을 이을 책임이 있어요. 다시 엄마를 찾아가야 해요.」

「가지 말아요! 당신 삶은 바로 이곳에 있어요!」

「어떤 삶 말이에요? 야자열매를 따 먹고 꿈을 꾸고 꿈 얘기나 하면서 늙어 가는 거? 고작 그걸 하라고 날 붙잡는 거예요? 그건 16년 동안 할 만큼 했어요.」

「아이 교육은 어떻게 해요?」

「이카르는 유럽에 가서 공부를 계속해야 해요. 그러지 않으면 살기는 좋지만 제한된 이 세계에 갇혀 살게 될 거예요.」

「우리가 사는 데 아무 문제가 없잖아요.」

「바로 그게 떠나야 하는 이유예요. 시스템이 오작동할 때가 아니라 작동할 때 떠나야 하는 거예요.」

「당신의 삶은 풀라우 세노이에 있어요!」

「난 꼭 이루어야 할 일이 있어요. 그런데 여기선 할 수가 없어요. 이 섬은 꿈을 꾸는 사람, 시인, 음악가, 예술가의 뇌인 우뇌가 행복한 곳이에요. 하지만 우리 뇌에는 두 개의 반구가 있어요. 내가 앞으로 나아가기 위해선 나머지 반구를 깨워야 해요. 과학자, 발명가, 기술자의 뇌, 논리의 뇌인 좌뇌를 말이에요. 물질에 뿌리를 내리고 있는 다른 반쪽의 뇌를 말이죠. 자기 정신의 절반만 발전시키는 것은 절반만 존재하는 것과 다르지 않아요.」

「정 그렇다면 나도 이카르를 데리고 당신을 따라가겠어요. 우린 한 가족이니까.」

샴바야가 단호하게 말한다.

「세노이족은 어떡하고요?」

「이젠 프랑키가 마을을 이끌고 있어요. 무지타는 꿈 전문가가 됐죠. 부족의 안전은 실뱅이 책임지고 있어요. 이 세 사람이 우리를 충분히 대신할 수 있어요. 없어서는 안 되는 사람은 없어요.」

「프랑스에 가겠다고요? 샴바야…… 당신이?」

「꼭 한번 가보고 싶은 곳이었어요. 에펠 탑, 루브르 박물관, 개선문, 몽마르트르 언덕…….」

그가 아내 앞에서 손을 마구 흔들어 댄다.

「하지만…… 어차피 아무것도 못 볼 텐데…….」

「가슴으로 느끼고 귀로 들으면 돼요. 무엇보다 당신은 내 남편이에요. 당신을 따라가는 게 아내의 도리죠.」

「정말 나와 함께 가고 싶어요?」

「꿈을 꾸는 반쪽의 뇌와 논리를 추구하는 또 다른 반쪽의 뇌가 있다는 당신 설명을 듣고 나니 나도 더 이상 내 정신의 절반만 활성화하고 싶지 않아졌어요. 물질과 과학과 기술에 뿌리를 둔 당신의 세계를 알고 싶어요. 어머니와 재회해서 수면 6단계를 발견하지 않는 한 당신은 불완전한 삶을 살고 있다는 느낌을 지울 수가 없을 거예요. 그렇게 되면 당신과 당신 어머니가 천국으로 만들어 놓은 이 섬이 당신한테는 금방 절망스러운 지옥으로 변하겠죠.」

자크가 아내의 손을 잡아 자신의 얼굴에 갖다 댄다. 웃고 있다는 걸 알려 주려던 애초의 의도와 달리 그의 얼굴은 이내 딱딱하게 굳어 버린다.

「뭐가 언짢아요?」

「당장은 생각을 못 했었는데…… 16년이나 흘렀으니 아무래도 상황이 급박해 보여요.」

「아무래도?」

「꿈속의 내 〈지인〉이 서둘러 움직이라고 했거든요.」

「당신 얘기를 들어 보면 그 사람한테는 매사가 급박한 것 같아요.」

그녀가 마사지하듯 부드럽게 남편의 찡그린 얼굴을 펴 준다.

「당신 부족을 방문해서 당신이 어린 시절을 보낸 풍경을 꼭 만나 보고 싶었어요. 파리는 매력이 넘치는 마을이겠죠.」

제3막 **꿈을 정복하다**

59

새벽 3시. 파리 루아시 공항.

소년 이카르는 낯선 세계의 풍경에 감각을 곤두세우고 있다. 어둠 속에서 비행기 현창 밖으로 점점이 흩어져 있던 불빛들이 멋진 세계의 시작을 알리듯 환하게 그를 맞이한다.

세 식구가 단출하게 공항 터미널을 나와 택시에 오르는 순간부터 세노이 소년은 자기 쪽 창문을 내리고 신기한 야생동물들을 구경하듯 지나가는 자동차들을 카메라에 담고 있다.

샴바야 역시 창문을 열고 바깥 공기를 들이마시고 있다. 아스팔트에서 올라오는 김, 배기가스, 주변에 피어오르는 수증기가 그녀에게 흥미로운 감각 정보를 제공하는 모양이다.

30분 뒤, 몽마르트르에 도착한 택시는 세 식구를 짐과 함께 내려놓고 다시 떠난다. 이카르는 여전히 가로등 불빛을 받고 서 있는 나무들과 집들을 찍느라 여념이 없다.

개똥을 밟고 당황스러워하는 샴바야에게 자크가 이곳은 바닥이 전혀 흡수력이 없고, 개들도 아무 데나 볼일을 본다고 가르쳐 준다.

인도에 지천으로 널린 똥을 보는 순간 서양을 깨끗하고 윤기가 흐르고 위생적인 세계로 상상했던 이카르는 실망이 이만저만이 아니다.

자크는 자신이 어린 시절을 보낸 건물을 바라보면서 향수에 젖는다. 그는 가족과 함께 엘리베이터를 타고 6층으로 올라간다.

문을 열고 안으로 들어서는 순간 자크는 깜짝 놀란다. 먼지 한 톨 보이지 않는 집 안에 여자 옷이 여기저기 널려 있다. 옷장을 열자 광을 낸 남자 구두 몇 켤레와 얼마 전에 입었다 벗어 놓은 게 분명한 재킷과 정장도 보인다. 남자의 것으로 보이는 다른 옷가지와 물건들도 이 방 저 방에 흩어져 있다.

「아빠, 이제 뭘 할까요?」

「짐은 바닥에 내려놓고 우리 집이라고 편안히 생각해. 이따 아빠가 방을 구경시켜 줄게.」

자크는 슬슬 불안해지기 시작한다. 거실의 재떨이에는 꽁초가 수북이 쌓였고, 엄마 방의 침대 시트는 어수선하게 흐트러져 있다.

「무슨 일 있어요?」

샴바야가 걱정스러운 표정을 짓는다.

부엌 식탁에 음식이 남아 있다. 자크는 몽유병 발작을 일으키던 엄마가 DVD 두 개에 치즈와 햄을 끼운 샌드위치를 만들어 전자레인지에 넣고 돌리던 모습을 우연히 발견하던 날 밤을 떠올린다. 조금 전까지 엄마가 여기 있었어…….

퍼뜩 머리에 떠오르는 생각이 있다. 거실로 돌아 나와 창문이 빠끔히 열려 있는 것을 확인하는 순간, 지붕 위를 걷고 있는 엄마가 자크의 눈에 들어온다. 알몸에 포크를 손에 쥐고 있다.

「아안 돼애애!」

발작 중인 몽유병 환자는 절대 깨우면 안 된다는 상식이야 알고 있지만, 지붕을 걸어가는 엄마의 모습은 아슬아슬하기 그지없다.

샴바야가 곁으로 다가온다. 이카르는 벌써 사진을 찍느라 분주하다.

「지붕에서 걷는 사람이 할머니예요?」

아들의 목소리에서 두려움보다는 강한 호기심이 느껴진다.

「어떻게 해야 하죠?」

자크는 당황해서 어쩔 줄을 모른다.

「말레이시아에 계실 때도 몽유병 증상을 보인 적이 있어요. 더러 위험한 상황도 발생했죠. 난 당신이 아는 줄 알았죠.」

「알고는 있지만 지상 20미터 높이의 지붕에 저렇게 위태롭게 서 있잖아요! 뭘 어떻게 해야 되죠? 날 좀 도와줘요!」

「당신이 올라가는 수밖에 다른 방법이 없겠어요.」

샴바야가 대답한다.

자크는 여러 번 심호흡을 한다. 그러고 나서 새벽 4시가 가까운 시각에 지붕 꼭대기에서 간신히 균형을 유지하고 있는 어머니를 바라보며 걸음을 떼기 시작한다. 무더운 파리의 밤하늘에 높게 떠 있는 달이 이 광경을 환히 비추고 있다. 주변의 집들은 불이 모두 꺼졌고, 새들과 고양이 두어 마리만이 이 희괴한 장면을 지켜본다.

지붕을 걸으면서 자크는 엄마가 그토록 수면 6단계 연구에 애착을 보이고 아들인 자신까지 멀리했던 이유를 어렴풋이 깨닫는다.

갈수록 몽유병 증세가 심해지자 엄마는 일반적인 과학과 정상적인 수면으로는 고칠 수 없는 자신의 문제를 솜누스 인코그니투스로 돌파하겠다고 생각한 거야.

다행히 자크의 걸음이 엄마보다 훨씬 빠르다.

이런 일이 자주 있었을까? 그렇다면 안전하게 되돌아오는 방법을 엄마가 알고 있을 거야. 괜히 내가 섣부르게 나섰다가 상황을 악화시키면 어쩌지.

자크는 다리를 벌벌거리며 손 짚을 곳 하나 없는 지붕 꼭대기를 조심조심 걸어간다. 서커스 학교에서 줄타기 곡예라도 배워 뒀더라면 이럴 때 잘 써먹었을 것이다. 그리고 다시 몇 걸음. 엄마가 포크를 쥔 손에 힘을 꽉 주고 있다.

이런 증상을 엄마가 뭐라고 했더라? 그래, 〈폭식성 불면증〉이라고 했어. 밤만 되면 엄마가 이것 때문에 음식을 자꾸 먹어 대서 살이 쪘던 거야.

포크를 움켜쥐고 천천히 걸음을 옮기는 실루엣과의 거리가 점점 좁혀지고 있다. 자크가 뒤를 돌아보자 촬영에 열심인 아들 이카르의 모습이 보인다.

저런 주책없는 녀석. 무턱대고 카메라를 들이대는 게 아니라고 가르쳐 줘야겠어.

간이 졸아든다. 이거야말로 악몽이다.

엄마, 버텨야 해요! 내가 금방 가요.

이제 그녀의 얼굴이 또렷이 시야에 잡힌다. 동공이 확대된 초점 없는 눈은 허공을 더듬고 있지만 표정만은 편안해 보인다. 그런데 갑자기 그녀가 지붕의 경사진 곳을 향해 걸음을 뗀다. 슬레이트 지붕이 달빛을 받아 매끈한 윤기를 자랑한다. 슬레이트가 한 장만 어긋나 있어도 그녀는 아래로 추락하고 말 것이다.

자크는 한 걸음 한 걸음 신중을 기하느라 속도를 내지 못하고 있다. 엄마는 여전히 그보다 앞서 걸어가고 있다. 이대로 계속 가면 지붕 끝에서 허공으로 떨어지는 것은 시간문제다. 엄마가 놀라더라도 소리를 질러 불러 볼까?

급한 마음에 그는 속도를 낸다. 갑자기 발밑의 슬레이트가 떨어져 나가는 바람에 그는 경사를 타고 주르륵 미끄러지기 시작한다.

반사적인 본능으로 처마의 빗물받이에 매달린 그는 지붕 위로 몸을 끌어 올리기 위해 안간힘을 쓴다. 하지만 그의 무게를 이기지 못한 함석이 찌그러지는 소리를 내며 아래쪽으로 휘고 만다. 그는 눈을 질끈 감는다.

난 지금 자고 있어. 그러니까 금방 깰 거야.
잠에서 깨고 싶어.
잠에서 깨고 싶어.

혀에서 피가 날 정도로 입을 앙다물다가 한참 만에 다시 눈을 뜬다.

풍경은 아까와 달라진 게 하나도 없다.

손은 저리고 두 다리는 허공에서 대롱대롱하고 빗물받이는 계속 구부러진다. 여전히 포크를 손에 들고 흔들어 대는 알몸의 엄마는 지붕 끝을 얼마 남겨 두지 않고 있다.

지금 이 순간이 현실임이 증오스럽다.

「엄마!」

자크가 참았던 말을 내뱉는다.

카롤린 클라인이 걸음을 멈춘다. 순식간에 동공이 줄어든 그녀의 눈이 깜빡이기 시작한다. 바로 앞에 있는 허공과 주변 풍경이 그녀의 시야에 들어온다. 목소리가 난 곳을 향해 몸을 돌리자 우그러진 빗물받이에 매달려 있는 아들이 보인다. 이때야 그녀는 자신이 알몸으로 오른손에 포크를 들고 서 있다는 사실을 인지한다. 그녀의 얼굴이 일그러진다. 당황하는 순간 그녀도 균형을 잃고 미끄러져 내려가기 시작한다. 붙잡을 곳 하나 없는 슬레이트 지붕을 미끄러지며 손가락과 배와 가슴이 쏠리고 긁힌다.

저런, 안 돼! 지금은 때가 아니야!

이 악몽은 끝나지 않을 것 같다. 격분한 나머지 자크가 옆으로 겅중 몸을 날린다. 허공으로 미끄러져 내리는 엄마를 붙잡겠다는 일념으로 손을 뻗는다. 간신히 손목을 잡았을 때 그녀의 두 다리는 이미 허공에 떠 있다.

「엄마!」

「자크!」

「엄마, 내가 구해 줄게요!」

그녀를 끌어 올리려고 안간힘을 써보지만 너무 무겁다. 눅진한 진땀이 밴 그녀의 손이 점착력을 잃고 그의 손에서 빠져나간다.

「엄마!」

카롤린 클라인의 얼굴에 느닷없이 편안한 기운이 번진다. 상황에 어울리지 않는 냉정함을 되찾은 모습이다. 그녀가 아들과 눈을 맞추며 차분한 어조로 또박또박 말한다.

「내가 하던 일을 앞으로는 네가 계속해야 해. 수면 6단계를 찾아야 해.」

「안 돼. 잠깐만. 엄마!」

「수면 6단계 말이야, 자크. 수면의 여섯 번째 단계를 반드시 찾아내야 해.」

그녀의 손목이 아들의 손에서 조금 더 빠져나간다.

카롤린 클라인이 추락한다.

빙글빙글 공중을 돌던 그녀가 익은 과일처럼 아래로 떨어져 흐무러진다.

60

하늘색 가운을 걸친 남자들이 이제야 겨우 자크를 응대한다.

「당신 어머니는 생명에는 지장이 없어요. 당신이 손을 잡아 줘서 추락 속도가 느려진 덕이죠. 당신이 목숨을 구한 거예요. 하지만 환자가 일흔여섯의 고령인 데다 과체중이에요. 체중 덕에 충격은 약간 흡수될 수 있었지만 심장 기능은 더 약할 수밖에 없죠.」

「얼굴을 볼 수 있을까요?」

자크 클라인이 묻는다.

「아직 의식을 회복하지 못했어요. 코마 상태지만 가서 보시죠.」

병실로 들어서자 미동도 없이 침대에 누워 있는 카롤린 클라인의 모습이 보인다. 전극에 연결된 갖가지 장치들이 그녀의 활력 징후를 기록해 보여 주고 있다.

혹시 내가 전에 경험한 수면 마비와 비슷한 걸 엄마가 겪고 있는 건 아닐까? 소리도 들리고 감각도 살아 있지만 단지 몸이 말을 듣지 않는 것 아닐까?

「엄마, 엄마, 내 말 들려요?」

반응도 없고 움직임도 없다. 자크가 그녀의 손을 꼭 잡는다.

심전도ECG와 뇌전도EEG는 느리긴 하지만 움직임을 보이고 있다.

「내 말 듣고 있다는 거 알아요. 난 알아요. 수면 6단계 연구는 내가 맡아서 할게요. 약속해요.」

샴바야와 이카르가 병실로 들어온다. 이카르는 평소처럼 스마트폰을 들고 촬영부터 시작한다. 똑똑 문 두드리는 소리가 들리더니 에리크 자코메티가 병실 안으로 들어온다. 자크의 어머니가 파리 시립 병원에서 상사로 모셨던 분이다.

「당신이 감히 여기가 어디라고!」

「자네 어머니한테는 내가 필요해.」

「말 같지도 않은 소리 말아요. 엄마한테 당신은 원수였어! 엄마를 해고한 사람이 당신이잖아. 당신이 아니었으면 엄마가 이 지경이 되지 않았을 거야!」

「눈에 보이는 게 다가 아닐세. 우린 지난 16년 동안 매일 함께 일했어.」

자코메티가 덤덤하게 말한다.

「그럴 리 없어요.」

「자네 어머니와 나는 한집에서 살고 있네.」

자크는 이 말을 믿을 수 없다.

「작은 이견 따위는 우리 사이에 아무 문제가 아니었네. 사실 난 자네 어머니와 한 번도 연락이 끊긴 적이 없어. 말레이시아의 섬에 가 있을 때도 위성 전화로 계속 연락을 주고받았지. 그녀가 나한테 귀국 의사를 전했고, 그녀가 돌아온 즉시 우리는 함께 연구를 재개했어. 자네도 집에서 봤겠지만, 그 남자 옷가지와 소지품들은 다 내 것일세. 〈커플이 깨지지

139

않으려면 이틀에 한 번만 얼굴을 봐야 한다)는 자네의 연애 철학을 자네 어머니도 그대로 신봉하더군. 그래서 매일 만나 일은 함께 하면서도 잠은 이틀에 한 번꼴로만 같이 잤지. 그런데 하필이면 내가 곁에 없었던 날에 사달이 난 거야. 이전에 이런 일들이 있을 때는 늘 내가 때맞춰 개입해서 별다른 사고가 없었어. 그런데 최근 들어 증상이 점점 자주 나타나더군.」

그가 한숨을 내쉰다.

「최근에 우린 HLA-DQB1이라는 유전적 소인이 그런 현상을 유발한다는 사실을 발견했네.」

「그 말씀은 저도…….」

「자네가 HLA-DQB1에 양성 반응을 보이면 똑같은 문제가 발생할 가능성이 있지. 일반적으로는 벤조디아제핀을 사용해 발작을 예방하는데, 카롤린은 꿈을 꾸지 못할까 봐 복용을 거부했지.」

자크는 눈앞에 서 있는 남자에게 도저히 믿음이 가지 않는다.

「제가 엄마를 깨웠어야 하나요, 깨우지 말았어야 하나요?」

「깨웠어야지. 하지만 무턱대고 하면 안 돼. 너무 급작스럽게 깨우면 몽유병 환자가 정신적 외상을 입을 수도 있으니까.」

「어머니한테 접근하기가 쉽지 않았어요…….」

「자네가 할 수 있는 건 다한 거야. 자네가 있든 없든 추락 사고는 언젠가는 일어날 일이었어.」

잠든 것처럼 보이는 카롤린 클라인을 모두가 말없이 지켜

보고 서 있다.

「여기선 자네 어머니를 제대로 돌보지 못할 걸세. 내가 있
는 병원으로 옮기는 게 나아.」

에리크 자코메티가 힘주어 말한다.

「시립 병원으로 말입니까?」

「거긴 그만뒀네. 자네 어머니 일이 터진 직후에 해고됐어.
남들을 희생시키면서까지 제 한 몸 살겠다고 발버둥 친 게
결국 아무 소용이 없었지. 실업자 신세가 되고 나서 원거리
에서 그녀와 함께 자유롭게 연구를 할 수 있었어. 그녀가 꿈
에 대한 지식을 넓혀 가는 동안 난 그 정보를 바탕으로 새로
운 탐사자를 수면 6단계로 보내기 위한 장치들을 만들었지.」

「지금은 어디서 일하시는데요?」

「내가 직접 운영하는 수면 클리닉을 개업했네. 내 소유니
까 행정적으로 보고할 일 같은 게 없어서 좋아. 자네 어머니
가 말했듯이 우린 전투에서 졌지 결코 전쟁에서 진 건 아
니야.」

「그래요. 어머닌 절대 패배를 인정하려 하지 않았어요.」

「운 좋게도 야경증을 앓는 은행장을 한 사람 맡아서 치료
해 주게 됐어.」

「그랬군요…….」

「그 사람이 대출을 해준 덕에 그리스 신화에 나오는 꿈의
신인 모르페우스의 이름을 딴 클리닉을 둘이 함께 열게 된
거야.」

자크는 여전히 상대를 의심의 눈초리로 쳐다보지만 자코
메티는 개의치 않고 말끝을 단다.

「자네 아파트에서 멀지 않은 몽마르트르 언덕바지에 있는

조그만 건물일세. 보면 알겠지만 어머니를 면회하러 오기에도 훨씬 편할 거야. 2층짜리 건물인데, 아래층에서는 일반적인 수면 질환을 치료하고 위층에 있는 실험실에서는 수면 6단계 연구를 진행하고 있지.」

「인간을 상대로 하는 생체 실험도 재개하셨어요?」

「아킬레시가 죽고 나서 우리도 교훈을 얻었네. 실험 구역에는 엄격히 선별한 믿을 만하고 충성도 높은 소수의 연구원들만 출입하게 하고 있어. 공식적으로 2층은 천연 수면제를 제조하는 곳으로 알려져 있지.」

자크는 미라처럼 움직임이 없는 어머니를 물끄러미 바라보고 있다.

「몽마르트르에 모르페우스 클리닉을 개업한 지 16년이 됐네. 병원은 번창하고 있어. 〈잘 못 자는 고통〉이 요통과 비만을 제치고 제일 심각한 건강 문제가 된 현실 덕분이지. 불면증, 수면 무호흡증, 몽유병, 이갈이, 악몽, 기면증 때문에 우리 병원을 찾는 사람들은 자신들도 모르게 수면 6단계 연구에 돈을 대는 셈이야. 카롤린은 이 6단계에 〈수면 전반의 비밀을 풀 열쇠〉가 있다고 누누이 말했지.」

「실험을 계속하신 거군요?」

「쥐와 고양이, 원숭이를 실험 대상으로 삼았어. 사람한테 적용하기에 앞서 우리의 실험 방법을 완벽하게 만들려고 애쓰는 중일세. 연구의 진척을 가로막는 장애물이 무엇인지는 이제 파악하게 됐어.」

이카르는 여전히 촬영에 열심이고, 샴바야는 자코메티의 얘기에 귀를 기울이고 있다.

「현재로서 우리한테 가장 중요한 건 자네 어머니를 살리기 위해 무엇이 필요한지 파악하는 일일세. 우리 병원으로 옮길 수 있게 서류에 사인을 해주겠나? 〈일반적으로〉 환자들이 넘치는 이런 일반 병원보다 우리 병원으로 옮기면 훨씬 잘 보살필 수 있을 거야.」

마음이 복잡해진 자크가 이맛살을 깊게 찌푸린다.

「제 잘못이에요. 제가 엄마를 따라 지붕으로 나가지 않더라면 이런 일은 벌어지지 않았을 거예요. 제가 엄마를 깨워서 일어난 일이에요.」

「아무 소용 없는 자책은 이제 그만하게. 어차피 일어날 일이었어. 지붕과 바로 이어지는 아파트에 산다는 것 자체가 그녀에겐 러시안룰렛이나 마찬가지였어.」

「이번에도 엄마가 저한테서 달아나려고 그랬을까요?」

「카롤린은 다시 자네가 보는 앞에서 몽유병 발작을 일으키게 될까 봐 두려워했어. 성인도 되기 전에 자네한테 그런 모습을 보인 게 싫었던 거야. 〈자신의 몸에 대한 통제력을 상실〉하는 순간이라고 생각했으니까. 그녀는 〈흐트러짐〉을 경멸하는 사람이었어. 늘 스스로를 관리하고 통제했지. 자신의 잠과 꿈, 식욕, 모든 걸 통제하고 조절해야 직성이 풀리는 사람이었어. 의식을 통한 육체의 통제, 이것이 늘 그녀의 고민이었어. 그런 그녀에게 육체가 복수를 한 거지. 그녀를 버린 거야. 이제 그녀는…… 순전한 의식으로 존재할 뿐이야.」

「지금 엄마의 의식은 어디에 있을까요?」

자크가 탄식한다.

「그녀의 연구대로라면 혼수상태는 의식이 수면 5단계에서 오도 가도 못하는 상태일 가능성이 높아.」

「5단계에서는 꿈을 꾸어야 하는데, 엄마한테서는 안구의 움직임이 보이지 않아요.」

「내 생각엔 엄마가 〈일반적인 혼수상태〉를 지나가 있는 것 같네.」

자크는 움직임을 잃은 육체의 덩어리, 웃지도 찡그리지도 않고 그저 이곳을 떠나 있을 뿐인 그녀를 바라본다.

「혼수상태에 빠진 사람이 무사히 다시 돌아올 확률은 2퍼센트야. 자, 우리 병원으로 옮기자는 제안을 수락할 텐가?」

자크가 고개를 끄덕이더니 자코메티의 손목을 잡는다.

「함께 엄마를 살리기 위해 최선을 다하겠다고 약속해 주세요.」

그가 간곡히 말한다.

61

어린 시절에 몸을 뉘었던 침대가 문득 낯설고 불안하게 느껴진다.

자크 클라인은 시트 속으로 몸을 밀어 넣으며 눈을 감는다. 아무도 자신을 괴롭힐 수 없는 배에 타고 있다는 상상을 하던 시절을 떠올린다.

전적으로 안심해도 되는 곳이 있다고 믿는 건 어린애 같은 발상이야. 어른이 되고 나면 행불행이 모두 장소를 가리지 않고 예고 없이 우리를 찾아온다는 것을 알게 되지.

샴바야가 옆으로 와서 눕는다.

「이제 그만 자요.」

그녀가 말한다.

그는 기다렸다는 듯이 잠에 빠진다. 할 일이 있기 때문이다.

수면 1, 2, 3, 4, 5단계. 이어 꾸기.

그는 붉은 모래섬에 돌아와 있다. 평소처럼 하와이언 셔츠를 입고 피냐콜라다를 손에 든 채 먼저 와서 기다리는 그의 분신의 모습이 보인다. 이번에는 흔들의자가 아닌 바위에 앉아서 수평선을 응시하고 있다.

「JK64, 다 당신 탓이에요. 내가 개입하지 않았더라면 엄마는 무사했을지도 몰라요.」

「아니, 자코메티도 말했지만 러시안룰렛 같은 상황이었어. 한 번은 일어날 일이었어. 그나마 자네 덕분에 추락 속도가 느려졌어. 구조대가 제때 출동할 수 있었던 것도 자네 덕분이야. 자네가 없었더라면 엄마는 새벽 4시에 인적이 끊긴 거리에서 아무런 도움도 받지 못한 채 죽음을 맞이했을 수도 있어. 자네가 엄마를 살린 거야.」

「식물인간이 됐잖아요.」

「그래도 살아 있잖아. 의식을 회복할 가능성도 있어.」

「고작 2퍼센트예요!」

「없는 것보단 낫지. 자네가 엄마를 살릴 수 있어, JK44. 자네의 미래인 내가 알아.」

「어떻게요?」

「엄마가 이미 방법을 알려 줬잖아. 수면 6단계에 도달해야 해.」

「하지만 그건 불가능해요. 누구도 할 수 없어요.」

「아니, 가능해. 지금, 여기서 내가 자네한테 말을 하고 있잖아. 이것은 미래로 가는 여러 갈래들 중에 반드시 길이 있다는 뜻이야. 수면 6단계에 도달하는 방법을 모르는 44살의 자크 클라인과, 이 방법을 사용해 시간을 거슬러 올라가는 64살의 자크 클라인을 이어 주는 길이 있다는 뜻이라고. 그러니까 잘 궁리해 봐. 자네는 이미 이길 수 있는 패를 손에 들고 있어. 좋은 접근 방법을 찾고 아이디어를 잘 조합하기만 하면 돼. 승리가 자네 눈앞에 있어, 난 확신해. 자넨 해낼 수 있어. 내가〈산〉증거야.」

자크는 생각의 갈피를 잡지 못하고 이마를 찌푸린 채 붉은

146

모래사장에 앉아 꿈속의 수평선을 바라본다. 생전 처음 이어 꾸기와 자각몽에 대한 회의가 들기 시작한다. 예전에는 이해할 수 없는 뜻밖의 꿈을 만났다면, 이제는 미리 짜인 틀 속에서 꿈을 꾼다. 어쩌면 자신의 꿈을 창조하는 연출가보다는 수동적인 주인공이 되는 것이 더 즐거운 일일지도 모른다는 생각이 든다.

하지만 이미 너무 멀리 와버리고 말았다. 그의 꿈들은 예전의 〈순수함〉으로 되돌아갈 수 없다. 이제 그에게 꿈은 현실의 삶에서 뻗어 나온 가지들일 뿐이다.

이것은 새로운 과학에 접근하기 위해 누구나 치러야 하는 대가이다. 무책임성과 작별한다는 뜻이다.

62

달리는 자동차와 스쿠터, 벨리브, 오토리브,[2] 종종걸음을 치는 보행자들, 비둘기 똥을 요리조리 피하며 모자가 거리를 걷고 있다.

샴바야는 아들의 안내를 받으며 파리 시내를 구경하는 중이다.

전날 밤에 일어난 사고 때문에 가슴이 출렁했지만 세노이족 모자는 새로운 자극들로 가득한 이 세계를 어서 만나고 싶은 조급증을 억누를 수가 없었다.

엄마의 손을 잡고 몽마르트르 구경에 나선 이카르는 사크레쾨르 대성당과 포도밭, 테르트르 광장, 파리 중심에 위치한 이곳의 거리들을 둘러본다. 그는 새로운 풍경과 마주칠 때마다 그림 작품을 묘사하듯 엄마에게 상세히 설명해 준다.

「앞에 보이는 파란 하늘에 양털 구름이 스무 개 정도 떠 있어요. 여기서 보면 딱 주먹을 쥐었을 때의 크기예요. 바로 눈앞에는 하얀 돔들이 뾰족하게 솟아 있는 사크레쾨르 성당이 있어요. 건물 표면에는 글자가 새겨져 있고 알 수 없는 동물들의 형상과 인간들의 얼굴이 조각돼 있어요. 몇백 마리는 될 것 같은 깃털이 검은 새들이 건물 주변을 날아다니고 있는데, 비둘기와 참새처럼 보여요. 성당 아래로 파리 시내의

2 벨리브Vélib'는 파리 시에서 운영하는 공공 자전거 대여 시스템, 오토리브Autolib'는 공공 자동차 공유 시스템이다.

전경이 펼쳐지고 있어요. 오른쪽으로는 상업 지구인 라데팡스의 빌딩 숲이 눈에 들어오고, 우리 바로 정면에는 회색 지붕이 달린 건물들이 빼곡하게 들어선 사이로 에펠 탑이 보여요. 금속으로 만든 길쭉한 삼각형이 신경이 뻗어 있는 나무처럼 하늘을 향해 치솟아 있어요……」

이카르는 지칠 줄 모르고 사소한 것까지 세세히 묘사해 주려고 애를 쓴다. 그럴 때마다 샴바야는 흐뭇한 얼굴로 고개를 끄덕여 아들을 격려해 준다. 머릿속에 또렷한 상이 잡힐 만큼 설명이 됐다 싶으면 샴바야가 아들에게 신호를 보낸다.

모자가 도시 구경에 나선 틈에 자크도 입원해 있는 엄마를 만나기 위해 집을 나선다. 모르페우스 병원은 그의 집에서 그다지 멀지 않은 라마르크 거리에 위치해 있다.

19세기풍의 외관과는 달리 안으로 들어서자 병원은 아주 현대적인 인상을 풍긴다.

자크는 약속대로 자코메티가 각별한 관심을 가지고 카롤린 클라인의 상태를 지켜보고 있다는 느낌을 받는다. 그녀는 15도 이하로 실내 온도가 낮게 유지되는 어두운 방에 누워 있다. 병실에 설치된 갖가지 장비들이 있는 듯 없는 듯 조용히 작동되고 있다.

카롤린은 영원히 잠에 빠진 사람처럼 미동도 없다. 자크는 〈잠자는 숲속의 공주〉를 떠올린다. 주인공이 살집이 풍성한 일흔여섯의 할머니로 바뀌었다는 생각을 하다가 빙그레 웃는다.

자코메티가 병실로 들어오더니 자신의 사무실로 가서 얘기를 나누자며 자크를 안내한다. 그의 방에 들어서자 의자 위에 걸린 현판이 제일 먼저 눈에 띈다. 〈모르페우스 클리닉〉이라는 이름과 함께 〈잠이 최고의 명약이다〉라는 병원의 모토가 적혀 있다.

병원 로고로 사용되는 그리스 신의 이미지를 바라보던 자크가 침묵을 깨고 묻는다.

「신화의 내용이 정확히 뭐죠?」

「모르페우스는 그리스 신화에 나오는 신이었지. 날개에 깃털이 달린 다른 신들과 달리 나비 날개가 달려 있어 소리 없이 가볍게 날 수 있었네. 손으로 (고대 그리스에 흔히 수면제로 사용됐던) 양귀비씨를 나눠 주었지.」

「모르페우스가 양귀비 씨앗을 사람들에게 뿌려 잠을 재웠단 말인가요?」

「그 때문에 훗날 모르페우스를 〈모래 장수〉[3]라고 부르는 곳도 있었어.」

「한쪽 손에 들고 있는 거울은 어떤 의미죠?」

「거울을 통해 자신의 꿈을 잠자는 사람에게 준다는 의미야. 그는 수시로 소중한 사람의 모습을 하고 인간들 앞에 등장했어. 가끔은 잠든 사람과 똑같은 모습으로 나타나기도 했지.」

「조금 더 나이 든 모습으로도 나타나겠죠?」

자크가 독백을 하듯 중얼거린다.

「이름이 말해 주듯이 모르페우스는 자유자재로 형체를 바꿀 수 있네. 같은 어근을 가진 단어로 형태학morphology, 무형태amorphous, 다형태polymorphic 같은 게 있지.」

「모르페우스는 잠의 신인가요?」

---

3 프랑스어로 아이에게 〈모래 장수가 지나갔다Le marchand de sable est passé〉라고 하면 이제 그만 잘 시간이라는 뜻이다.

「아니, 꿈의 신이야. 어머니인 밤의 신 닉스와 아버지인 잠의 신 히프노스 사이에서 태어났지.」

「의미심장하네요.」

「히프노스의 쌍둥이 형제가 죽음의 신인 타나토스라는 사실은 더 의미심장하지.」

「그리스인들은 잠과 죽음이 한 가족이라고 여긴 거네요?」

「적어도…… 긴밀한 연관은 있다고 생각했지. 나 역시 누군가를 수면 5단계 이상으로 보내려면 어느 정도 죽게 만들지 않으면 안 된다는 결론에 도달했어.」

「〈어느 정도〉 죽는다니요?」

「역설수면 때보다 심장 박동이 더 느려지고 체온도 더 낮아져야 한다는 의미야. 마비 단계를 넘어서 일종의 〈가사(假死)〉 상태가 되는 걸 말하지.」

자코메티가 야릇한 표정을 지으며 설명을 계속한다.

「아킬레시한테 했던 실험의 내용은 저도 기억하고 있어요.」

「그는 인간으로서는 무척 아래까지 내려갔지만 끝까지 가진 못했어. 동물 중에는 심장 박동이 아주 느려지고 체온도 무척 낮아진 강직 상태에서 몸을 유지할 수 있는 동물도 있어.」

「동면을 말씀하시는 거죠?」

「그렇지. 마르모트와 고슴도치, 도마뱀, 거북, 햄스터, 박쥐, 두꺼비, 일부 어류, 들쥐는 생리적 기능을 아주 최소한으로 유지하면서 겨울잠을 자다가 봄에 잠이 깨도 뇌와 생체 기능이 멀쩡해. 이런 상태에서 다시 정상적인 신진대사가 이루어지지.」

「인간 동면을 시도하실 생각인가요?」

자크가 넘겨짚는다.

「수면 6단계에 도달하기 위해선 그 방법밖에 없네. 하지만 성공하기 위해 넘어야 할 장애물이 너무 많아. 동면에는 일단 저체온이 필수지.」

「그렇지 않아도 엄마 몸이 〈차가워져〉 있다고 느꼈어요.」

「맞네. 핵심 장기들을 보존하기 위해 카롤린을 인위적인 저체온 상태로 만들어 놨어. 정상 체온보다 7도 낮은 30도로 유지하고 있네. 그녀 나름의 동면에 들어가 있는 셈이지. 호흡과 맥박도 느린 상태야. 뇌에 혈전이 생기지 않게 혈전 방지제도 주사했네.」

「그러다가 타나토스 신의 손을 잡을 수도 있지 않을까요? 월트 디즈니 같은 사람들한테 인체 냉동 보존술을 실시했지만 현재까지는 소생한 사람이 아무도 없다고 의대 강의 시간에 들은 적이 있어요.」

에리크 자코메티가 자신의 큰 의자에 몸을 깊숙이 파묻는다.

「수면 5단계와 6단계를 세분화하면 역설수면에 들어간 정상적인 인간은 5.4단계에 있다고 말할 수 있어. 아킬레시는 5.5단계까지 갔다가 잘못됐을 거야. 고양이는 5.6단계, 마르모트는 5.7단계까지 갈 수 있어.」

「엄마는요?」

「내 생각에 카롤린은…… 5.8단계에 가 있지 않나 싶네.」

「엄마가 그토록 궁금해하던 수면 6단계의 문턱에서 꼼짝하지 못하게 된 셈이군요.」

「바로 가까이에 죽음이라는 장애물이 버티고 있지. 6단계는 잠과 죽음 사이에 있는 묘한 지점에 위치해 있거든. 내가 보기엔 잠보다 차라리 죽음에 더 가까워. 히프노스보다는 타나토스와 더 가깝다는 얘기야.」

「그 말씀은 맥박은 더 느려지고 체온은 더 낮아지지만……두뇌 활동은 더 활발해진다는 뜻인가요?」

「그렇지. 자네 어머니는 그렇게 추정했어. 수면 6단계가 역설수면보다 한층 더 역설적인 수면일 거라고 믿었어.」

자크가 방 안을 한 번 더 꼼꼼히 둘러보고 나서 작정한 듯 묻는다.

「제가 여기서 일해도 될까요? 박사님과 함께?」

「내가 십수 년 전에 이미 제안하지 않았나. 자네가 우리와 뜻을 같이할 수 있다는 생각은 그때나 지금이나 변함이 없어. 우리 둘에게는 카롤린을 사랑하고 새로운 세계를 발견할 수 있는 희망이 그녀에게 있다고 믿는다는 공통점까지 있지.」

63

파리 생활이 점점 자리를 잡아 간다.

이카르는 클리시 광장에 있는 쥘 페리 고등학교에 다니고
있다. 파리의 멋진 매력들을 발견하고 좋아하는 것도 잠시,
그는 동시대의 많은 세노이들과 또래 청소년들처럼 자신이
좋아하는 비디오 게임에 다시 몰두한다. 그는 네트워크에 접
속해 있는 세계 곳곳의 사람들과 공유할 수 있는 가상의 세
계에 열광한다.

학교가 파하고 집에 돌아오면 그는 서너 시간씩 게임에 빠
지곤 한다. 게임의 세계에서 그는 영웅 판타지 속의 기사가
되기도 하고 이국땅에 파견된 특수 부대 요원이 되기도 하고
현실적인 풍경 속을 누비는 탐험가가 되기도 한다.

그냥 두고 볼 수만은 없다고 판단한 자크가 이카르의 컴퓨
터 사용 시간을 제한하겠다고 나온다. 하지만 부모의 권위에
도전할 기회만 엿보는 사춘기 아이에게는 금지하는 것이 도
리어 역효과를 부를 것이라며 샴바야가 자크를 말린다. 그녀
는 〈가상 게임〉에 미치는 시기가 저절로 지나갈 때까지 기다
리자고 남편을 설득한다.

하지만 그녀의 예상은 빗나간다. 꿈이 모든 것을 압도하
는 세계에서 온 이카르의 눈에 컴퓨터의 세계는 훨씬 생생하
고 구체적이며 쉽게 저장될 뿐 아니라 전 세계에 실제로 존
재하는 수많은 친구들과 경험을 공유할 수 있는 매력적인 세

계로 비친다.

어느 날, 저녁 식탁에서 자크가 게임 시간을 줄이라고 주의를 주자 이카르가 대답한다.

「언젠가 세노이족한테 네트워크 게임을 가르쳐 줄 거예요. 꿈보다 게임이 낫다는 걸 그들도 알게 될 거예요. 죽으면 〈게임 오버〉지만, 그랬다가도 다시 살아나 벌떡 일어날 수 있는 게 게임이에요. 실제 삶과는 비교도 안 되게 멋지죠. 게임 덕분에 고등학교를 졸업하고 뭘 하고 싶은지도 알게 됐어요. 게임 개발자가 될 수 있는 공부를 하고 싶어요.」

에리크 자코메티도 모르페우스 클리닉에 자각몽 강의를 개설해서 샴바야의 파리 정착에 도움을 준다.

샴바야는 화요일과 목요일 저녁에 수강생 열두 명을 교실에 모아 놓고 커다란 양초가 하나 켜져 있는 테이블을 중심으로 둥그렇게 모여 서게 한다. 수강생들에게 양손을 앞으로 뻗으라고 시킨 뒤 그녀가 세노이 부족의 전통 가락을 흥얼거리기 시작한다. 적당한 때다 싶으면 그녀가 자각몽 훈련을 시작한다.

「자, 이제 모두 눈을 감아요.」

해몽헌녀가 바람을 불어 촛불을 끈다.

「지금부터 우리 다 같이 수면의 여러 단계를 넘을 거예요. 역설수면에 도달하면 우리 손이 우리가 온 세계에서와 정확히 똑같은 모습으로 눈앞에 있는 게 보일 거예요.」

그녀가 학생들에게 집중할 시간을 잠시 주고 나서 다시 말을 잇는다.

「꿈속에서 손이 보이거든 눈을 좌우로 움직이세요. 그건 밖에서 분명히 보이는 신호예요. 여러분의 진짜 눈도 꿈속에서와 똑같이 눈꺼풀 밑에서 왔다 갔다 움직일 테니까요.」

이 방법을 통해 샴바야는 자각몽에 입문한 사람이 누군지, 그저 〈보통 때처럼〉 잠을 자고 있는 사람이 누군지, 자각몽을 꾸는 중이라고 〈착각〉하는 사람이 누군지 쉽게 구분해 낸다.

그녀는 뛰어난 수강생들에게는 따로 집단 비행을 제안한다. 꿈속에서 그들은 인간 비행 편대를 이루어 하늘로 날아오른다. 샴바야는 그들에게 특정한 풍경과 여행, 집단 체험 장면을 이미지화하게 한다.

수업이 끝난 뒤에 잠자리에서 남편과 함께 허브 티잔을 마시며 샴바야가 말한다.

「어떤 측면에서 내가 가르치는 자각몽 코스는 가격 대비 품질 면에서 최고의 경쟁력을 갖춘 여행사라고 할 수도 있어요. 수강생들에게 비행기나 자동차, 배를 타고 여행하는 것 이상의 경험을 제공할 뿐만 아니라 세계 어디에도 없는 고급 호텔에서 묵게 해주는 셈이니까요. 자기 자신의 상상력만큼 즐거움을 줄 수 있는 건 이 세상에 없어요.」

자크도 모르페우스 클리닉 내에 수면 질환과를 개설해 환자들을 돌보기 시작한다. 그는 매일 오후 2시부터 6시까지 환자들을 상담한 뒤 유도몽이나 세노이 전통 식물을 이용한 티잔으로 치료를 한다. 환자들 대부분은 불면증 때문에 병원을 찾은 사람들이다.

오전 시간에는 에리크 자코메티와 함께 연구에 전념한다. 두 사람은 수면 6단계에 도달할 수 있게 하는 〈유도제〉 개발에 주력한다. 그들은 동면에 들어간 고슴도치와 햄스터, 마르모트의 휴식 상태를 분석한다. 역설수면에 가장 능한 동물은 고양이지만, 꿈을 꾸는 게 가능한 아르마딜로나 주머니쥐 같은 동물도 실험에 이용한다.

여전히 〈꿈 데이터 뱅크〉 프로젝트를 추진 중인 에리크 자코메티는 뇌에서 나오는 전기 신호를 영상으로 전환한다는 또 하나의 새로운 목표를 수립해 놓고 있다.

하루는 자크가 에리크 자코메티를 저녁 식사에 초대한다. 손님과 함께 단출한 세 식구가 모두 한자리에 모여 있다.

요사이 사람들에게서 이유를 알 수 없는 불안감을 감지하고 있던 샴바야가 작정하고 얘기를 꺼낸다.

「당신들 서양 사람들은 안락과 안전, 건강을 모두 가졌으면서도 불행해요. 이유가 뭘까요, 자크?」

「우리의 감시 체계가 지나치게 잘 작동하기 때문이에요. 사람들은 항상 극도의 신경과민 상태에 있죠. 심리적 구름인 노스피어는 우리 마음을 편안하게 해주는 반면 정보의 구름은 스트레스를 줘요. 노스피어와의 접촉이 얼마나 중요한지는 잊고 살아도 사람들은 저녁만 되면 TV 뉴스에 눈과 귀를 기울여요. 자신들을 공포로 몰아넣는 재난 소식들뿐인 뉴스에 말이죠.」

「의학적으로는 이런 현상을 어떻게 설명할 수 있어요?」

이카르가 눈을 동그랗게 뜨면서 묻는다.

에리크 자코메티가 보충 설명에 나선다.

「공격을 받았다는 느낌이 들면 우리 대뇌에 있는 편도체라는 신경핵이 몸에 신호를 보내서 싸우거나 달아나는 모드로 돌입하게 해. 일종의 비상 모드지. 맥박이 빨라지고 솜털이 곤두서고 경계심이 강화돼. 혹시 생길지도 모르는 부상의 고통에 대비해 핏속에 코르티손이 분비되지. 이런 모드가 작동하려면 이성을 주관하는 전전두엽피질의 기능이 꺼져 있어야 해. 생각은 행동을 가로막으니까. 위험이 지나가고 난 뒤 해마에서 신호를 보내 감정을 진정시키면 빨라졌던 심장 박동이 다시 느려지지. 그리고 전전두엽피질은 정상적인 기능을 되찾게 되는 거야.」

「그러니까 그 비상 모드 때문에 우리의 생각이 방해를 받게 된다는 거예요?」

「맞아. 뉴스를 통해 우리에게 항상 위험 신호가 전달되기 때문에 마치 공격을 당한 것처럼 스트레스를 받는 거야. 그래서 우리 뇌의 전전두엽피질은 비활성 대기 모드 상태에 있게 되는 거지.」

자크는 고개를 끄덕이면서 조금 다른 관점을 덧붙인다.

「하지만 객관적으로는 세상이 예전보다 나아졌어.」

「프랑스가요?」

「프랑스도 그렇고 세계적으로도 마찬가지야. 사람들의 건강과 위생 상태, 교육 수준, 삶의 질이 전반적으로 향상됐어. 자유가 늘어났고 여유도 많아졌어. 자신을 표현하고 경험을 공유할 수 있는 소통의 방법도 과거에 비해 늘어났어. 우리는 부모 세대보다 잘살고 있어. 당연히 조부모 세대보다는 훨씬 잘살지. 선사 시대나 고대, 중세 시대와는 비교도 할 수 없어.」

에리크 자코메티가 자크의 말에 한마디 보탠다.

「생각해 보렴. 예전에는 사람들이 수돗물도 없이 살았어. 냉장고도 없고 외과 수술에 필요한 마취약도 없었지…….」

자크가 식탁에 둘러앉은 사람들의 잔에 다시 포도주를 채워 준다. 이카르의 잔에도 덩달아 조금 따라 준다.

「뉴스가 우리를 계속 스트레스 상태에 묶어 두기는 하지만 어쨌든 전쟁도 폭력 상황도 줄어들고 있는 건 사실이야. 전 지구적으로 평균적인 삶의 수준이 향상했어. 매년 새로운 질병과 전염병들이 지구상에서 자취를 감추고 있지. 프랑스에서는 1900년에 쉰 살이던 평균 수명이 오늘날 여든 살로 늘어났어. 환경 오염의 위험에 대한 인식이 친환경 에너지 개발을 위한 노력을 이끌었고, 재활용 제품의 사용도 점차 늘어나고 있어. 독재가 줄어드는 반면 민주주의는 늘어나고 있어. 언론의 자유도 계속 확대되고 있지. 이렇듯 객관적으로는 모든 것이 나아지고 있는데도 세상이 정반대의 느낌을 갖는 것은 우리를 공포에 가두기 위해 엄청난 에너지가 동원되기 때문이야.」

「왜요?」

호기심에 찬 이카르의 눈이 반짝인다.

「사람들이 두려움을 느끼면 소비가 늘고 정치인들에게 더 많은 권력을 위임하게 마련이니까. TV 뉴스를 시청하면서 인류가 처한 상황을 이해하려는 것은 마치 파리를 알고 싶은 사람이…… 병원 응급실에 가보고 구경을 끝내는 것이나 마찬가지야. 온통 부상자와 환자뿐인 곳을 보고 나서 파리 사람들은 위험하고 폭력적인 도시에서 살고 있다는 결론을 내리는 격이지.」

「그런데 기자들은 왜 좋은 일은 다루지 않아요?」

「아무도 관심이 없기 때문이야. 감정의 발산이 없으니까. 너라면 누구 얘기를 더 듣겠니? 〈다 잘되고 있어〉 하고 얘기하는 사람, 아니면 〈큰일 났어, 우린 심각한 위험에 처했어〉 하고 겁을 주는 사람?」

「그래서 진정제와 수면제 판매가 지속적으로 증가하는 거야. 그 덕분에 우리 모르페우스 클리닉을 찾는 손님도 갈수록 늘어나고 있지.」

자코메티가 한마디 덧붙인다.

「그렇기 때문에 우리가 하는 일이 중요한 의미를 갖는 거예요.」

샴바야가 단호하게 말한다.

「당신 말이 맞아요. 눈에는 눈, 이에는 이로 대처해야 해요.」

자코메티가 말끝을 단다.

「사람들이 언론의 영향하에 있으니 우리도 언론을 활용해서 〈영향에서 벗어나게〉 해줘야 해요.」

「여보, 당신 어머니 말대로 독약이라도 용량과 용법에 따라 얼마든지 좋은 약이 될 수 있어요. 당신들이 취해 있는 〈불안의 마약〉을 이용해서 사람들을 여기 모르페우스로 유인하는 거예요. 그런 다음 스스로 생각하는 방법을 우리가 그들에게 가르쳐 주는 거예요.」

샴바야의 제안에 모두가 공감을 표시한다.

「우리 일에 흥미를 느낄 만한 기자를 내가 한 사람 알아요. 한번 연락을 취해 봅시다.」

쇠뿔도 단김에 빼려는 듯, 그가 휴대 전화를 꺼내 문제의 기자에게 전화를 걸더니 자각몽을 통한 재교육 개념을 설명한다.

저녁 식사가 끝난 뒤 손님이 돌아가고 이카르도 잠들고 나자 샴바야가 자크에게 속내를 털어놓는다.

「모든 것이 긍정적인 방향으로 변화하고 있는데 나는 마음에 담고 있는 거짓말 때문에 여전히 찜찜해요.」

「엄마를 사망한 걸로 위장한 것보다 더 심각한 거짓말이에요?」

「그래요. 내 눈 얘기예요. 당신한테는 날 때부터 앞을 못 봤다고 말했지만, 거짓말이에요. 내가 앞을 못 보게 된 건 어머니 배 속에 있을 때 해몽현녀로 지정됐기 때문이에요.」

자크가 아내의 눈을 유심히 들여다본다.

「그 말은 당신 부족이 일부러 당신 눈을 없앴단 말이에요?」

「꿈을 더 잘 꾸기 위해서는 선택받은 사람들이 부족을 위해 희생해야 한다고 믿는 게 우리 풍습이에요. 그에 따라 우리 부모가 의도적으로 나를 키우고 가르치고, 뭐랄까, 변화시켜 꿈에 통달하게 만든 거죠. 하지만 대가가 따랐어요. 내 두 눈 말이에요.」

「세상에 어떻게 사람의 눈을 없앨 생각을 할 수 있죠?」

자크가 흥분을 참지 못하고 소리를 지른다.

「기능이 장기를 만드는 법이에요. 기능이 사라지면 장기도 쇠하죠. 난 태어나서부터 사춘기인 열세 살까지 늘 빛 한 줄기 들지 않는 곳에서 지냈어요.」

「꿈을 더 잘 꾸기 위해서요?」

「나를 둘러싼 세계의 이미지들 때문에 내 영혼이 산란해지는 것을 막기 위해서였죠…….」

그제야 자크는 자각몽을 습득한 대가가 얼마나 컸는지, 아내가 얼마나 힘든 시련을 겪었는지 깨닫는다.

「당신한테 선택권을 주지 않은 부모님을 원망할 수도 있겠군요.」

「날 위해 그분들 나름대로 최선의 선택을 하신 거예요. 당신이 당신의 외적 자아를 가꾸는 동안 나는 나의 내적 자아를 가꿨으니까요.」

「우리 어머니가 사람에게는 다섯 가지 육체의 감각과 다섯 가지 정신의 감각이 있다고 했어요. 다섯 가지 육체의 감각은 시각, 후각, 청각, 촉각, 미각을 가리키고, 다섯 가지 정신의 감각은 감정, 직관, 상상력, 영감, 보편적 인식을 가리키죠.」

「그럼 당신은 다섯 가지 육체의 감각과 네 가지 정신의 감각을 부리고, 나는 네 가지 육체의 감각과 다섯 가지 정신의 감각을 부리는 셈이네요.」

그녀는 확신에 찬 어조로 말했지만 자크는 아내가 부모님의 행위를 정당화하기 위한 핑계를 찾고 있다는 생각을 지울 수가 없다.

「부모들이 선택을 하면 자식인 우리는 그 선택을 받아들여야 해요. 그것이 어떤 선택이든. 그런 다음 우리 자식을 위해서는 더 나은 선택을 하기 위해 애를 써야죠.」

그녀가 결론을 내리듯 단호하게 말한다.

자크는 측은한 생각이 들어 위로의 말이라도 해주려다가 괜히 그녀의 마음을 다치게 할까 봐 입을 다문다. 그는 마음을 다잡고 다음 날 모르페우스 센터를 소개하기 위해 잡힌 인터뷰 준비에 열중한다.

64

취재를 위해 클리닉으로 찾아온 세실 쿨롱이라는 기자는 갈색 머리에 투명한 하늘색 눈동자를 지닌 후리후리한 여성이다. 샤넬 투피스를 입은 그녀가 하이힐을 신고 또각또각 병원으로 걸어 들어온다. 그녀는 자크의 얼굴을 보자마자 심한 이갈이 때문에 배우자가 힘들어하는데 밤에 이를 갈지 않을 수 있는 방법이 없겠냐며 조언을 구한다.

에리크 자코메티와 샴바야로부터 각각 꿈 데이터 뱅크와 집단 자각몽 기술에 대한 설명을 들은 쿨롱은 자크의 안내를 받으며 그의 진료실과 연구실을 둘러본다. 자크는 앞으로도 지금처럼 모르페우스 클리닉이 수면 분야의 연구를 주도할 수 있게 노력하고 있다고 말한다. 갈수록 정밀도가 향상되는 3D 뇌 영상 장비들을 하나하나 보여 주며 설명을 곁들이자 그녀가 열심히 메모를 한다. 그녀는 수면 분석 침대에 누워 있는 환자들에게 다가가 질문을 던진다. 그녀는 취재 과정 전반을 꼼꼼히 카메라에 담는다. 자크는 자신의 일터를 소개하면서 자긍심을 느낀다.

「이곳에서 벤조디아제핀이 주성분인 기존 수면제를 대체할 수 있는 차세대 천연 수면제도 개발했어요. 벤조디아제핀은 꿈을 꾸지 못하게 하고 장기적으로는 알츠하이머를 유발하는 등 부작용이 있죠.」

이때까지만 해도 강 건너 불 보듯 덤덤히 정보를 받아 적기만 하던 그녀가 갑자기 흥미를 보이며 캐묻기 시작한다.

「벤조디아제핀에 부작용이 있단 말이에요? 저는 하루도 거르지 않고 그 약을 복용하고 있는걸요.」

「프랑스가 이 약품의 최대 소비국이죠. 그런데 기자님은 잠은 잘 자는 편인가요?」

「아유, 말도 마세요. 수면제 용량을 계속 늘려 온 걸요. 벤조디아제핀이 없으면 잠잘 생각도 못 할 거예요.」

「그게 바로 중독성이 강한 약품들의 문제점이죠. 공장식 사육을 하는 소나 돼지, 양, 심지어 닭의 몸에도 벤조디아제핀이 들어간다는 사실을 알고 계세요? 트럭에 실려 운반되거나 도축을 앞둔 동물들을 진정시키기 위해 사료에 벤조디아제핀을 섞어 먹이죠. 부지불식간에 우리 모두 꿈을 없애는 이런 약품들에 이미 중독된 셈이에요.」

세실 쿨롱은 점점 더 적극적으로 취재에 임한다. 다음 날, 〈우리를 잠들지 못하게 하는 수면제들〉이라는 제목이 달린 긴 기사가 신문에 실린다. 본인이 광고의 피해자였던 탓에 쿨롱은 기사를 통해 벤조디아제핀 계열의 신경 안정제와 우울증 치료제를 거세게 공격한다.

이 기사가 1면에 실린 신문이 날개 돋친 듯이 팔리자 다른 일간지들에서도 쐐기를 박듯 같은 주제를 다룬 기사를 연이어 내보낸다. 벤조디아제핀은 일순간에 세기의 악으로 취급된다. 자크 클라인은 〈진정하고 자연적인 수면〉을 위해 노력하는 선구자로, 모르페우스 클리닉은 〈숙면〉의 보루로 칭송된다.

바통을 이어받은 SNS가 〈수면제는 우리에게 독약이 되고 있다〉는 유의 메시지를 퍼트리자 사건은 일파만파로 번진다.

여론의 뜨거운 반응에 고무된 자크가 병원에 출근해 근심스러운 표정의 에리크 자코메티와 마주친다.

「자네 대체 무슨 생각으로 제약 산업을 공격한 건가? 우린 전통적인 의료 체계와 척을 질 입장이 아니야. 정면 대결을 해봐야 우린 저들의 적수가 안 돼.」

「뭘 걱정하세요? 언론의 자유가 있는 거 아닌가요?」

샴바야가 끼어든다.

「기자들은 이중적인 사람들이야. 소위 진실과 정의를 옹호한다면서도 자신들에게 월급을 주는 것이 결국 광고주들과 그들이 싣는 광고들이라는 사실을 의식하고 있지. 제약 회사들이 보통 돈이 많고 힘이 센 게 아니니까. 소비자 보호를 담당하는 위원회들 역시 마찬가지야.」

자코메티가 결론을 내린다.

「그러니 이제부터 기자들을 상대하지 마. 무엇보다 논쟁을 더 이상 격화시키지 말게. 〈모난 돌이 정 맞는다〉고 하잖아.」

반응은 즉각적이다. 일반 수면제를 생산하는 제약 회사들이 자신들을 중상모략하거나 자신들의 제품에 대한 불신을 조장하는 모든 언론 매체에서 지면 광고를 빼겠다고 으름장을 놓는다.

대기업들의 법무팀에서는 불법 제약 행위와 비인증 의약품 판매 혐의로 모르페우스 클리닉을 고발한다.

전에 그들을 지지했던 기자들이 한층 더 열을 올리며 그들을 비방하기 시작한다. 세실 쿨롱이 변호에 나서지만 이내 의문에 싸였던 아킬레시의 사망 사건이 다시 불거진다. 이

일로 클리닉의 이미지가 심각하게 훼손되자 에리크 자코메티는 하는 수 없이 변호사를 고용한다.

　병원을 찾는 고객의 발길이 뜸해지고 후원도 순식간에 현저히 줄어든다. 그들은 세상으로부터 고립된다.

　자크는 이 일을 통해 잠이 경제적이고 정치적인 문제이기도 하다는 것을 통렬히 깨닫는다.

65

상황은 날이 갈수록 악화된다. 저명인사의 지위를 누리던 세 사람은 따돌림을 받는 신세로 전락한다. 지나가는 행인들조차 병원을 향해 마녀들의 은신처라도 되는 듯이 손가락질을 해댄다. 자크는 동물 보호주의자들이 엄마가 일하는 곳으로 찾아와 고양이 울음소리를 내면서 비난을 퍼붓던 힘든 시절을 떠올린다.

어느 날 저녁, 모르페우스 클리닉과 집 사이의 짧은 거리를 걷고 있던 자크는 누군가 자신을 뒤따라오고 있다는 느낌을 받는다. 얼핏 보고 세실 쿨롱이라고 생각한 자크는 더 이상 인터뷰에 응하지 않겠다는 얘기를 해주리라 마음먹는다. 그런데 눈앞에 다가온 상대는 그녀가 아니다.

「오랜만이에요, 자크.」

머리가 희끗희끗한 여자는 어딘지 모르게 낯익은 얼굴이다.

「우리가 아는 사이인가요?」

「그럼요, 알다 뿐이겠어요?」

「죄송하지만, 제가 얼굴을 잘 알아보는 사람이 아니라서.」

「혹시 이 얘길 들으면 생각이 날지 모르겠는데…… 제가 잠을 자면서 발길질을 해요…….」

「샤를로트!」

「세월이 너무 지나서 당신이 혹시 날 잊어버렸나 했지.」

20년 가까운 세월이 지나 자신의 어머니와 더욱 흡사해진 그녀를 쉽게 알아보는 건 당연하다는 말이 그의 입안을 맴돈다. 그는 같이 한잔하자며 그녀를 길모퉁이에 있는 카페로 데려간다.

「그동안 어떻게 지냈어?」

「영화 공부를 마치고 회사를 하나 차렸어. 아주 작거나 빛이 아주 약한 상태에서 빠르게 움직이는 피사체를 포착하는 영상 카메라를 개발하고 있어.」

「결혼은 했어?」

자크가 묻는다.

「응.」

「행복해?」

「응.」

그들은 서먹서먹하게 서로를 쳐다보고 있다.

「수면제의 폐해를 다룬 당신의 인터뷰 기사를 읽었어. 나는 사람들이 하는 짓이 부당하다고 느껴.」

「응원해 줘서 고마워. 그런데 잠은 예전보다 잘 자?」

「아니, 별로. 당신 때문인 것 같아. 당신이 떠나고 마치 중요한 약속을 놓친 듯한 느낌에 시달렸으니까.」

자크는 알아듣지 못한 척 딴청을 피운다.

「나도 결혼했어.」

그가 어물쩍 화제를 돌린다.

「당신한테 한 가지 제안할 게 있어서 왔어. 난 우리의 재능을 한데 모아야 할 때가 왔다고 생각해. 영화에 대한 내 지식과 수면에 대한 당신의 지식을 말이야.」

「관객들이 영화를 보다 잠이 드는 건 보통 좋은 징조가 아넌데…….」

「당신 어머니가 예전에 말씀하셨어, 언젠가 학교에서 잠을 잘 자는 방법을 배우고 꿈을 영화로 보게 되는 날이 올 거라고. 그 생각이 현실화되고 있어. 오랫동안 그 아이디어에 매달려 적잖은 성과를 이뤘거든. 지금은 양자 방출 단층 촬영PET 스캔을 이용해 사람의 생각을 영상으로 변환시키려고 애쓰는 중이야.」

「참 신기하지. 마치 지난 세월 동안 세 갈래 길이 나란히 발전해 온 것 같으니 말이야. 나는 심리학에서, 자코메티 박사는 기술 쪽에서, 그리고 당신은 영상 분야에서. 16년의 세월이 흘러 우리 세 사람 모두가 일을 도모할 준비를 마친 상태에서 이렇게 다시 만난 거야. 물론 모르페우스 클리닉의 존속 자체가 불투명한 상황이긴 하지만.」

「바로 그 문제 말인데, 그것도 나한테 해결책이 있을 것 같아. 남편인 질 얘기를 아직 자세히 안 했는데, 이 사람이 국방부 요직에 있어. 당신을 도와줄 수 있을 거야. 당신이 한 인터뷰를 보니까 숙면을 취하면 낮에 하는 활동의 효율성을 높일 수 있다는 대목이 나오더라. 이걸 활용해서 우리한테 도움을 줄 수 있다면 질이 관심을 보일 거야.」

「남편 이름이 뭐라고?」

「질 말랑송. 국방부 3군 담당 차관이야.」

자크는 옛 애인을 물끄러미 건너다보면서 낮잠 카페에서 처음으로 만났던 일과 첫 키스를 떠올린다.

「옆에 있는 사람을 더 잘 죽이기 위해 잠을 잘 자야 한다?」

그가 비아냥거린다.

「조국을 더 잘 지키기 위해 잠을 잘 자는 거지.」

그녀가 표현을 고쳐 준다.

「뭘 어떻게 한다는 거지?」

「질한테는 이미 내 아이디어를 말했어. 가령 군에서 돈을 주고 당신 부부와 자코메티 박사를 수면 코치로 고용하는 거야. 그리고 질이 나서면 지금 당신 병원이 처한 문제들을 틀림없이 해결할 수 있을 거야. 정부 부처마다 인맥이 있고 동기 동창들이 있는 사람이거든. 프랑스에서는 여전히 기업가보다는 관료가 힘이 세. 두고 봐.」

희망이 보이자 자크의 얼굴에 함박웃음이 가득 차오른다.

「지난 일은 정말 미안하게 생각해.」

「미안해할 거 없어. 그게 우리 각자에게 주어진 삶의 길인 걸.」

「우리 어머니가 하는 말인 줄 알겠네.」

아무 뜻 없이 말을 툭 내뱉고 나서 자크는 생각에 잠긴다. 노스피어에서는 모든 것이 연결돼 있을지도 모른다…….

어딘가에 부족한 게 있으면 다른 곳에서 와서 채워 주게 마련이다. 그래서 결국은 모든 것이 균형과 조화를 이루게 될 것이다. 우리가 느끼는 결핍이나 부당함, 과잉의 감정은 세계를 단편적으로 보는 데서 생기는 것인지도 모른다.

충분히 그럴 수 있다. 이런 관점에서 보면 JK64는 부족한 내 인식을 보완해 주는 사람, 샴바야는 여성적 에너지를 보완해 주는 사람, 난데없이 나타난 샤를로트는 물질적인 문제들을 해결해 나가는 나를 옆에서 보완해 주는 사람이라고 볼 수 있지 않을까.

66

어린 이카르가 유독 거부감을 보인다.

「숙면법에 대한 우리 선조들의 지식을 군인들에게 가르쳐서 동류 인간들을 더 효율적으로 죽이게 하라고요? 있을 수 없는 일이에요!」

아들의 반응은 충분히 이해하지만 그렇다고 물러설 자크가 아니다.

「잠깐, 온종일 스크린에서 사람을 죽이는 게 일인 네가 우리한테 훈계할 입장이니?」

「하지만 아빠, 제가 컴퓨터에서 사람을 죽이는 건 가짜지만 아빠가 군인들한테 잠을 자지 않을 수 있는 방법을 가르쳐 주는 건 잠자는 사람들을 공격할 수 있게 만들어 준다는 뜻이에요! 그 사람들을 죽이게 말이에요. 진짜로 죽이는 거죠.」

샴바야는 입을 꾹 다물고 있다. 유백색 눈동자는 허공을 향해 있다. 설전을 벌이는 남편과 아들을 앞에 두고 그녀는 천천히 음식을 씹을 뿐이다. 그녀가 포크를 내려놓더니 잔에 손가락을 넣어 원하는 높이에 이를 때까지 술을 채운 다음 한 모금 목으로 넘긴다. 그러더니 갑자기 풀라우 세노이에서 한 번 그랬던 것처럼 호통을 치듯 말한다.

「그 샤를로트라는 사람, 사랑했어요?」

그녀가 다짜고짜로 묻는다.

포도주를 마시던 자크가 사레가 들려 캑캑거린다.

「그게 우리 프로젝트와 무슨 상관이에요?」

「대답해요. 그녀를 사랑했어요?」

「물론이에요.」

「그럼 그녀는, 당신을 사랑했어요?」

「그렇겠죠.」

「그렇다면 그녀는 여전히 당신을 사랑하고 있을 거예요. 이번 일은 당신을 위한 일이에요. 그러니 그녀의 제안대로 함께 일하는 게 좋겠어요.」

이카르는 고집을 꺾지 않는다.

「하지만! 엄마, 우리의 수면 지식을 이용해서…… 살인자들을 훈련시키겠다는 거란 말이에요!」

「언젠가 사람들이 경찰이나 사법부, 감옥, 군대 없이 살 수 있는 날이 오겠지. 하지만 아직은 때가 아니야. 선한 군인들이 악한 군인들로부터 우리를 보호해 주고 있어. 키암방의 용병들이 우리를 괴롭히던 때를 생각해 봐. 그때 프랑키는 우리한테 바로 그런 선한 군인이었어. 그가 건강한 상태로 깨어 있는 건 우리를 위해서였어. 이카르, 어린 너한테 엄마가 충고 하나 할게. 사람을 예단하지 마. 직업이나 출신, 명성만 믿고 사람을 함부로 재단하고 분류하지 마. 너의 감각(육체와 정신의 열 가지 감각)을 사용해서 너만의 판단을 내리도록 해.」

소년은 옳은 얘기를 하는 자신을 어른들이 이해하지 못한다고 생각해 미간을 찡그러뜨린다.

「대체 전쟁은 왜 하는 거죠? 비디오 게임을 하면서 아니면…… 꿈속에서 서로 죽이면 되는데 왜 진짜로 죽이는 거냐고요.」

이카르가 부루퉁한 얼굴로 묻는다.

「좋은 질문이다.」

자크가 대답한다.

「우리의 숫자가 너무 많다고 집단 무의식이 판단하기 때문에 전쟁이 일어난다고 난 생각해. 모든 좋은 스스로 개체 수를 조절하지. 지나치게 많다고 집단의식이 느끼는 순간 자발적으로 일부를 도려내는 거야.」

「지나치게 〈시적인〉 접근법인 것 같아요. 제가 보기에 현실은 훨씬 냉혹해요. 인간들이 나쁘기 때문이죠!」

「나중에 기회를 봐서 나쁘다는 단어가 무슨 의미인지 설명해 주마. 지금은 이것 하나만 명심해 두렴. 사람이 어떤 행동을 하는 데는 다 이유가 있어. 네가 〈나쁜〉 사람들이라고 지칭하는 사람들 상당수는 사실 공격당할지도 모른다는 공포에 떨거나 예방 차원에서 공격에 나서는 사람들이야. 샤를로트의 제안을 거절하면 우린 병원 문을 닫아야 할지도 몰라.」

자크는 힘들게 아들을 설득하는 데 성공한다. 모르페우스 클리닉의 수면 전문가들이 지닌 노하우는 곧 특수 부대의 비밀 훈련 시설에서 사용되기 시작한다. 숙면법을 익힌 군인들이 각 수면 단계를 빠르게 지나 금방 몸이 회복되는 역설수면 단계에 도달할 수 있게 되자 수면 시간이 일곱 시간에서 네 시간으로 단축된다. 몸을 회복하기 위해 더 많은 시간이 필요한 적군에 비해 유리한 입장이 되는 것이다.

수면의 질을 높이기 위해 자크는 고기와 술, 시거나 단 음식을 뺀 탄수화물 위주의 식단도 군인들을 위해 새로 만

173

든다.

질 말랑송은 자크와 샴바야에게 기술 고문이라는 군의 공식 직함을 준다. 두 수면 전문가의 숙면법은 특허를 획득한다. 특수 부대의 낙하산 요원들과 외인부대, 해군 정예 요원들이 모두 이 숙면법의 도움을 받는다. 말랑송은 클라인 부부에게 두둑한 보수를 지급하고 보건부와 법무부에 근무하는 친구들을 동원해 모르페우스 클리닉을 지원해 준다. 그는 과학 연구부에 있는 동료를 설득해 모르페우스 클리닉 안에 〈수면 연구〉 조직을 신설해 국립 과학 연구소 산하에 두게 한다. 클리닉의 전 연구원이 〈사실상〉 공무원 신분이 된 셈이다. 이때부터 모르페우스를 향한 제약 회사들의 로비와 직능 단체의 공격은 무의미해졌다.

하루는 차관이 아내인 샤를로트와 클라인 부부, 그리고 에리크 자코메티를 국방부에 있는 자신의 집무실로 초대한다.

「더 이상 언론의 관심을 끄는 일이 없었으면 좋겠어요. 조용히, 아주 조용히 해주세요. 인간 생체 실험 중 사망자가 생겼다느니 하는 얘기는 앞으로 듣고 싶지 않아요. 어쩔 수 없이 사고가 일어나면 즉시 저한테 연락을 취해 주세요. 시신은 제가 처리하죠.」

차관은 단순한 행정적 조치를 언급하듯 이 말을 내뱉는다.

「가령 파스퇴르 말이에요, 이제는 다 알려진 사실이지만 브라질의 페드로 2세한테 광견병 바이러스를 미리 주입해 놓은 사형수들을 상대로 자신이 개발한 백신을 테스트하게 해달라고 요청했어요. 그가 1884년에 보낸 서신을 우리 부처에서 보관하고 있어요. 파스퇴르는 사람들 모르게 계획을 실행에 옮겼죠. 알자스 지방에서 실험에 성공한 케이스에 대해서만 세상에 알렸어요. 이 사례를 보면 현실은 아무 의미가 없어요. 〈훗날〉 기자들과 역사학자들이 어떤 평가를 내리는가가 중요할 뿐이죠.」

「파스퇴르에 관한 그런 일화가 있었는지는 몰랐네요.」

자크가 중얼중얼한다.

「심지어 그는 의사도 아니었어요. 뛰어난 홍보 전문가였죠. 그를 모델로 삼으면 당신한테도 당신 이름을 딴 연구소와 도로가 생기고 동상도 세워질 거예요. 솔직히 말하자면 당신에 대한 지원을 결정한 것 자체가 나로서는 큰 모험이에요.」

질 말랑송이 손님들 쪽으로 몸을 숙이며 말을 잇는다.

「상사들 중에는 제가 삐끗하기만을 기다리는 사람도 있어요. 장관께서 직접 저한테 이번 일은 절대 잘못되어서는 안 된다고 경고까지 하셨어요. 하지만 여러분을 믿고 결정을 내린 겁니다. 저 역시 이 모험으로 모든 걸 잃을 수도 있어요.」

그가 의자에서 몸을 일으키더니 깊이 심호흡을 하고 나서 말끝을 단다.

「난 샤를로트를 사랑해요. 그녀가…… 인생의 의미를 되찾았으면 해요. 아이를 가지려던 우리의 계획이 실패하고 나서 힘들어하고 있어요. 우리가 데이트하기 시작했을 때 아내가 옛일을 떠올리며 당신 얘기를 참 많이 했어요. 당신을 붙잡지 못한 자신을 원망했죠. 그래서 한때 당신을 증오하기도 했어요. 하지만 이제 당신을 받아들이기로 했어요. 우리 둘이 언젠가 친구가 될 수 있다는 생각도 하죠.」

상대방의 말을 들으며 자크는 생각지도 않았던 사람들에

게서 도움의 손길이 올 수도 있다는 사실을 새삼 깨닫는다. 그의 어머니를 해고했던 자코메티, 그가 버렸던 샤를로트, 그를 질투했던 질. 심지어 키암방과, 어린 시절의 친구였던 윌프리드까지 그를 형성하는 데 일조했다.

「차관님 도움 덕분에 우리 병원에 변화를 줄 수 있게 됐어요.」

에리크 자코메티가 정중하게 얘기한다.

「이제 안전을 걱정하지 않아도 되고 재정적으로도 탄탄해졌기 때문에 옆 건물을 매입해 샤를로트가 이끄는 〈꿈 영화〉 연구 센터를 만들 생각이에요.」

당사자인 샤를로트는 뜻밖의 제안에 깜짝 놀란다.

「솔직히 말하면 이건 자크의 아이디어예요.」

자코메티가 덧붙인다.

「그렇게 되면 꿈이 영화와 나란히 예술의 영역에 속한다는 것을 입증해 보일 창이 생기는 셈이에요. 꿈이 〈제10의 예술〉[4]이 될 수 있는 거죠…….」

샤를로트가 흥분을 감추지 않는다. 덩달아 자크도 한마디 덧붙인다.

「앞으로 우리 어머니의 비전을 현실화해서 사람들에게 숙면을 취하는 방법을 가르치는 학교를 세울 수도 있을 거예요. 거기서 샴바야와 제 아들 이카르가 아이들과 청소년들, 나아가 아기를 둔 부모들에게 숙면에 필요한 조언을 해주고, 나이가 든 사람들한테는 세노이 전통에 따라 자각몽을 가르칠 수 있을 거예요. 꿈 영화를 만들 미래의 예술가들도 그곳에서 양성할 수 있겠죠. 자코메티 박사와 나는 군인들의 수

4 프랑스에서 만화를 〈제9의 예술〉이라고 부르는 것에 빗댄 표현.

176

면 교육은 물론 기존의 연구를 계속해 나갈 거예요.」

「체육부에 있는 동료들로부터 여러분이 올림픽 출전을 준비하는 운동선수들의 수면 훈련도 맡아 줬으면 한다는 부탁을 받았어요.」

질 말랑송이 아내 쪽으로 몸을 틀어 다정히 손을 잡으며 말한다.

서로에 대한 이런 사랑에 힘입어 자신들의 계획이 새롭게 태어나리라 생각하는 순간, 자크의 얼굴에 미소가 번진다.

67

씨앗을 뿌린 자리에 싹이 돋는다. 나무들이 자란다.

한 해, 그리고 두 해가 흐른다. 이제 자크 클라인의 나이는 마흔여섯 살, 카롤린 클라인은 일흔여덟 살. 그녀는 여전히 혼수상태에 있다. 막 성인이 된 이카르는 대학에서 2년째 컴퓨터 공학을 공부하고 있다.

모르페우스 클리닉은 규모를 확장했다. 정부 지원 덕택에 병원의 위상도 높아지고 재정도 탄탄해졌다.

병원을 찾는 고객들의 숫자는 나날이 늘어나지만 수면 6단계 연구는 여전히 꿈과 죽음을 가르는 미묘한 경계에 가로막혀 진전을 보지 못하고 있다. 반대로 샤를로트 말랑송이 이끄는 꿈 영화 연구는 놀라운 속도로 진전된다.

샤를로트는 피험자의 머리에 144개의 전극을 부착해 뇌에서 발생하는 미세한 전자기장을 잡아 증폭시키고 채널링하는 데 성공한다. 특수한 소프트웨어가 이 신경 신호들을 모아서 분류하면 자기장이 발생한 부분들이 스크린 위에 색깔로 표시된다. 처음에는 울긋불긋한 점들이 일렁이면서 섞이고 흩어지고 사라지는 것처럼 보인다.

샤를로트는 고성능 인공 지능 프로그램을 활용해 신경 신호 해석을 보다 정밀화하고 이미지의 해상도를 높이는 데도 성공한다. 그러자 색점들이 점점 정교한 형태들로 바뀐다. 원, 삼각형, 마름모 같은 기하학 구조들……

이카르가 소프트웨어의 성능을 높이는 연구에 참여하겠다고 자발적으로 나선다. 자각몽을 능수능란하게 꾸는 재능 때문에 그는 첫 번째 인간 생체 실험 대상자가 된다. 그는 자신의 꿈속 이미지들을 스크린에 나타난 영상들과 비교해 가면서 조정 작업을 한다.

어느 날, 부연 스크린 바탕에 또렷한 형체가 하나 보인다. 누가 봐도…… 사과다. 노란색 과일이 스크린 위에서 빙글 돌면서 보여 주는 표피의 조직이 진짜 사과 껍질과 똑같이 생겼다. 앙증맞은 꼭지 위에 파란 잎사귀까지 하나 달려 있다.

연구 초기에는 과학계만 관심을 나타냈지만 이제 투자자들도 하나둘 참여하기 시작한다. 또렷한 형체의 사과를 꿈으로 재현해 낸 이카르는 산과 구름, 나무, 꽃도 차례로 스크린에서 보여 준다.

인간의 모델화가 가능할 수도 있다는 사실에 주목한 한 할리우드 영화 제작사가 이 프로젝트에 관심을 보여 연구 환경 개선에 막대한 돈을 투자한다. 이카르는 새, 원숭이 같은 동물에 이어 드디어 완벽한 사람의 형체, 정확히 말해 자신의 아버지의 형체를 스크린에 재현해 보여 주는 데 성공한다.

투자가 쇄도한다. 모르페우스 클리닉에도 꾸준히 환자들의 발길이 이어지지만, 옆 건물에 둥지를 튼 꿈 영화 연구소에는 엔지니어들과 최신 기계 설비들이 하루가 다르게 늘어간다. 어느 날, 드디어 이카르가 〈기승전결〉을 갖춘 완결된 형태의 단편 영화를 선보일 준비가 끝났다고 밝힌다. 과학 전문 기자들 중에서 선별한 일부 관객만이 가로 3미터 세로 2미터 크기의 스크린이 설치된 상영관에서 열리는 시사회에 초대를 받아 참석한다.

이카르가 수면 의자에 자리를 잡자 샤를로트가 그의 머리에 전극이 붙은 헬멧을 씌운다. 아들을 격려하러 온 자크 부부와 에리크 자코메티 박사, 질 말랑송 차관이 관객들 사이에 앉아 있다.

「눈여겨보세요, 아빠. 제가 특별히 〈문화적인〉 걸로 골랐으니까요.」

이카르가 독백하듯 말한 뒤 눈을 감는다. 그는 세 차례 깊은 심호흡을 하고 나서 강하에 들어간다.

수면 곡선이 그가 1단계, 2단계, 3단계, 4단계, 5단계를 차례로 거치며 내려가는 모습을 그래프로 보여 준다. 샤를로트가 상영관 중앙에 설치된 스크린을 켜자 처음에는 이카르가 눈을 감을 때 보이는 컴컴한 배경이 화면에 나타난다.

이 시간이 너무 길어진다 싶어지자 실망한 관객들이 여기저기서 웅성거리기 시작한다.

바로 이 순간, 화면이 점차 밝아진다.

옛날식으로 중절모를 쓴 남자들과 긴 치마를 입은 여자들이 스크린 오른쪽에 열 명가량 우르르 등장한다. 플랫폼에서 기차를 기다리는 승객들이다.

자욱한 회색 연기에 뒤덮인 화면의 앞쪽에 있는 사람들에게서 활기가 느껴지기 시작한다. 서서히 연기가 걷힌다. 흑백의 배경 속에서 증기 기관차 한 대가 천천히 오른쪽에서 왼쪽으로 움직이며 관객들의 시야에 들어온다. 열차가 속도를 줄이다 멈춰 선다. 객차의 문이 열리자 보따리와 짐 가방을 든 승객들이 내리고, 짐을 잔뜩 든 한 무리의 승객들은 기차에 오른다. 검표원이 무거운 짐을 든 승객들을 도와준다.

정지 화면. 스크린이 다시 검게 변한다. 수면 곡선이 이카르가 4단계, 3단계, 2단계, 1단계를 지나 깨어나는 것을 보여 준다. 그가 눈을 뜬다. 박수갈채가 터져 나온다. 특정한 배경과 움직이는 등장인물들, 개연성 있는 내용 전개를 모두 갖춘 꿈을 관객들이 처음 공식적으로 관람한 역사적인 순간이다.

「저는 무엇보다 이 꿈을 선택한 이카르 군에게 박수를 보내고 싶습니다.」

감격한 표정이 역력한 샤를로트가 기자들을 바라보며 마이크를 잡는다.

「여러분이 보신 장면은 우연히 나온 것이 아닙니다. 최초의 영화 카메라를 막 개발한 뤼미에르 형제가 1895년에 상영한 〈라 시오타 역으로 들어오는 기차〉, 즉 인류 최초의 영화를 이카르가 일부러 꿈으로 꾼 것입니다. 이 선택은 이카르가 지닌 역사적, 문화적 지식을 보여 줄 뿐만 아니라 우리가 발명한 꿈 영화와 오늘날 우리가 알고 있는 영화라는 것의 탄생 사이에 깊은 관련이 있다는 사실을 지적해 주고 있습니다. 이 얼마나 상징적입니까!」

아버지의 칭찬을 기대하는 이카르의 시선이 자크에게 고정돼 있다. 자크가 아들을 보며 대견하다는 제스처를 취한다. 옆에서 설명을 들은 샴바야도 입을 함박같이 벌리며 웃는다.

「이 영상은 지금부터 자유롭게 배포하셔도 좋습니다.」

샤를로트가 좌중을 향해 자신에 찬 목소리로 말한다.

「이제 우리는 꿈을 눈으로 볼 수 있게 됐습니다. 그 첫발을 바로 오늘, 여기, 파리 중심의 몽마르트르에서 내디뎠다는 사실이 세계에 알려질 것입니다. 〈꿈을 잡는 기계〉, 일명 〈드림 캐처〉라는 장치가 있었기에 가능한 일이었습니다. 자, 옆 방으로 자리를 옮겨서 기분 좋게 한잔하시죠.」

참석자들은 다 같이 샴페인 잔을 들어 성공적인 실험을 축하한다. 이 소식은 금방 언론에 보도되고, 이카르의 꿈 영화는 상상 가능한 모든 매체를 통해 전 세계로 전파된다. 인터넷이라는 가상의 구름 덕분에 순식간에 수백만 명의 사람들이 드림 캐처 카메라와 꿈 영화의 발명 소식을 접한다. 이국적인 외모가 사람들의 관심을 끌며 이카르 클라인은 일약 스타가 된다.

꿈 연구소의 상영관에서는 본격적으로 꿈 영화가 상영되기 시작한다. 연구소에서 유명 연예인들에게 꿈꾸는 기계를 직접 체험할 기회를 제공하겠다고 제안하자 한 유명 가수가 흔쾌히 응한다. 그는 자신의 꿈을 뮤직비디오로 만들어 「나의 꿈My Dream」이라는 간단한 제목을 붙인다.

스스로 첨단 기술의 선두 주자라고 자부하는 대통령도 꿈연구소를 찾아와 자신의 꿈을 상영한다. 그의 꿈은 다듬고 편집하고 음악을 삽입하는 과정을 거쳐 「나의 프랑스」라는 영화로 탄생한다.

샴바야가 기계를 시험하겠다고 나선다.

「내 머릿속에 있는 것을 여러분에게 보여 주고 싶어요.」

그녀가 드림 캐처 카메라를 손수 작동시키기에 앞서 말한다.

자크, 이카르, 샤를로트, 그리고 자코메티는 맹인인 샴바야가 꾸는 꿈을 경의에 찬 눈으로 바라본다. 단순화되고 확대된 그녀의 꿈속은 초현실주의 세계처럼 보인다.

샴바야의 꿈은 이야기가 전개될수록 더 환상적으로 변해

마치 앙리 루소와 살바도르 달리의 작품을 섞어 놓은 듯한 느낌을 준다. 기다란 이빨을 드러낸 호랑이들, 무지막지하게 굵은 다리가 달린 뒤룩뒤룩 살찐 멧돼지들, 끝이 보이지 않는 깃털이 달린 금조들, 형광 오렌지색 오랑우탄들이 그녀의 꿈에 등장한다.

그녀가 꿈에서 파리 시내를 거닐고 있다. 아름드리나무들처럼 보이는 건물들, 내장이 텅 빈 동물들을 연상시키는 자동차들.

그녀와 마주치는 사람들은 가면을 쓴 것처럼 표정이 딱딱하게 굳은 모습이다. 사람 얼굴의 형체는 알고 있지만 그 얼굴에서 쉬지 않고 일어나는 미세한 움직임들을 재현하기에는 그녀의 시각적 경험이 충분하지 못하기 때문이다. 가령, 그녀를 지나쳐 가는 사람들은 눈을 깜빡이지 않는다.

미래의 자신을 사람들에게 보여 주고 싶은 마음에 기계를 테스트하겠다고 나서는 자크를 샴바야가 굳이 말린다.

「당신은 안 돼요, 자크.」

「왜요?」

「수면 6단계 프로젝트에 매진하는 상황에서 당신의 머릿속 이미지들은 혼자만 간직하는 게 나아요. 남들에게 보여 줄 때보다 비밀로 간직할 때 더 큰 위력을 지니죠.」

섭섭하지만 자크도 아내의 판단을 수긍한다.

「꿈은 계속 꾸되 당신 혼자만 간직하는 게 나아요. 내 말대로 해요. 우리 활동을 알리는 〈창〉 역할은 이카르가 맡아서 할 거예요. 아이가 이미 이 일의 의미를 깨닫고 있어요. 기차의 도착을 꾼 이카르의 꿈이 엄청난 반향을 일으키고 있어요. 이제 아이를 믿고 맡겨요.」

샤를로트와 질도 테스트에 나서지만 자신들의 꿈이 지극히 평범하다는 사실을 확인할 뿐이다.

「아드님의 유머 감각과 부인이 보여 준 시각적 형상들은 아무나 따라가지 못하겠네요.」

질 말랑송이 실망한 표정으로 고개를 끄덕이며 인정한다.

「난 우리가 지금보다 더 잘할 수 있을 것 같아요. 가령, 칸 꿈 영화 페스티벌을 한번 해보면 어때요?」

샤를로트가 뜻밖의 제안을 던진다.

「다른 곳도 아닌 칸에서 말이야?」

「칸이 어때서요? 〈전통〉영화 페스티벌이 5월에 개최되니까 우리는 10월에 꿈 영화 페스티벌을 열면 되잖아요?」

「문화부에 있는 동료한테 제안해 볼게. 충분히 성사 가능성이 있어. 자크, 에리크, 이카르, 샴바야, 그리고 당신을 심사 위원으로 위촉해야겠네.」

아내의 제안에 질 말랑송은 신이 난 표정이다.

「영화계와 미술계, 문학계 인사들, 그리고…… 신경 과학 쪽 전문가들도 모시는 게 좋겠어요.」

샤를로트가 말끝을 단다.

「이 심사 위원들이 머리를 맞대고 영상의 아름다움과 시나리오의 독창성, 연출력을 평가해 최고의 꿈 영화를 선정하는 거죠.」

「행사를 알리고 준비할 시간이 세 달 남았어요. 우선 도전자들을 파리로 불러 실력을 본 다음 〈꿈 잘 꾸는 사람〉 스무명을 선발합시다. 이 페스티벌은 세계적인 반향을 불러일으킬지도 몰라요.」

자크는 오가는 얘기를 묵묵히 듣고만 있다. 상상만 해도 짜릿하도록 기분이 좋은 일이다. 하지만 자신이 해야 하는 수면 6단계 연구는 샴바야가 바로 지적한 대로 카메라와 마이크를 피해 조용히 이루어져야 하는 일임을 새삼 깨닫는다. 그는 슬며시 자리를 떠 마르모트들이 기다리는 자신의 실험실로 돌아온다. 죽음의 경계선까지 가 있는 마르모트들의 근육 경직 현상에 어떤 비밀이 숨겨져 있는지 반드시 밝혀내겠다는 의지를 다진다.

68

입이 초콜릿 아이스크림을 향해 성큼 다가간다. 혀끝이 바닐라 아이스크림의 표면을 덮은 초콜릿과 아몬드에 가 닿는다. 이가 보드랍게 얼어 있는 달콤한 물질을 뚫자 혀가 몸을 뒤척인다. 아이스크림이 식도를 미끄러져 내려가는 순간 달콤한 청량감이 퍼진다.

자크 클라인의 나이 47살. 꿈 영화는 눈부신 성공을 거두고 있지만 그의 수면 6단계 연구는 답보 상태에 머물러 있다.

이카르의 나이 19살. 그가 출연하는 다이렉트 드림이 전 세계 수도들에 우후죽순처럼 생겨난 꿈 영화관들에서 실시간으로 상영되고 있다.

샤를로트는 제1회 칸 꿈 영화제가 성황리에 끝나자 모르페우스라는 이름의 제작사를 세워 단편과 장편 영화 제작에 뛰어들었다.

여기서 올린 수익은 수면과 꿈 연구를 활성화하는 데 사용된다. 에리크 자코메티는 계속 투자를 늘려 병원 옆에 있는 빌딩 두 채를 추가로 매입한다. 이렇게 시설을 확대한 덕에 모르페우스 클리닉은 최대 백여 명의 환자를 수용해 고성능 장비로 수면을 분석할 수 있게 된다.

샴바야의 자각몽 비행 강좌에는 수십 명의 뛰어난 수강생들이 몰린다.

이런 분위기 속에서 딱 한 사람, 자크만 예외다. 이카르가 새로 선보일 기상천외한 영상을 보기 위해 영화관 앞으로 모여들어 길게 줄을 선 관객들 틈에 끼어 초콜릿 아이스크림을 들고 있던 자크는 갑자기 마음을 바꿔 집으로 돌아간다.

어떻게 해야 6단계에 도달하지?

이 생각이 머리를 떠나지 않는다. 허송세월한다는 느낌을 지울 수가 없다.

집 안에 들어서는 순간 맥이 탁 풀린 그는 의자를 찾아 쓰러지듯 몸을 묻으며 눈을 감는다.

수면 1단계, 2단계, 3단계, 4단계, 5단계. 도착. 언제나처럼 황홀한 풍경의 붉은 모래섬과 변함없는 모래사장의 흔들의자. 꽃무늬 하와이언 셔츠와 샌들 차림에 선글라스를 낀 미래의 그가 손에 피냐콜라다를 들고 의자에 앉아 몸을 흔들고 있다.

「고마워, JK 47.」

그가 인사 대신 감사의 마음을 전한다.

「뭐가요?」

「나를 대중에 공개하고 싶은 유혹을 뿌리쳤잖아. 어차피 아무도 이해 못 했을 거야. 보여 줘 봤자 김만 새고 〈우린〉 우스운 꼴이 됐겠지.」

「샴바야가 말렸어요.」

「지니의 요술 램프를 가지고 있으면 구경꾼들한테 자랑하고 싶은 마음이 더러 생기지. 하지만 난 자네한테만, 오직 자네만을 위해 존재한다는 사실을 명심해. 내가 얘기해 주지 않았는데도 자네가 직감적으로 알아차려서 다행이야.」

「도저히 수면 6단계의 벽을 못 넘겠어요.」

「그 심정 이해해. 내 인생에서 좀 힘들었던 시기로 기억에 남아 있어. 다들 꿈 영화 때문에 구름 위를 걷는 심정인데 나만, 내 말은 자네만 허우적거리고 있으니까. 하지만 당연한 일이야, 지금 자네한테는 시작할 때의 번뜩임이 없거든.」

「뭐 말이죠?」

「자세히 대답해 줄 순 없어. 자네도 알잖아. 단지 자네가 현재 상황을 자각하게 도와줄 수는 있어.」

「제가 간과한 정보가 있나요?」

「지금 자넨 기차에 타서 창밖을 내다보지 않고 있는 격이야. 그래서 들판의 암소 무리 사이에 있는 일각수를 보지 못한 거지.」

「일각수요?」

「자넨 작지만 중요한 걸 놓쳤어.」

백발의 자크가 몸을 일으키더니 손아래 자크를 수평선이 보이는 곳으로 이끈다. 먼바다에서 돌고래들이 공중으로 몸을 솟구치고 있다.

「저거요? 돌고래 말인가요?」

「돌고래만이 아니야. 잘 생각해 봐, 자크, 기억을 되살려 보라고. 엄마가 왜 느닷없이 파리로 돌아오려고 했을까?」

「저 때문이었나요?」

「그게 다가 아니야. 샴바야가 분명히 자네한테 얘기를 해 줬을 텐데……. 어머니는 자신의 일각수를 봤던 거야. 자네가 부닥뜨린 문제를 풀 열쇠는 상상력도 상상력이지만 기억력에 있다는 뜻이지.」

「좀 도와줘요. 부탁이에요, JK 67.」

「지금 도와주고 있어.」

백발의 남자가 턱을 움직여 돌고래들을 가리킨다.

「음……. 저 돌고래들은 항상 꿈을 꾼다죠. 이쪽저쪽 뇌가 번갈아 가면서…….」

「다른 건 또 뭐가 있지?」

「아, 이제 생각났어요. 돌고래들이 복어를 데리고 장난치는 모습을 관찰하면서 엄마가…… 혼란스러워했다고 샴바야한테 들었어요.」

JK67이 이를 드러내며 벙싯 웃는다.

「돌고래와 복어…….」

불현듯 뭔가를 깨달은 자크가 두 단어를 중얼거린다.

번갯불이 번쩍하듯 뜻밖의 발견을 한 자크는 서둘러 현실 세계로 올라온다. 그는 부랴부랴 자코메티 박사를 찾아간다. 그는 늦은 시각에도 클리닉 내에 있는 수면 6단계 연구소에 남아 일을 하고 있다.

「복어 얘기는 어떻게 된 거예요?」

자크가 다짜고짜 자코메티에게 묻는다.

「이 시간에 웬일인가. 느닷없이 무슨 얘기야? 무슨 복어 말이야?」

「말레이시아에서 돌고래들이 블루 홀에 들어가 마약에 취한 듯이 행동하는 걸 보면서 수면 6단계를 발견하는 데 복어가 어떤 작용을 할 수 있다고 엄마는 생각했어요. 그렇죠?」

자코메티가 기억을 떠올리기 위해 애써 생각을 모은다.

「그래 맞아.」

그가 한참 만에 대답한다.

「자네 어머니가 나한테 복어 얘길 하긴 했어……. 돌고래

189

들이 엑스터시에 빠진다고 돌고래들의 마약이라고 하더군. 자네 어머니는 직감적으로 그게 돌고래들이 니르바나, 정확히 말해 〈돌고래의 니르바나〉에 이르기 위한 물질이라는 것을 알았던 거야.」

자코메티가 말을 잠시 멈추고 생각을 정돈하기 위해 애쓴다. 자크는 인내심을 가지고 말이 이어지기를 기다린다.

「자네, 복어의 다른 이름이 뭔지 알아? ……하돈(河豚)이라고 하지.」

그가 갑자기 우렁우렁 울리는 목소리로 말문을 연다.

「하돈이라면, 복어의 일본식 이름이죠?」

「자, 날 따라오게. 병원 안에 자네 어머니가 갖다 놓은 복어가 한 마리 있어.」

자코메티가 자크를 클리닉 입구에 설치된 수족관 앞으로 데려간다.

「저길 보게. 저 어종은 정확히는 자주복이라고 하지.」

팔뚝만 한 송어와 흡사하게 생긴 복어는 은회색 몸통에 크고 동그란 눈이 달려 있고, 등에는 갈색 점이 찍혀 있다.

자코메티가 플레이크 사료를 한 줌 집어 물에 뿌리자 복어가 금방 먹이 주변으로 다가온다. 그가 볼펜 끝으로 머리를 살짝 건드리자 복어가 순식간에 물을 넣어 몸을 팽팽하게 부풀린다. 마치 고무풍선처럼 복어의 몸집이 두 배로 늘어나 있다.

「복어, 개복치, 이런 동물은 다 위협을 느낄 때 몸을 부풀리는 팽창어지. 피부와 간, 눈, 내장, 난소에 테트로도톡신이라는 아주 위험한 독소가 들어 있네. 극소량만 몸에 들어가도 신경 계통을 즉각 마비시키지.」

「쿠라레보다도 독성이 강한가요?」

「테트로도톡신이 1천 배는 강하지. 옛날 일본 궁정에서는 사케에 테트로도톡신을 몇 방울 떨어뜨려 음모와 모략을 간단히 해결했지. 그래서 〈폭정을 길들이는 하돈〉이라는 표현도 나오게 됐어. 1800년부터는 황제와 정치 요직을 맡은 사무라이들은 공식적으로 복어를 먹지 못하게 했네. 요즘에는 일본과 한국, 얼마 전부터는 중국에까지 복요리 식당이 많아졌지만 말이야.」

「음식으로 먹는다고요?」

「그럼. 복요리는 값이 비싸. 미식가들이 즐겨 찾는 고급 요리일세. 원칙적으로 자격증이 있는 전문 요리사들만 복어를 다루지만, 복어 독은 극소량으로도 치명적이기 때문에 늘 위험이 있어. 사정이 이렇다 보니 매년 스무 명가량이 복어 독 때문에 사망한다고 해. 자살을 위해 일부러 복어 독을 찾는 사람들도 있다고 하더군.」

「그런데 복어한테 있는 테트로도톡신의 어떤 점이 어머니의 흥미를 끌었을까요?」

「죽지 않을 수 있는 방법만 찾는다면 그 독의 효과를 이용해 수면 6단계에 접근할 수 있다고 생각한 거야.」

「복어는 일본에만 서식하나요?」

「따뜻한 바다면 어디서든 살지. 도리어 일본에서는 남획으로 인해 점차 사라지는 추세네. 미 대륙이나 호주 앞바다, 얼마 전부터는 동지중해에서도 발견됐어.」

자크는 물고기를 뚫어지게 바라본다. 받침 접시처럼 생긴 동그란 눈이 달린 모습이 여간 귀엽지 않다.

「독소를 〈희석〉하려고 온갖 방법을 시도했지. 바닷물도 섞어 보고 우유에도 타봤어. 그렇게 해서 원숭이들한테 시험해 봤는데 모두…… 죽었어. 적은 양으로 그런 강한 독성을 보이는 물질은 드물지. 해독제도 없어.」

자크가 수족관 유리에 얼굴을 바짝 붙인다.

「테스트를 반복하다가 자네 어머니는 결국 포기했어. 실망이 이만저만이 아니었지. 그리고 나서 우리는 곧바로 저체온을 이용한 신체 강직 기술로 방향을 틀었네.」

「독소와 달리 그 방법은 통제할 수 있지 않나요?」

「그 역시 간단한 문제는 아니야. 별무효과와 불귀의 지점 사이에서 적정 온도를 찾아내기가 아주 어렵다네.」

「사람한테도 시험해 보셨어요?」

「복어 말인가? 아니. 너무 위험하거든. 자네 어머니조차 엄두를 내지 못했네. 아킬레시의 사고가 여전히 우리 기억 속에 박혀 있어.」

자크는 정중하게 자리를 뜬 뒤 사무실로 올라와 컴퓨터 앞에 앉는다.

엄마는 직감만 있었지 생각을 현실화하지는 못했어. 그것을 해낼 책임은 이제 나한테 있어.

그는 인터넷에서 자주복, 더 나아가 복어와 관련된 것은 내용을 가리지 않고 자료를 검색하고 다큐멘터리를 찾아서 본다. 화면 속에서 돌고래들이 복어 한 마리를 에워싸고 겁을 주며 장난을 치자 복어가 물을 넣어 몸을 부풀리더니 노란 독소를 내뿜는다. 그러자 돌고래들이 도취경에 빠져 배를 뒤집고 춤을 추며 꾸룩꾸룩 요란한 울음소리를 내기 시작한다.

엄마는 이 장면을 봤을 거야. 틀림없어.

복어를 공처럼 주고받으며 노는 돌고래들의 부리질에 팽팽하게 부풀어 올랐던 복어의 몸이 조금씩 꺼진다. 복어는 재빨리 바다 밑으로 달아나지만 돌고래들은 자리에 남아 복어 독이 풀린 바닷물의 〈냄새〉를 맡느라 정신이 없다.

이날 밤, 아내와 함께 잠자리에 누운 자크는 복어 독을 이용해 니르바나에 도달하는 돌고래들이 문제를 해결할 열쇠를 쥐고 있다는 확신에 가까운 직감을 느낀다.

「잘 자요, 자크.」

「잘 자요, 샴바야.」

부부는 입맞춤을 한 뒤 결혼한 지 3년이 넘은 부부들이 예외 없이 그렇듯 각자 자기 쪽으로 돌아눕는다.

이날, 자크는 붉은 모래섬으로 돌아가 JK67과 얘기를 나누는 대신 이어 꾸기를 통해 곧장 노스피어로 향한다. 5단계 수면에 도달한 사람들의 얼굴이 온통 깔려 있는 흰색 바닥이 나타난다. 꿈꾸는 사람들의 눈이 움찔움찔 움직이고 있다. 자크의 영혼은 일본인들의 꿈들이 모여 있는 곳을 두리번거리다가 소득 없이 다시 폴리네시아인들의 꿈들이 있는 곳을 서성거린다. 이렇다 할 만한 것을 발견하지 못한 그는 노스피어를 이 잡듯이 뒤지기로 마음먹는다. 이어 꾸기 능력을 활용해 조금이라도 복어를 언급하는 꿈은 다 찾아다니다가 뜻밖의 장소에서 복어에 대한 암시를 발견한다.

주인공은 다름 아닌…… 부두교 주술사. 그가 꿈에서 좀비 의식(儀式)을 하면서 복어를 생각하고 있다.

자각몽자 자크의 영혼은 드디어 실마리를 찾았다고 판단

한다. 그는 노스피어를 떠나 인간 세계와 가까운 아래쪽으로 내려간다. 아이티에서 떠도는 객귀를 만나 얘기를 들어 볼 생각이다. 자크의 의식은 아이티의 수도인 포르토프랭스 위를 날며 수많은 떠돌이 영혼과 마주친다. 서아프리카 베냉에서 건너온 영혼과의 대화 풍습은 이 나라 사람들에게는 아주 일상적인 경험이다.

당연히 자크는 사자들의 영혼과 만날 수 있는 최적의 장소인 시립 공동묘지로 향한다. 이제 그는 미지의 땅에 들어와 있다.

자크가 다가가자 부두교 주술사의 영혼이 그를 거들떠보지도 않고 자리를 뜬다. 한 영혼은 그에게 외국인들의 혼이 드나들 데가 아니라고 주의를 준다.

영계에조차 인종 차별이 존재한다면 정말 해결책이 없다.

아이티 부두교 주술사들이 프랑스인 자각몽자들을 멸시한다는 얘기를 과연 누가 할 수 있을까?

자크의 등 뒤에서 호방한 웃음소리가 들려온다. 지나가던 영혼이 그의 생각을 읽은 것이다.

「외지인이 감히 이곳에 발을 들이다니 용기가 가상하군. 난 바롱[5]일세. 바롱 주핌바라고 불리네. 거물이지, 여기서는. 자넨, 프랑스인 영혼이 여기서 뭘 하고 있나?」

「저는 자크 클라인입니다. 여러분이 부두교 의식에서 복

---

5 Baron. 직역하면 남작이라는 뜻. 부두교에서 숭배하는 로아, 즉 정령의 호칭 중 하나이다. 가장 무서운 로아로 알려진 바롱 삼디Baron Samedi는 토요일 samedi에 숭배하는 정령이라고 해서 이런 이름이 붙었다.

어를 어떻게 사용하는지 알고 싶어서 찾아왔습니다. 여러분만이 복어 독이 지닌 치명적인 독성을 낮출 방법을 찾으신 것 같아서요.」

「프랑스 영혼, 자네가 그걸 어떻게 알지?」

노인이 호기심에 가득 찬 표정으로 묻는다.

「그런 뜻을 내포한 꿈을 하나 포착했거든요. 그래서 이왕이면 부두교의 본산인 이곳, 세계 최고의 주술사들이 모여 있는 아이티에 와서 정보를 구해야겠다고 판단했죠.」

바롱 주핌바가 칭찬을 의식한 듯 우쭐해서 말한다.

「아이티 부두교 주술사들이 최고이긴 하지. 시베리아 샤먼들이나 브르타뉴 지방의 드루이드들이 주술을 행하는 걸 잘 보면 허점이 한두 개가 아니거든. 우리 조상들의 지식은 타의 추종을 불허하지.」

바롱 주핌바가 자크의 주위를 빙빙 도는 사이, 둘이 대화를 나누는 모습에 궁금증이 난 떠돌이 영혼들이 다가온다. 그들이 자신과 자크를 에워싸지만 바롱 주핌바는 개의치 않고 말을 이어 간다.

「이런 대화가 오갈 날이 있을 줄 누가 알았겠소?」

빈정거리는 말투로 노인이 말한다.

「언데드에 매료된 서양인들이 현실을 알고 나면 얼마나 깜짝 놀랄까.」

몇몇 심령체가 머리를 끄덕이며 공감을 표시한다.

「여기선 다들 미국 드라마〈워킹 데드The Walking Dead〉를 열심히 본다오. 어떤 면에서는 언데드라는 개념을 창조한 우리가 이 드라마의 저작권자고도 할 수 있지.」

「난 시즌 3이 제일 좋습디다.」

한 영혼이 불쑥 대화에 끼어든다.

「난 시즌 2가 좋아. 시즌 3은 폭력성이 좀 떨어져.」

또 다른 영혼이 대답한다.

「자네들 생각은 어떠신가? 이 프랑스인 영혼한테 가르침을 좀 줘볼까?」

「우리 의식은 비밀 의식인데, 이자는 이방인이잖아요. 어차피 이해도 못 할 거예요.」

다른 유령이 반대하고 나선다.

「프랑스인들은 합리주의자잖아요.」

「제가 여기 와 있다는 사실 자체가 합리적이지 않다는 증거죠. 비록 의사라는 직업을 가졌지만 저는 세노이족한테서 많이 배웠어요. 과학 너머에 존재하는 것까지 의식을 확장하는 법을 알게 됐어요.」

자크가 그럴듯한 근거를 대려고 애를 쓴다.

「당신은 우리를 믿어요?」

질문한 유령의 얼굴에 의심의 빛이 팽팽하다.

「여기서 여러분과 얘기하고 있다는 것 자체가 믿는다는 증거가 아니고 뭐겠어요.」

「우리를…… 괴롭힐 목적으로 찾아오기도 해요.」

「우리가 복어 독을 사용하는 방법을 배워서 어디다 쓸 생각인가?」

바롱 주픔바가 정색하고 묻는다.

「개인적으로 추진 중인 연구 프로젝트에 활용할 생각이에요. 제 연구는 여러분께도 긍정적인 효과가 있을 수 있어요. 꿈의 세계의 한계를 뛰어넘어 보려고 하거든요.」

호기심이 당긴 떠돌이 영혼들이 자크에게 바싹 다가든다.

「이쪽은 〈그랑드 브리지트〉. 거물급 인사지.」

「그냥 〈마망 브리지트〉[6]라고 불러요.」

유령이 호칭을 고쳐 준다.

「이쪽은 당신들이 신이라고도 부르는 바롱들이오. 여기는 바롱 그랑슈맹, 여기는 바롱 마자카라크루아.」

「〈007 시리즈〉에 나오는 바롱 방드르디[7]는 저도 알아요.」

「바롱 방드르디가 아니라 바롱 삼디야. 제일 무시무시한 인물이지. 웬만하면 마주치지 않는 게 좋을 거야. 우리 땅에 들어와서 얼쩡거리는 죄를 물어 자네의 영혼을 훔쳐 가려고 할지도 모르니까.」

바롱 주핌바의 표정이 딱딱하게 굳고 목소리도 위협적으로 돌변한다.

「그건 우리 의식의 일부이기도 하지. 실수로 우리 땅에 들어온 자들을 잡는 거야!」

자크는 큰 위험을 자초했다는 사실을 깨닫지만 눈도 깜짝하지 않는다. 다행히도 비슷한 상황에서 외교적 수완을 발휘해 구닉을 마라로 바꾸어 놓았던 경험이 있다.

「바롱 주핌바 님, 서로를 조금씩 알아 가면서 우정이 싹트기 시작한 마당에 이러시면 곤란합니다.」

배짱 좋은 이방인을 신기하게 여기며 바롱 주핌바가 말한다.

「자네를 도와줄 수는 있지만 한 가지 조건이 있네. 일단 나와 갈 데가 있어. 개인적인 문제부터 해결하세.」

6 그랑드grande는 프랑스어로 〈위대한〉, 마망maman은 〈엄마〉라는 뜻이다. 마망 브리지트는 바롱 삼디의 부인이다.
7 방드르디vendredi는 프랑스어로 금요일이라는 뜻이다.

자크는 유령을 따라 하늘 높이 날아오른다. 구름에 도달하자 한 무리의 객귀가 눈에 들어온다. 바롱 주픔바가 구름 뒤에 숨어 있는 그들을 가리키며 말한다.

「저들한테 문제가 있네. 자신들이 어디 있는지를 몰라.」

「무슨 말씀인지 이해가 안 되네요.」

「저들은 현실이 존재한다는 것을 믿지 않는 영혼들이네. 현실은 바로 자신들이고, 자네 같은 사람들은 자신들의……꿈속 세계에서 왔다고 생각하지.」

기상천외한 발상에 자크는 정신이 아찔해진다.

「현실을 믿지 않는 유령들이라는 말씀인가요?」

「어쩌면 거울 너머에서는[8] 반대편을 보는 것이 힘들 수도 있지…….」

바롱 주픔바의 옅은 미소에서 진한 공감이 느껴진다.

「간단한 문제는 아니야. 이쪽이나 저쪽이나 다 마찬가지지. 회의주의자들은 어느 쪽에나 있으니까.」

아이티 주술사가 모여 있는 영혼들에게 자크를 소개한다.

「여러분이 원하던 증거를 여기 가지고 왔소. 이쪽은 우리를 방문하러 지구에서 온 인간이오.」

주변의 영혼들은 믿기지 않는다는 표정이다.

「이자는 누구야? 어디서 왔어? 이상하게 생겼네.」

돌아가며 다들 한마디씩 한다.

바롱 주픔바는 영혼들의 반응을 흡족하게 지켜보면서 말한다.

「다른 세계에서는 〈꿈을 꾸는 인간〉이오. 이자는 지금 여

---

8 루이스 캐럴의 소설 『거울나라의 앨리스』의 프랑스어판 제목에 빗댄 표현.

기 와서 여러분을 만나는…… 꿈을 꾸는 중이오.」

아연실색한 영혼들이 서커스 동물을 구경하듯 자크의 주변을 빙빙 돈다.

「그러니까 다른 세계가 정말로 존재한다는 거예요?」

「여러분도 그 세계에서 오셨지만 그 사실을 잊고 계신 거예요.」

자크가 말한다.

자신의 입만 쳐다보고 있는 것 같은 영혼들에게 자크는 눈이 털로 덮여 제한된 세계를 접할 수밖에 없었던 강아지 퐁퐁의 얘기를 들려준다.

흥미진진한 표정으로 얘기를 경청하는 영혼들에게 자크가 말한다.

「제 얘기의 일관성이 바로 증거예요. 눈을 가린 털 때문에 세계를 자각하지 못한 강아지의 얘기 같은 단순하고 명쾌한 사례를 제가 지어냈다고 생각하세요?」

영혼들은 자신들의 본질을 자각하게 된다. 그들은 자크의 말을 믿는다. 바롱 주핌바와 자크는 그들을 뒤로하고 구름 아래로 향한다.

「도무지 이해할 수가 없네요. 물질을 믿지 않는 영혼들이라…… 어떻게 이런 일이 있을 수 있죠?」

「사자들의 세계에 들어서는 순간 기억 상실이 일어나기도 하거든. 나야 내가 누군지 기억하지만, 저들은 땅에 있었을 때 이름이 뭐였는지 얼굴 생김새가 어땠는지조차 기억하지 못하게 됐어. 그러니 미치지 않으려면 하나의 세계만 존재한다고 믿는 수밖에. 오로지 자신들의 시공간, 이 하나의 시공간 차원만 있다고 스스로에게 주문을 거는 거야. 그 반대를 애기하면…… 몰지각하다고 생각하지.」

영계의 신비는 무궁무진하다는 사실을 새삼 깨달으며 자크는 부두교 주술사에게 약속대로 자신의 부탁을 들어 달라고 말한다. 포르토프랭스의 공동묘지로 다시 내려온 자크와 바롱 주픰바는 아이티의 독재자였던 파파 도크[9]의 가족이 묻혀 있는 무덤 위에 자리를 잡는다. 바롱이 좀비 의식을 자세히 설명해 준다.

「나쁜 짓을 당한 사람이 있다고 가정하세. 피해자는 부두교 신관(神官)인 보코르들이 주관하는 법정에 탄원을 할 수가 있어. 그러면 보코르들이 각종 단서와 정황, 증언을 참작해서 오랜 숙고와 논의를 거친 후에 가해자를 좀비로 만들어 죗값을 치르게 해야 하는지를 결정하게 되지. 좀비화 판결이 내려지면 피해자들은 신비한 혼합 분말을 받게 돼. 이 물질을 가해자의 음식에 넣어 죄를 벌하라는 거지. 우리는 죄인이 〈가루 공격을 받는다〉[10]고 표현하네. 강력한 향정신성 물질이 몸에 들어간 죄인은 가사 상태와 비슷하게 몸이 강직되지. 근육 경직 상태에서 심장이 멎고 몸은 뻣뻣하게 굳는 거야. 그러면 사람들이 죽은 줄 알고 땅에 묻지. 이로부터 스물네 시간 내에 피해자가 무덤에 가서 꺼내 주지 않으면 그는 관 속에서 질식해 죽게 되는 거야. 보통은 피해자가 다음 날 밤에 땅을 파고 죄인을 꺼내 주네. 그리고 나서 또 다른 혼합물을 먹이지. 다시 심장이 뛰게 하고 근육 계통이 정상으로 돌아오게 하는 약이야. 하지만 이 약을 먹어도 뇌 기능은 정

9 아이티의 독재자 프랑수아 뒤발리에의 애칭.
10 〈번개를 맞다recevoir un coup de foudre〉에 〈번개 foudre〉 대신 발음이 비슷한 〈가루poudre〉를 넣어서 만든 프랑스어 표현.

상으로 돌아올 수 없네. 죄인은 기억 상실 상태가 되는 거야. 이 상황에서 그에게 처음으로 명령을 내리는 사람이 그의 주인이 되는 걸세. 첫 번째 명령을 내리는 사람이 바로 피해자이기 때문에 언데드 혹은 좀비로 변한 죄인은 피해자에게 맹목적인 복종을 하게 되지. 가해자가 피해자의 노예가 되는 상황이 벌어지는 거야. 우리는 이런 식으로 법의 심판을 내린다네.」

바롱 주픰바는 빨아들일 듯이 자신의 말을 경청하는 이방인을 바라보며 흐뭇한 미소를 짓는다.

「그러니까 좀비는 전설이 아니었군요!」

「전설은 한결같이 현실에 뿌리를 내리고 있지. 내가 자네한테 들려준 의식은 요즘도 행해지고 있다네. 〈재울 때〉는 복어 간에서 나온 즙에 어떤 식물을 첨가한 혼합물을 사용하고 〈깨울 때〉는 해독제를 쓰지.」

「그 혼합물의 비법을 제가 알고 싶은 거예요. 말씀하신 그 식물의 이름이 뭐죠?」

「만드라고라와 벨라도나, 이렇게 두 가지네. 모두 독소의 효과를 완화하는 데 쓰이지.」

「그럼 해독제는요?」

「다투라와 사리풀이네.」

「왜 미처 이 생각을 못했을까! 다투라는 제1차 세계 대전 때 신경 독가스의 해독제로 쓰인 식물이죠. 말씀하신 식물모두에 부교감 신경계의 불균형을 초래하는 아트로핀이 들어 있잖아요. 그런데 이런 걸 어떻게 발견하셨어요?」

「경험이지. 지인을 독살하거나 노예처럼 부리고 싶은 사람이 어디 한둘이었겠나. 그런 사람들이 온갖 물질을 이렇게 저렇게 섞어 보다가 정확한 제조법과 용량을 찾아낸 거지. 내가 정확한 용량을 자네한테 알려 주지. 하지만, 이보게, 이 비방을 써도 상대가 몸만 움직이지 못할 뿐 여전히 귀로 듣고 머리로 생각할 수 있다는 사실을 명심하게. 형용하기조차 어려울 만큼 고통스러운 상태라는 걸 말이야.」

「그건 경험자인 제가 누구보다 더 잘 알아요!」

바롱 주핌바가 심령체 수염을 매만지고 나서 이제 구닉, 즉 〈길들여진 친구 영혼〉으로 변했다는 사실을 자크에게 알려 준다.

「시간 내주셔서 고맙습니다.」

「보다시피 우리는 할 일이 없는 게 가장 큰 문제네. 여긴 무료하지. 그러니 언제든지 다시 찾아오게.」

자크는 한 번 더 바롱 주핌바에게 감사의 뜻을 표하고 포르토프랭스 공동묘지에 있는 바롱들, 그리고 일반 객귀들과 두루 작별 인사를 나눈 뒤 자신의 몸으로 돌아와 잠에서 깰 준비를 한다.

자크는 침대에 누운 상태에서 눈을 뜬다.

가시 세계의 문제에 대한 해결책을 얼마든지 비가시 세계에서 찾을 수 있다. 하지만 이 세계는 우리에겐 아직 미지의 땅으로 남아 있다. 언젠가는 산 자들의 대표들이 사자들을 찾아가고 육신의 존재들의 대표들이 영혼들을 찾아가는 날이 올 것이다. 우리는 편견에서 벗어나 있을 것이다. 더 이상 영혼이 우리보다 못한 이방인 취급을 받지 않게 될 것이다. 바롱 주핌바가 내게 일깨워 준 것처럼 어쩌면 우리가 〈이방인〉일지도 모른다는 생각이 든다.

막혔던 것이 뻥 뚫린 느낌이 든다.

자크는 창가에 서서 몽마르트르 언덕 아래 펼쳐진 파리의 전경을 내려다본다.

낡은 편견을 없애야 한다. 〈유령〉, 〈심령체〉, 〈객귀〉, 이런 것들은 결국 경멸적인 의미로 쓰이는 표현이다. 귀신들을 쫓는다…… 그들 표현대로 〈쓸어버린다는〉 구마사들은 또 어떤가. 그들이 귀신이라고 부르는 것들은 그들보다 먼저 있었던 존재들인지도 모른다. 문명화라는 이름으로 토착민들을 도륙한 최초의 콩키스타도르들, 세노이족을 쫓아낸 말레이 침략자들이 그들의 모습과 겹친다. 사라진 존재들은 그들보다 먼저 있었을 뿐이다.

새벽 3시. 자크는 컴퓨터 앞에 앉아 바롱 주핌바한테 들은 정보를 정리한다. 밤늦은 시간인데도 샴바야가 자지 않고 그의 곁으로 다가온다.

「당신이 영혼들의 세계에 다녀왔다는 걸 알아요.」

「경계를 넘지 않고 죽음에 가까워질 수 있는 방법을 찾았어요.」

「어떤 영혼을 만났어요?」

「하나가 아니라 무리를 만났어요. 멀리까지 가서 아이티인 영혼들을 만나고 왔어요. 자신들의 땅에서 비가시 세계를 열심히 가꾸고 있더군요.」

「구닉들이에요?」

「내가 마라 하나를 구닉으로 바꿔 놨어요. 그 구닉 덕분에 친구들도 생겼어요.」

그녀가 남편의 얼굴을 다정하게 쓸어내린다.

「진화의 비약이 오늘 같은 방식으로 일어나는 것 아닐까요? 인류의 역사를 살펴보면 종 전체가 느리게 진화하다가 어느 순간 갑자기 비약하는 지점이 있죠. 한 사람한테 새로운 아이디어가 생겨요. 그러면 그는 이 아이디어를 다른 사람에게 말하고, 글로 쓰죠. 이것을 접한 사람들이 애초의 아이디어를 더 연구하고 발전시켜요. 쥘 베른이 얘기한 달 여행이 백 년 뒤에 현실이 되는 거죠.」

자크가 흥분한 기색을 감추지 못한다.

「쥘 베른이 누군지 나는 모르지만 우리 세노이 사회에서 그 진화의 비약이 일어난 건 사실이에요. 이유도 모르는 상태에서 급속도로 말이죠. 개인적으로 난 항상 그게 불안했어요.」

「당신 심정은 이해해요. 당신은 안정 속에서만 행복을 발견할 수 있고, 균형에 도달하기 위해서는 성장을 포기해야 한다고 생각하는 사람이니까. 하지만 지금 우리한테는 조금은 특별한 임무가 주어져 있어요. 수면 6단계를 발견하는 것 말이에요. 거기로 들어가는 통로를 발견하면 발명 따위는 잊고 잠이나 자면서 당신과 함께하는 행운을 누리며 살게요. 약속해요.」

「거짓말쟁이.」

샴바야가 풋 하고 웃음을 터뜨린다.

「가서 사랑이나 나눠요. 내일 실험에 필요한 힘을 얻을 거예요.」

69

모르페우스 클리닉 입구에 있는 자주복은 아마 투명하고 닫힌 공간을 헤엄쳐 돌아다니면서 계속 조용히 살고 싶었을 것이다. 하지만 유리에 달라붙어 그를 관찰하는 인간들의 얼굴을 보니 어쩐지 조짐이 심상치 않다.

뜰채가 다가오자 복어는 자신을 괴롭히는 인간들을 겁주기 위해 물을 최대한 머금어 몸을 부풀린다.

자주복은 순식간에 도마 위에 올려진다. 상황이 점차 비관적으로 바뀐다. 그는 주변에 모여 선 인간들이 제발 자신에게 독이 있다는 사실을 알고 있기를 바란다. 혹시나 하는 마음에 눈과 지느러미 밑에 난 구멍들로 치명적인 노란 즙을 뿜어 본다.

예전에는 인간들이 감로수라도 되는 양 그의 몸에서 독을 빼갔다. 그뿐이었다.

이번에는 미처 독의 효과를 감상할 새도 없이 난데없이 나타난 큰 칼을 맞고 머리가 갈라진다. 배를 부풀렸던 물이 몸 밖으로 솟구쳐 나온다.

몸이 둘로 갈라지자 섬세한 손놀림을 통해 간과 소화기, 생식기가 밖으로 끄집어내진다.

꺼내진 내장들이 여과 압착기에 놓이고, 잠시 후 컵 절반 분량의 노란 액체가 밑으로 떨어진다.

두꺼운 장갑을 낀 자크 클라인이 비커의 내용물을 시험관에 부은 다음 바롱 주펌바가 알려 준 비율대로 만드라고라와 벨라도나 즙을 각각 몇 방울씩 섞는다.

자크는 이 혼합액을 쥐에 실험한다. 순식간에 근육 경직 상태가 된 쥐는 죽었다는 판단을 내릴 만한 의학적 특성들을 모두 보여 준다.

두 시간 뒤, 자크가 다투라와 사리풀이 주성분인 혼합물로 쥐를 소생시킨다. 쥐는 한 대 얻어맞은 듯 얼떨떨한 모습이지만 몸을 움직이고 심장도 뛰고 있다. 하지만 동작은 영 부자연스럽다.

샴바야와 이카르, 에리크, 샤를로트는 이런 결정적인 성과를 즉시 자크로부터 전해 듣는다.

「내 손에서 막 최초의 좀비 쥐가 탄생한 것 같아요.」

자크가 그들을 불러 놓고 설명한다.

쥐에 이어 토끼, 돼지, 고양이, 그리고 마지막으로 침팬지 좀비가 탄생한다.

「이제 이 혼합물을 인간한테 시험할 때가 왔어요.」

자크의 말에 힘이 들어가 있다.

에리크 자코메티는 아킬레시 때와 같은 비극이 재발할 수 있다는 위험을 감수해야 하는 상황이 달갑지 않다.

「이번에는 저 자신을 실험 대상으로 삼으려고 해요. 어쨌든 저는 이미 수면 마비를 겪은 경험이 있잖아요. 멀쩡히 살아났고요. 제 직감이 맞는다면 이것도 상당히 유사한 경험일 거예요.」

이카르는 아버지의 결연한 의지에 감동한 표정이다.

「그런데 아빠, 이 약이 쥐한테 일으킨 반응을 보면…… 죽지는 않아도 아빠가 돌이킬 수 없이…… 이상하게 변할 가능성은 얼마든지 있어요.」

　「위험을 감수하지 않고 큰 성공을 거둘 순 없어. 지금 시도하지 않으면 아빠는 평생 자책하면서 살게 될 거야.」

　「그런 자신감은 어디서 생긴 거예요?」

　「삶이 주어진 궤도를 따라가면 난 20년 뒤에 살아 있게 돼 있어요.」

　자크가 천천히 얼굴을 매만지면서 대답한다.

　「20년 뒤에 중요한 약속이 있거든요.」

　「누구랑요?」

　그는 말없이 속으로 생각한다.

　나 자신.

70

실험은 꿈 영화관에서 예정돼 있다. 밤 10시 20분.

「호수 밑바닥에 있는 문을 지나간다는 것은 결국 히프노스와 타나토스 두 형제 사이에 위치한다는 뜻이야. 모르페우스가 바로 그 깊숙한 곳에 은거하고 있지.」

에리크 자코메티가 실험의 내용을 명쾌하게 요약해 준다.

자크 클라인이 대형 플라스틱 욕조처럼 생긴 감각 차단 탱크 앞으로 걸어간다. 꿈 여행자가 단단한 물체에 가서 부딪치지 않고 부력으로 떠 있을 수 있게 안에는 소금물이 채워져 있다. 탱크에는 자체 온도 조절 장치가 달려 있어 자코메티가 밖에서 조절하게 돼 있다.

적외선 카메라, 스캐너, 감지기 등의 전자 장비들과 연결된 케이블들이 수조 아래쪽에 뚫린 구멍을 통해 밖으로 빠져나와 데이터를 취합하는 컴퓨터 한 대에 꽂혀 있다.

「딱 관처럼 생겼네요.」

스마트폰을 들고 촬영 중이던 이카르가 툭 내뱉는다.

「그보단 석관이랑 비슷한데.」

샤를로트가 한마디 보탠다.

「난 이집트 신화에서 부활을 의미하는 쇠똥구리[11] 알집에 비유하고 싶어. 이 일이 아톤[12] 숭배와 밀접한 관련이 있으

---

11 쇠똥구리 모양의 고대 이집트 스카라브 장식을 가리킨다.
12 꿈속 시간 승강기인 아톤은 고대 이집트 태양신의 이름이기도 하다.

니까.」

자크는 천천히 옷을 벗은 다음 반드시 돌아와서 다시 입겠다는 각오를 다지듯 차곡차곡 개켜 의자에 올려놓는다. 계제에 맞는 하와이풍 팬티만 한 장 걸친 알몸이다. 그는 드림 캐처의 전극들을 직접 머리에 부착한다.

다양한 각도에서 실험을 촬영할 책임을 맡은 이카르가 장면 하나하나를 카메라에 담고 있다.

자크가 정신을 집중하면서 마음의 준비를 마친다. 그가 석관 안으로 들어간다.

밤 11시. 수온 23도.

에리크 자코메티가 자크의 팔꿈치 안쪽에 주삿바늘을 꽂는다. 활력 징후를 표시하는 단말 장치와 꿈 여행자의 여정을 영상으로 보여 줄 중앙의 대형 스크린이 켜진다.

자크가 여러 번 짧게 심호흡을 하더니 다시 길게 숨을 들이마신다. 그가 신기록 수립을 노리는 운동선수처럼 길게 한 번 숨을 토한다.

에리크 자코메티가 조도를 낮춰 실내를 어둡게 만든다.

샤를로트는 탐사에 적합한 분위기를 내기 위해 드보르자크의 교향곡 9번 「신세계로부터」를 틀자고 제안한다.

「준비됐어요.」

자크의 목소리가 비장하다.

샴바야가 다가와 한참 동안 남편을 꼭 안아 준다.

「죽지 말아요.」

그녀가 자크에게 속삭이듯 말한다.

「직접 눈으로 보고 배워 와요. 밖에서 기계 장치들을 통해 당신을 지켜보는 사람들을 믿지 말고 당신의 의식만 믿어요.

당신에게는 다섯 가지 육체의 감각과 다섯 가지 정신의 감각이 있다는 사실을 잊지 말아요.」

그녀는 다짐이라도 받아 둘 태세다.

「우린 여기서 자네와 계속 소통할 걸세. 눈을 좌우로 한 번 움직이면 〈네〉, 두 번 움직이면 〈아니오〉를 뜻하는 걸로 정하지.」

자코메티가 규칙을 환기한다.

자크가 앞에 걸려 있는 괘종시계를 쳐다본다. 시곗바늘이 벌써 밤 11시 30분을 가리키고 있다.

「더 이상 허비할 시간이 없어요. 시작해야겠어요.」

그가 눈을 감자 석관 뚜껑이 닫힌다.

제어 단말기에 그의 심장과 뇌가 정상 작동하고 있다고 표시된다. 드림 캐처와 연결돼 있는 대형 꿈 영상 스크린은 현재까지는 온통 갈색이다.

석관 밖에는 긴장된 표정의 샤를로트와 자코메티, 샴바야, 이카르가 서 있다. 긴긴밤을 대비해 커피와 간식이 준비돼 있다. 그들이 초에 불을 붙인다.

대시보드 스크린에 데이터가 표시된다. 〈수면 0단계: 각성 상태. 눈 감김.〉 뇌파계에 뇌의 활동 상태가 나타난다. 주파수 16헤르츠. 베타파. 수온 21도. 체온 37.1도.

스캐너를 통해 자크의 목이 서서히 뒤로 꺾이면서 뒷목이 뻣뻣해지는 모습이 잡힌다. 입면 상태.

자크는 의식적으로 호흡과 심장 박동을 최대한 느리게 한 뒤 강하를 시작한다.

〈수면 1단계: 아주 얕은 잠〉. 뇌파 곡선의 진폭이 작아진다. 주파수는 10헤르츠(각성 상태)에서 8헤르츠(아주 얕은 잠

단계)로 변한다. 알파파. 수온 18도. 체온 36.8도.

　「거울 너머로 가고 있어요.」

　샤를로트의 목소리에 긴장감이 배어 있다.

71

마흔일곱 살의 자크가 서서히 꿈의 세계로 진입하고 있다.

〈수면 2단계: 얕은 잠.〉 8헤르츠이던 뇌파는 4헤르츠로 떨어진다. 세타파. 수온 17도. 체온 36도.

에리크 자코메티가 온도 조절 장치로 수조 속 염수의 온도를 조금 더 내린다.

샴바야의 입에서 알 수 없는 세노이족 기도가 흘러나온다.

〈수면 3단계: 깊은 잠.〉 뇌파는 4헤르츠에서 2헤르츠로 내려간다. 델타파. 수온 16도. 체온 34도(경미한 저체온 상태). 뇌파도에 나타나는 파형의 간격이 점차 넓어진다.

손에 카메라를 든 이카르도 엄마와 똑같은 곡조를 흥얼거리기 시작한다.

〈수면 4단계: 아주 깊은 잠.〉 뇌파는 2헤르츠에서 1헤르츠로 떨어진다. 뇌파가 갈수록 완만한 곡선을 그리며 물결처럼 천천히 일렁인다. 수온 14도. 체온 32도(보통의 저체온 상태).

이때까지 갈색이던 중앙의 대형 스크린이 갑자기 환해지더니 수중 풍경이 나타난다. 암벽 봉우리가 하나 보인다.

「어느 단계인지 알면서 내려가고 있다는 걸 알려 주려고 자크가 수면 곡선을 시각화해서 보여 주고 있어요.」

에리크 자코메티의 입에서 저절로 감탄이 나온다.

이카르가 노래를 멈추고 스크린의 영상을 엄마에게 세노

이어로 설명해 준다.

계속되던 물속 강하가 한순간 멈춘다. 자크가 깊은 수면의 바닥이기도 한 호수 밑바닥에 닿은 것이다.

그의 호흡이 느려지고 맥박도 느리고 불규칙해진다.

「괜찮아요?」

샤를로트가 석관의 스피커에 연결된 마이크에 대고 묻는다.

컴퓨터 스크린에 자크의 눈이 좌우로 한 번 움직이는 모습이 포착된다.

「4단계 깊은 잠의 경계에 와 있다는 사실을 알고 있어요?」

또 한 번의 안구 움직임.

「계속할 수 있겠어요?」

긍정을 뜻하는 안구 동작.

〈수면 5단계: 역설수면.〉 제어 단말 장치에 새로운 수면 상태가 나타난다.

자크의 몸이 움찔움찔하기 시작한다. 역설수면으로의 진입 순간은 언제나 미묘하다. 모두가 생체 지수가 표시되는 스크린을 주시하고 있다. 영화 스크린에는 자크가 물밑을 걷고 있는 모습이 나온다. 그의 앞에 가파른 암벽이 보인다.

「역설수면 봉우리예요.」

에리크 자코메티가 물 온도를 9도로 급격히 낮춘다.

체열을 감지하는 적외선 카메라를 통해 자크의 손발에 있던 피가 서서히 다리와 팔 쪽으로 올라가는 모습이 보인다. 호흡이 가빠지면서 생명의 액체가 가슴과 머리, 성기로 쏠리기 시작한다.

피부 거죽에 피가 공급되지 않아 흔한 말로 〈닭살이 돋는다〉. 손끝이 가볍게 떨리고 있다. 돌연 자크의 안구가 아주 빠르게 움직이기 시작하더니 심장 박동이 느려진다. 뇌파가 감마파에 해당하는 30헤르츠까지 치솟는다. 체온은 30도. 그의 뇌가 활발하게 움직이고 있다는 사실이 뇌파도로 확인된다.

「맥박이 떨어진 상태에서도 발기가 되네요.」

샤를로트가 자코메티의 귀에 대고 작은 목소리로 물어본다.

「어떻게 이런 일이 일어나죠? 저는 혈압이 높아져야 음경 해면체에 피가 몰린다고 알고 있는데요.」

「이것 역시 역설수면의 역설이자 인간 신체의 미스터리 중 하나죠.」

자코메티가 의미심장한 얼굴을 한다.

「꿈꾸는 걸 즐긴다는 증거예요.」

옆에서 듣던 샴바야가 의견을 피력한다.

「강하 과정 동안 그의 감각과 의식이 희열을 만끽하고 있는 거죠.」

꿈 여행자의 몸 여기저기에서 작은 경련이 일어난다.

「저는 체온이 30도 이하로 떨어지면 죽는 줄 알았어요.」

활력 징후를 표시하는 제어 단말 장치에 나타난 숫자들을 확인하며 샤를로트가 의아해한다.

「개심술을 할 때 보통 환자의 체온을 이 정도로 유지하죠. 실제로는 체온이 이보다 더 떨어질 수도 있어요. 피가 응고하는 지점이 마지노선이라고 보면 돼요.」

「자크는 이미 심각한 저체온 상태예요.」

「이만 중단할까요?」

아무도 입을 열지 않는다. 자코메티는 침묵을 부정으로 받아들이고 마이크 쪽으로 몸을 숙인다.

「내 말 들리나, 자크? 어때? 잘되고 있어?」

이번에도 눈꺼풀 밑의 안구가 좌우로 움직여 대답을 대신한다.

꿈 스크린에는 그의 의식이 여전히 꿈속 풍경에 머무르고 있는 것으로 나타난다. 그가 물속 암벽 봉우리를 올라 수면 가까이로 다가간다. 하지만 이 각성의 선을 넘지는 않는다. 봉우리를 다 오르자 눈꺼풀 밑에서 안구가 움찔거리고 관자놀이는 불끈불끈 뛴다. 맥박이 점차 떨어진다.

「여전히 괜찮나?」

또 한 번의 긍정적인 대답. 마치 밖에 있는 사람들에게 인사라도 건네듯 그의 손가락이 움직이고 있다.

체온 28도. 핵심 장기들과 성기에만 여전히 피가 공급되고 있다.

모두가 지켜보는 앞에서 자크가 수면과 맞닿은 봉우리 정상에 도달한다. 이 산 정상에 바로 해저 통로로 들어가는 입구가 있다.

「가상의 블루 홀이네요.」

이카르가 정확히 지적한다.

「저곳을 통해 자크는 수면 6단계로 들어가게 될 거예요.」

에리크 자코메티가 설명한다.

「내 말 들리나, 자크? 계속할 텐가?」

밑으로 갈수록 컴컴해지는 원기둥 속을 이미 내려가고 있는 자크의 모습이 꿈 스크린에 나타난다.

「저 친구를 도와줘야겠는데.」

자코메티가 그의 모습을 지켜보며 말한다.

「자크의 몸은 벌써 위험 구역에 들어가 있어요.」

샤를로트가 걱정스러운 표정으로 주의를 환기한다.

에리크 자코메티가 수온을 8도까지 낮추자 제어 단말 장치의 스크린에 나타난 자크의 체온이 27도로 떨어진다. 심각한 저체온 상태다.

「그는 이미 동면 상태예요.」

심박 수를 확인한 샤를로트는 속이 탄다.

「한 번도 이렇게까지 밑으로 내려가 본 적은 없어요.」

에리크 자코메티의 목소리에도 초조함이 묻어난다.

「보세요! 내려가느라 애를 먹고 있어요. 마치 자크의 몸이 더 이상 가지 않겠다고 버티는 것 같이 보여요.」

샤를로트가 스크린에서 눈을 떼지 못한다.

자코메티는 마음의 결정을 내리지 못하고 있다. 어차피 주위에 있는 사람들은 이 상황에서 아무 도움이 되지 않는다. 책임은 오롯이 자신이 져야 한다는 무거운 마음으로 그는 복어의 테트로도톡신에 안정제인 만드라고라와 벨라도나를 넣어 희석한 액체가 든 주사기를 누른다.

노란 액체가 투명한 관을 구불구불 흘러 들어가 석관 속으로 사라지는 순간, 자크 클라인이 몸서리를 친다. 그의 몸이 경직된다.

「강직 상태에 들어갔어요.」

자코메티가 떨리는 목소리로 말한다.

「자크가 잘 아는 상태니까 두렵진 않을 거예요.」

샴바야가 조심스레 입을 뗀다.

자크가 파란 바닷물 속으로 깊이 헤엄쳐 내려가는 모습이 꿈 스크린에 나타난다.

뇌파계가 46헤르츠를 가리킨다. 엡실론파. 몸은 완벽한 동면 상태. 심박 수는 분당 12회. 체온은 25도.

「25도요? 이 체온에도 사람이 죽지 않아요?」

이카르는 믿기지 않는 표정이다.

「나도 이렇게까지 내려가는 걸 보긴 처음이다.」

자코메티가 대답한다.

갑자기 뇌파가 47, 48, 49헤르츠까지 치솟는다.

「몸은 완전히 마비됐는데 두뇌 활동은 무서운 속도로 활발해지고 있어요.」

수치를 확인한 샤를로트가 자코메티에게 말한다.

「그가 역설수면을 벗어나 수면 6단계, 〈솜누스 인코그니투스〉로 진입하고 있어요!」

자코메티가 마이크에 대고 꿈 여행자를 향해 소리친다.

「여전히 내 말 들리나, 자크?」

대답이 없다.

「괜찮아?」

그가 재차 묻는다.

안구 동작이 멎었다.

스크린 위의 자크는 여전히 어두운 물속을 내려가고 있다.

「어떡하죠?」

샤를로트가 발을 동동 구른다.

「이 단계에서는 실험을 중단하지 못해요. 앞으로 벌어질 일은 내가 모두 책임져요.」

자코메티의 목소리는 비장하기까지 하다.

「죽으면 어쩌죠?」

샴바야의 표정이 몹시 어둡다.

「기술적으로는 아직 생명이 유지되고 있어요.」

하지만 다른 사람들은 자코메티의 낙관적인 견해를 수긍하지 않는 듯하다. 그가 다시 한번 마이크 앞에 선다.

「아, 아! 자크? 내 말 들리나?」

꿈 스크린이 시커멓게 변한다. 방 안에 빛이라고는 제어 단말 장치의 불빛과 촛불들밖에 없다.

생체 관련 데이터는 더 이상 변화를 보이지 않는다. 체온 25도. 분당 심박수 12회. 뇌 주파수 49헤르츠.

샴바야가 알 수 없는 곡조를 흥얼거리기 시작하자 이카르도 금방 따라서 소리를 보탠다.

순식간에 뇌파가 49헤르츠에서 15헤르츠로 떨어진다.

「무슨 일이죠?」

당황한 샤를로트가 묻는다.

「힘에 부쳐서 그런 것 같기도 하고, 나도 확실히는 모르겠어요. 역설 중의 역설이에요. 나도 이런 경험은 처음이에요. 이렇게 멀리까지 간 사람은 아무도 없었으니까요.」

자코메티도 불안한 빛이 역력하다.

「아빠가 죽었어요?」

겁을 먹은 이카르가 대화에 끼어든다.

대시보드 스크린에 나타난 정보를 확인한 자코메티는 말문을 떼지 못한다. 다른 나라에서는 이런 상태가 되면 임상적인 사망 판정이 내려지리라는 것을 그는 알고 있다.

뇌파계의 주파수가 다시 14헤르츠, 13헤르츠로 떨어진다.

「뇌파가 곧장 엡실론파에서…… 뮤파로 변했어요.」

「뮤? 그게 뭔데요?」

「그리스어 자모 중 하나야. 알파벳 M에 해당하는 글자지. 보렴, 파형이 두 개의 아치 곡선을 그리고 있잖아. 열세 번째 알파벳도 M이지.」

삽시간에 불안감이 번진다. 이카르가 침묵을 깨고 모두의 입안에서만 맴돌던 말을 툭 내뱉는다.

「〈M〉은 모르mort 의 첫 글자잖아요?」[13]

「그이가 도달했어요. 더 이상 우리가 따라갈 수 없는 곳에 그가 가 있어요…….」

---

13 프랑스어의 형용사 모르mort는 〈죽은〉이라는 뜻이다.

72

푸른빛.

색이 점점 짙어진다.

검은빛.

자크 클라인은 어둠 속을 헤엄치고 있다. 앞으로 나아가고 있는지조차 알 수 없는 이 느낌이 공포로 다가온다. 물이 기름처럼 끈적끈적하게 그를 휘감는 것 같다.

불현듯 방향을 틀어 돌아가고 싶어진다. 하지만 너무 늦었다는 것을 그는 안다.

내가 그토록 오고 싶어 했던 곳에 와 있다. 어쩌면 되돌아갈 수 없을지도 모른다.

무모한 항해자들(……우리 아빠?)이 치러야 하는 대가. 다 얻었다고 믿는 순간 다 잃게 될지도 모른다.

내가 받았던 모든 것을 돌려줘야 할지도 모른다.

내가 그토록 힘들게 얻고자 했던 것, 그 모든 것을 포기해야 할지도 모른다.

그것이 수면 6단계를 발견하는 대가다.

잘 살고 있다가 왜 모든 걸 걸었을까?

방향을 돌리기에는 이미 너무 늦었다.

이곳은 온통 어둡고 위험하다.

차갑고 끈적거린다.

갑자기 호수 바닥이 희미하게 밝아 오기 시작한다.

물의 저항력이 높아지자 자크는 앞으로 나아가느라 애를 먹는다. 하지만 그는 서서히 발그스름하게 변해 가는 빛을 향해 필사적으로 헤엄쳐 간다.

섬유로 된 가지들을 뻗은 부들부들한 붉은빛 소관목들이 우거진 덤불숲을 이루고 있다.

이건 혹시…….

다가가자 긴 섬유들이 늘어나 교차하고 뒤엉킨 모습이 눈에 들어온다.

……뉴런들…….

역설수면 호수의 밑바닥에…… 거대한 뇌로 들어가는 입구가 있구나…….

뒤로 아득하게 뻗어 있는 뉴런들의 숲이 장관을 이루고 있다.

자크는 붉은 섬유들이 얽히고설킨 거대한 숲을 유유히 날고 있다.

여기가 어디지? 그는 눈앞의 이들이들하고 끈적끈적한 붉은 물질, 이것이 만들어 내는 황홀한 광경에서 시선을 거두지 못한 채 혼란스러워한다.

「자네가 마땅히 있어야 할 곳에 있는 거야.」

자크가 소리를 좇아 몸을 돌리자 백발의 JK67이 보인다. 어느새 옆에 나타난 그가 초현실적인 풍경 속을 부유하고 있다.

「자네 혼자 경험하기에는 너무도 중요한 순간이지.」

「여긴 어디예요?」

자크가 거듭 큰 소리로 묻는다.

「자넨…… 자네의 무의식 속에 있어. 정확히 말하면, 자네의 무의식이 시각화된 뇌를 보고 있지. 무의식한테는 현현의 욕망이 있지. 비물질적인 것은 다 물질적인 것이 되고 싶어 해. 영혼은 사람이 되고 싶어 하고 생각은 입으로 발화되고 글로 쓰이길 바라지. 하늘을 날아다니고 벽을 통과하는 게 지긋지긋한 유령들은 육신을 빌려 의자에 앉고, 걸어다니고, 잠을 자고, 고통을 느끼고 싶어 하지. 누가 이름을 불러 주길 원해, 존재하고 싶어 해.」

「그러니까 이곳은 뇌가 되고 싶어 하는 내 무의식이란 말이군요? 소프트웨어가 반도체 칩의 모습을 갖고 싶어 하듯이 말이죠? 소설의 주인공이 책 밖으로 나오고 싶어 하듯이 말이죠?」

「자네의 무의식은 생각의 집합이야. 그런데 그게 세포 덩어리가 되고 싶어 하는 거야.」

자크는 얘기를 따라가기 위해 애를 쓴다.

「결국 제 꿈의 호수 밑바닥에…… 〈미니 노스피어〉가 있다는 말이군요?」

「샴바야의 이미지를 빌려 이런 식으로 비유해 보면 어떨까. (물질적인 육체로서의) 자네는 시중에서 파는 컴퓨터와 같아. 가격이 정해져 있고, 무게도 있고, 에너지 소비도 필요하고, 결함도 있고, 계획적 진부화를 염두에 두고 만들어졌지. 내 말 이해되나?」

「네.」

「자네의 몸, 다시 말해 자네의 컴퓨터 안에는 전자 회로 (자네의 뉴런)가 든 머더보드(자네의 뇌)가 있어. 에너지가 공급되면 이 뉴런들은 두 가지 일을 하지. 한 가지는 정보를 메모리에 저장하는 일이야.」

「몸은 컴퓨터고 정신은 프로그램이라는 거죠?」

「그렇지. 이 프로그램은 이미 메모리에 저장된 정보들을 조합해서 새로운 생각을 만들어 내는 능력이 있어.」

「그게…… 상상력이죠?」

「맞아. 뉴런이 하는 다른 한 가지 일이 바로 그거야. 독창적인 생각은 두 가지 생각이 합쳐져서 나오는 거야. 가령 비행기에 대한 생각은 인간과 새가, 잠수함은 인간과 물고기가, 도시는 인간과 개미가 합쳐져서 나온 거야.」

두 명의 자크 클라인이 붉은 물질 속을 빙빙 돌고 있다.

「제가 물리적인 컴퓨터라고 가정하면, 접속을 통해 상상력들이 연결된 인터넷, 그러니까…… 노스피어를 만들 수 있는 거잖아요?」

「그렇지. 자네 컴퓨터의 메모리가 인터넷에 연결되듯이 자네의 무의식은 보다 넓고 복잡한 구조에 접속할 수 있는 거야.」

그들은 가상의 뇌 속을 계속 나아가고 있다.

「집단 프로그램 말이야. 〈게슈탈트〉, 즉 일체로서 연결된 인간 정신들의 집합체 말이야.」

「멋지네요.」

「하지만 지금 자네는 집단 프로그램이 아닌 개인 프로그램 속에 있어. 유일무이한 자네 정신의 현현 속에 있는 거지.

날 따라와. 자네 무의식 속의 한 구역으로 같이 가보세. 스스로를 진짜 뇌로 시각화하고 있기 때문에 찾기가 쉬울 거야.」

JK67이 그를 뇌의 중심부인 듯한 연보라색 구역으로 데려간다.

「여기가 파충류의 뇌야.」

그가 두 팔을 벌려 보인다.

「가장 오래된 뇌지. 반사적 행동과 원초적인 두려움, 욕망을 일으키는 곳이야. 자네 안에 있는 동물이지. 불에 가까이 가면 손을 뒤로 빼게 하는 곳, 원초적인 공포와 충동이 자리잡은 곳, 생존 욕구를 불러일으키고 그것을 위해 싸우게 하는 곳, 번식을 통해 불멸을 추구하게 하는 곳, 그게 바로 이 뇌야.」

「가령 상어에 대한 공포, 키암방의 얼굴을 갈기고 싶은 충동, 샴바야와 사랑을 나누고 싶은 욕망 같은 것들이 여기서 일어난다는 뜻이네요?」

손위 자크가 주황색 구역으로 방향을 튼다.

「여기가 자네의 두 번째 뇌인 감정의 뇌야. 격렬한 감정이 일어나는 곳이지. 연민을 느끼는 것도 부당함을 느끼는 것도 이 뇌 때문이야. 자네의 기억이 있는 곳이기도 해. 이 주황색 구역은 복수심과 감사의 마음을 주관하기도 하지.」

회색 구역이 눈앞에 나타난다.

「여기가 바로 자네의 전전두엽피질이야. 자네가 깊이 사고하고 전략을 세우고 상상하는 곳이지.」

「꿈을 꾸는 곳이 여긴가요?」

「전전두엽은 자네의 가장 영적인 부분이야. 자네의 예술적 감각이 있는 곳, 체스를 하거나 나와 대화를 나누는 능력이 있는 곳이지. 전략에 관한 것은 일반적으로 뇌의 좌반구 피질이, 예술에 관한 것은 뇌의 우반구 피질이 담당하지. 좌반구인지 우반구인지 결정이 되지 않을 때 뇌는 시간을 벌기 위해 웃음을 유발해.」

JK47은 감격에 젖어 있다.

「아무리 생각해도 깊은 꿈속에서 내 뇌를 둘러보고 있다는 건 좀 이상해요!」

「그게 아니지. 자넨 지금 꿈속에서 스스로를 뇌라고 여기는 자네의 무의식을 둘러보고 있는 거야……. 그게 그거지만.」

「절 이제 어디로 데려갈 거죠?」

「결정적인 장소.」

그들은 붉은 뉴런들이 동그마니 숲을 이룬 대뇌피질의 한 곳에 다다른다.

「이게 뭐예요?」

「자네의 몸속 시계야. 아니, 자네의 무의식이 자네의 몸속 시계를 지각하는 곳이라고 해야겠군. 자네가 시간의 흐름을 지각하는 곳이 바로 여기야. 과거와 현재, 미래는 하나의 생각, 엄마의 표현을 빌리자면 하나의 〈믿음〉에 불과하지. 사실, 인간들 간의 합의가 시간의 흐름에 대한 이런 믿음을 만드는 거야. 물론 빛이 나타났다 사라지는 현상, 즉 낮과 밤의 순환도 조금 영향을 주기는 하지만.」

「시간은 객관적인 현실이 아닌가요?」

「〈현실은 우리가 더 이상 믿지 않아도 여전히 존재한다〉라는 문구를 기억하지? 자네가 현실이라고 명명하는 것들은 모두 믿음이야. 여기, 이 두뇌를 통해 자네가 보는 것은 자네의 상상력의 결과물이지. 우리가 꿈속에 있다는 사실을 잊지 마, JK47.」

「하지만 너무나 현실적으로 느껴지는 꿈인걸요.」

백발의 자크가 시간에 대한 생각이 자리 잡은 신경절을 향해 몸을 숙인다.

「이걸 가지고 우리가 할 일이 있어. 이 신경절의 끄트머리를 고리처럼 동그랗게 구부릴 거야(적어도 자네 무의식이 그렇게 믿게 할 거야).」

느닷없이 불이 번쩍하더니 우렛소리와 함께 붉은 숲에 작은 폭풍우가 휘몰아친다. 그들의 몸속으로 강력한 전류가 흐른다.

「아야!」

자크가 고통을 호소한다.

「무슨 일이죠?」

「뭔지 알 것 같아…… 이건…… 의심이야.」

「의심이요?」

「신경절을 조작해서 시간 감각을 없애려는 생각에 자네 안에 있는 무언가가 반기를 든 거야. 자네 무의식의 일부가 내 의도를 이해는 하지만 이런 식으로 시간을 왜곡하는 것은 참지 못하겠다는 거지.」

정전기가 급격히 증가한다. 벼락을 맞은 붉은 뉴런 숲이 부르르 몸을 떤다.

「제기랄, 제 생각이 이런 현상을 일으킨다고요?」

「더 정확히 말해 일관성이 사라지는 것을 자네가 두려워하기 때문이야. 지금까지는 모든 것이 논리적이고, 부모님과 교사들, 함께 소통했던 다른 인간들이 자네한테 가르쳐 준 내용의 연장선에 있었어. 그런데 느닷없이 시간이 존재하지 않는다고 하니까 자네의 지성이 받아들이지 못하는 거야.」

「당신 말을 이렇게 경청하고 있잖아요!」

「듣긴 듣지. 하지만 내가 자네의 믿음들을 한 방에 날려 버리니까 무의식이 반란을 일으키는 거야. 자넨 나와 얘기를 나누면서도 이 대화를 위해 내가 꿈속 시간 승강기를 만들었다는 생각은 한 번도 전적으로 수용한 적이 없어. 그저 꿈속에서 누군가가 자네한테 도움이 되는 조언을 해준다고 여겼을 뿐이지. 그래서 고민 없이 내 말에 귀를 기울였지, 한 번도 실제로 내 존재나 내 발명을 믿지는 않았어. 그런 자네 무의식이 지금 이렇게 반란을 일으키고 있는 거야. ……나한테.」

뉴런들이 JK67을 향해 집중적으로 번갯불을 퍼붓는다.

「당신한테 고통을 주기 싫어요!」

섬광이 번쩍인 순간 JK67이 고통스럽게 몸을 뒤튼다.

「자넨 그렇지만 자네 무의식은 달라! 날 죽이고 싶어 해. 그래서 나를 수많은 생각 중 하나로 남기려고 해. 결국에 나는 꿈의 기억, 〈일어날 수 있는 환각〉이 되고 말겠지.」

「당신한테 고통을 주기 싫다니까요!」

「그렇다면 날 정말로 믿어! 논리적으로 보이는 걸 자네가 합의로 여겨 받아들인 게 시간이야. 하지만 자네는 얼마든지 현재에서 과거로 갈 수 있어! 날 믿어! 제발 부탁이야, JK47!」

또다시 번개가 번쩍한다. 뉴런들 사이에 쓰러져 누워 있는 백발의 자크는 미동도 보이지 않는다.

이 대화가 못마땅해서 내가 무의식적으로 끝내고 싶었던 건 아닐까?

자크는 스스로에게 묻는다.

〈꿈속에서 내게 조언을 해주는 미래의 나?〉 솔직히 단 한 번도 믿지 않았다. 그가 나에게 수면 마비를 일으키고 나서야 그의 얘기를 새겨듣기 시작했을 뿐이다. 계속 이어 꾸기를 통해 그와 대화를 나눈 것은 오로지 나한테 이득이 된다는 판단 때문이었다. 내 마음 깊숙한 곳, 〈여기〉서는 한 번도 늙은 나 자신이 꿈속에서 나를 만나기 위해 시간을 거슬러 올 수 있다는 생각을 받아들인 적이 없다.

돌연 뉴런의 숲에서 번쩍거리던 번갯불이 잠잠해진다. 자크는 JK67이 아톤을 발명했다는 것을 받아들이기에 앞서 먼저 자신의 무의식과 풀어야 할 문제가 있다고 생각한다.

그가 뉴런 하나에 가만히 손을 갖다 댄다. 이 순간 그의 의식이 그의 무의식에 연결되면서 그에게 깊은 상처로 남아 있는 출생의 순간이 떠오른다.

내 최초의 잠에서 사람들이 나를 꺼내 깨웠다. 그때의 충격에서 정녕 한 번도 헤어난 적이 없다.

아기였던 그가 자신과 세계가 분리되는 것을 경험하던 순간. 그때까지 엄마와 자신은 하나라고 믿었던 아기. 하지만 9개월 된 아기는 그녀가 떠나는 것을 보았다. 다시는 그녀를 곁으로 데려올 수 없었다. 이 순간은 그의 몸속에 깊이 각인

되었다.

불과 아홉 시간 동안 벌어졌던 엄마와의 최초의 이별은 이미 내게 너무 가혹했다.

그리고 뒤따라 떠오르는 괴로운 순간들. 아버지가 그에게 피가 벌건 고기를 억지로 먹게 하던 장면, 쑥쑥 자라는 몸에 비해 구멍이 너무 작아 목을 조르던 스웨터. 무의식은 빠짐 없이 모두 기억하고 있다. 무의식은 어느 하나 용서하지 않았다. 그의 기억은 항상 〈사람들이 널 못살게 군다〉, 〈사람들이 널 함부로 대한다〉, 〈너에게 일어난 일은 부당하다〉라는 정보들을 저장했다.
아버지의 죽음.

또 하나의 부당함.

수영장에서 윌프리드한테 맞아 이마에 난 상처.

그를 용서했다고 믿었는데, 아니다. 나는 여전히 그를 원망하고 있다. 만나는 사람마다 궁금해하는 이 상처를 내게 남긴 그가 최대한 고통스러운 벌을 받았으면 한다.

어린 시절 수치스러웠던 순간들, 그의 나쁜 성적을 공개하던 교사들, 반장들의 괴롭힘, 교장 선생님들의 비아냥거림, 실망스럽기 짝이 없던 결과들.

나는 아무도 용서하지 않았다. 내 의식을 괴롭히는 것들을 무의식 깊숙한 곳에 숨겨 두고 있었을 뿐이다. 내 의식을 방해받기 싫어 용서하는 척했지만, 그런 상처들은 내 안에 더 깊이 각인되었을 뿐이다.

그의 키스를 받아 주지 않던 여학생들.

내 무의식에 망각은 없다. 내 무의식에 용서는 없다. 내 무의식에 인간에 대한 신뢰는 없다.

어머니의 실종 사실을 알게 되던 순간. 오랜 세월이 지났지만 말없이 떠난 어머니를 그는 여전히 원망하고 있다.

나의 깊은 밑바닥을 들여다보고 나니 이제 알겠다. 나는 복수심에 불타는 성질 사납고 폭력적인 인간이다.

술에 취하면 짐승으로 돌변하던 친구들, 그들은 자신들의 무의식에 균열을 내어 자신들 안에 든 진짜 괴물을 보여 준 것이다.

알코올과 마약은 내밀한 생각들을 감추고 있는 견고한 요새의 두꺼운 벽에 구멍을 뚫어 틈을 낸다.

부모님, 교사들, 도덕, 남의 시선에 대한 두려움, 실패에 대한 공포가 철옹성 같은 벽을 쌓아 무의식을 그 속에 가두어 놓았다. 그런데 지금, 내가 그곳에 와 있다. 깊은 잠이 들어 이 뉴런의 숲에, 아니 내 무의식의 현현에 와 있다.

떠올리고 싶지 않은 장면들이 밀려온다. 키암방을 감금해 놓고 일주일 내내 〈자크 신부님〉 노래를 틀어 주지 못한 게 후회스럽다.

그는 늘 프랑키 샤라를 경계했다. 그가 전직 군인이라는 사실이 불안했다. 아내인 샴바야도 마찬가지였다. 이카르조차 진심으로 믿은 적이 없었다. 생후 몇 개월 동안 밤마다 칭얼대고 울어 그를 괴롭혔던 아들을 결코 용서하지 않았다.

하지만 그의 발에 콘크리트 블록을 매달아 운하에 던져 버리려던 쥐스틴은 항상 그리움의 대상이었다.

쥐스틴. 아름다운 쥐스틴.

그의 무의식은 반대로 작동한다. 가족은 의심하고 모사꾼들에게는 지나치게 관대하다.

그는 자신에게 보답하는 손을 깨문다.

그는 자신에게 벌을 주는 손에 입을 맞춘다.

자크의 생각이 다시 늙은 JK 67에게로 옮겨 간다.

자크의 무의식은 그의 오만과 〈만물박사〉입네 하는 거드름, 〈날 믿어〉 하는 자신감, 아버지인 척 보호자인 척하는 태도를 늘 고깝게 여겼다. 자신에 대한 실질적인 영향력까지 가진 가상의 인물이 이래라저래라 하는 것을 무의식은 한 번도 달갑게 여기지 않았다.

자크의 무의식은 어느 누구의 간섭도 마다했다.

내가 사람을 믿지 않는 한 JK67도 믿을 수 없다.

한데 나는 내 자신도 믿지 않는다.

깊은 내면에서 나는…… 나 자신을 사랑하지 않고 있었다.

스스로 비겁하고 게으르다고 자책해 왔다.

나 자신을 사랑하지 않으면서 어떻게 다른 사람들을 사랑할 수 있단 말인가?

고통스럽지만 이제야 처음으로 진실을 고백한 것 같다.

오늘, 바로 눈앞에서 내 무의식이 〈미래의 나〉를 폐기 처분했다.

중년의 자크 클라인이 몸을 굽혀 노년의 자크 클라인을 내려다본다.

나의 가장 무서운 적은 바로 나 자신이다.

감정을 추스르고 나자 마흔일곱은 자신의 삶을 틀에 끼워 맞추기보다 주어진 운명의 야릇함을 받아들여야 하는 나이라는 생각이 든다.

특이한 부모를 원망하지 말고 있는 그대로 받아들이자.

주어진 신체를 있는 그대로 받아들이자.

삶의 시련들을 받아들이자.

심지어는 윌프리드, 키암방, 제약 회사들도 내가 어떤 사람인지 깨닫게 해주지 않나.

부당함과 배신을 받아들이자. 그것들 역시 지금의 나를 만들었으니까.

나의 성공이 곧 최고의 복수이므로 더 이상 복수를 꿈꿀 필요가 없다.

나는 성공할 수 있다. 멋지고 개성 있고 용기 있는 사람이기 때문이다. 지금 내가 이룬 일은 나 이전에는 아무도 이룬 사람이 없다. 어머니는 실패한 것을 나는 성공했다. 나는 최고다. 더군다나 또 한 명의 멋진 사람, 즉 미래의 나 자신으로부터 도움을 받을 방법을 조만간 발명할 것이다.

중년의 자크는 머리 위에서 번쩍거리는 벼락에 맞을지도 모른다는 두려움을 떨치고 백발의 자크를 끌어안는다.

「됐어요. 이제 깨달았어요. 입장을 정했어요. 당신을 믿어요, JK 67. 현자의 탈을 썼을 뿐 복수심에 불타는 겁쟁이, 마조히스트인 내 무의식이 하는 말을 이제 듣지 않을 거예요.」

그가 나이 든 자신의 얼굴을 손으로 다정하게 쓸어내린다.

「당신을 믿어요.」

JK 47의 말에 간절함이 깃들어 있다.

내리덮였던 JK 67의 눈꺼풀이 천천히 올라간다.

「그럼 말부터 놓지.」

그가 씽긋 웃으며 대답한다.

「이제 격식을 버릴 때도 됐잖아.」

「죄송…… 아니 미안해요. 행동이 늘 무의식에 지배당하다 보니 나도 모르게. 앞으로는 내 무의식이 달라지게 만들 거예요.」

「자네 무의식이야 누구보다 내가 잘 알지. 바로 내 것이기도 했으니까. 나의 훌륭한 조언자인 동시에 경쟁자이기도 했지. 나를 향한 적대감에는 질투심도 숨어 있어.」

그들은 여전히 섬광이 번쩍이는 붉은 뉴런의 숲을 응시

한다.

「제어해 볼게요. 내 의식이 훨씬 강하니까 잠잠해지게 만들 수 있을 거예요.」

우르르 몸을 떨던 붉은 숲이 조용해진다. 사위가 잠잠해진다. JK67이 자리를 털고 일어난다.

「서둘러야 해. 지금 당장.」

「또 그놈의 소리. 왜 매번 이렇게 엉덩이에 불이라도 붙은 사람처럼 야단법석이에요? 내 몸이 위험에 처해서 그래요?」

「그게 아니야. 자네가 꼭 지켜야 하는 약속이 있어서 그래. 오늘이 자네 생일이잖아. 잠시 후면 마흔여덟 살이 되지. 그런데, 잘 생각해 봐. 우리가 처음 만나 대화를 나눈 게 바로 이날이야.」

「이런! 바로 자정이었어요. 지금 밖은 몇 시죠?」

「12시 7분 전이야.」

73

　세노이족 전통 가락이 꿈 영화 상영관에 울려 퍼지며 「신세계로부터」의 곡조와 뒤섞인다.

　단말 장치 스크린에 표시된 생체 지수는 변화가 없다.

　자크 클라인의 몸은 차가운 염수 속에 떠 있다.

　뇌파계는 13헤르츠를 가리킨다. 뮤파.

　샤를로트는 눈을 감고 즉흥적으로 중얼중얼 기도를 올린다.

　에리크 자코메티는 전선들과 관들을 만지작거리며 제대로 꽂혔는지, 작동은 잘 되고 있는지 연신 확인한다.

74

의식 속의 의식.

대뇌 피질 속의 두 방문자.

하나의 상상력을 공유하는 꿈속의 두 남자.

붉은색 돌기들이 솟은 뉴런의 숲이 그들을 둘러싸고 있다.

「JK 47, 이제 젊은 자네를 만나게 해줄 꿈속 시간 승강기를 만들 때가 왔어.」

「준비됐어요, JK 67.」

「우선, 이것은 기계 장치가 아니라 시간을 거슬러 올라가는 방법이라는 것부터 받아들여. 자네 무의식에 하나의 개념으로 자리 잡아야 해. 일종의 심리적 〈미장아빔〉14이지. 하지만 그 어떤 물리적 경험보다 강력해. 내 말 알겠어?」

「단순한 심리적 개념을 통해 어떻게 내가 나의 스물여덟 살 적 꿈속으로…… 〈실제로〉 갈 수 있다는 건지 잘 모르겠어요. 분명히 어떤…… 〈기계적인〉 프로세스가 있을 거예요.」

「아니, 기계적인 것과는 무관해. 하지만 〈기하학적인〉 것과는 연관이 있지. 해결책은 우리 이름에 들어 있어, 자크.」

「옛날에 윌프리드가 독일어로 클라인이 〈작은〉이라는 뜻이라고 나를 놀렸던 기억이 나요.」

「그것 말고 다른 개념들도 많아.」

「클라인 블루요? 아니면 옷 브랜드 캘빈 클라인? 영화 〈미

14 mise en abyme. 한 작품 안에 또 하나의 작품을 집어넣은 예술적 기법.

236

스터 클라인〉? 다 한 번씩 들어 봤어요…….」

「학교에서 수학 시간에 배운 걸 떠올려 봐……. 아빠가 가
르쳐 준 걸 기억해 내 봐. 아빠가 우리 성과 관련이 있는 특이
한 형태에 대해 얘기해 준 적이 있잖아.」

「혹시…… 클라인의 병?」

「바로 그거야. 당대의 유명한 수학자이자 우리 선조인 펠
릭스 클라인이 이 병을 발명했지. 독특하게 생긴 병인데, 혹
시 기억나?」

「입체 뫼비우스의 띠처럼 생긴 걸로 기억해요. 뫼비우스
의 띠는 숫자 8이 옆으로 누운 모양이잖아요. 그래서 표면도
없고 이면도 없죠.」

「클라인의 병은 길게 늘어난 주둥이가 옆구리에 와서 합
쳐진 다음 끝이 점점 벌어지면서 아래로 내려와 밑바닥과 하
나가 되는 용기야. 아래쪽에 구멍이 있는 입체 형태의 8자라
고 보면 되지. 표면과 이면의 구분이 없는 게 아니라 내부와
외부의 구분이 없는 게 이 병의 특징이야.」

「그게 시간 승강기와 무슨 관련이 있어요?」

「뉴런 하나를 클라인의 병으로 바꾸는 게 아톤의 원리거
든. 시간을 담당하는 자네 뇌 속 기계의 끄트머리를 잡아 구
부리는 거지.」

이 말이 자크의 머릿속에서 메아리친다.

「그러기 위해선 일단 구부릴 적당한 대상, 즉 〈시간의 끄
트머리〉를 찾아야 해. 자네가 스물일곱 살 때, 쥐스틴과 함께
잤던 그날 말이야. 자, 내가 도와주지.」

JK 67이 먼 과거의 기억들이 저장돼 있는 중앙 측두엽이
라는 피질의 한 구역으로 그를 데려간다. 삶의 결정적인 장

면들을 저장하고 있는 가늘고 붉은 섬유들이 얽히고설킨 속에서 JK67은 그가 쥐스틴과 보낸 밤을 기억하고 있는 뉴런을 찾아낸다. 두 자크는 가지 돌기들을 위로 뻗은 아담한 붉은색 나무 앞에 선다. 손위 자크가 손아래 자크에게 직접 방법을 보여 준다. 문제의 뉴런에서 이것을 다른 뉴런들과 이어 주는 시냅스를 떼어 내어 연결을 끊어 놓는다. 신경세포막을 둥그런 공처럼 만들어 놓고 항아리처럼 모양을 잡는다. JK67은 마치 유리 세공을 하듯 항아리의 끄트머리를 당겨 주둥이를 만든다. 돌출한 주둥이 부분을 길게 쭉 늘인다. 백발의 자크는 중년의 자크에게 늘어난 주둥이를 구부려 항아리 옆구리에 박아 끼우라고 시킨다.

JK47이 주둥이 관을 구부린다.

아래쪽 끄트머리를 쫙 벌려서 항아리 밑바닥과 합쳐져 통하게 만든다.

그들의 눈앞에 클라인의 병이 탄생했다.

두 자크는 뒤로 물러나 자신들의 작품을 바라본다.

「이게 당신이 그토록 말하던 아톤인가요? 꿈속에서 클라인의 병으로 바뀌는 무의식의 뉴런인가요?」

「어때, 아름답지 않아?」

「그동안 멋도 모르고 독일식 음색을 지닌 우스꽝스러운 성씨가 내 인생의 저주라고 투덜거렸어요. 혹시 이 순간을 염두에 두고 아빠가 일부러 조개를 수집했던 걸까요? 그걸 통해 우리의 관심을 끌었던 걸까요?」

JK 47이 둥근 곡선을 매만지며 묻는다.

이토록 신비가 깃들어 있는 완벽하고 아름다운 형태는 처음이다. 뫼비우스의 띠가 표면인 동시에 이면이 될 수 있는 가능성을 보여 주었다면 클라인의 병은 내부인 동시에 외부가 될 수 있는 가능성을 보여 준다.

쳐다보기만 해도 무수한 생각이 일어난다.

클라인의 병으로 모든 것이 설명된다.

우주의 탄생도? 그래, 빅뱅도 이 병에 비유할 수 있을지 모른다. 팽창, 수축, 팽창…… 끝이 없는 메커니즘. 클라인의 병으로 무한히 크거나 무한히 작은 것의 물리학을 설명할 수도 있다.

자크 역시 나이가 들면서 성장했다. 그의 의식은 우주처럼 확장되다가 안정화를 거쳐 이제 그의 내면으로 되돌아온다.

아름답고 경이로운 형체 앞에서 그는 정신이 아찔해진다.

시간 역시 확장되고 늘어났다가 다시 줄어들어 주둥이처럼 될 수 있다. 그러면 제자리로 돌아와 완결되는 것이다.

병은 밀봉됐다.

뱀은 제 꼬리를 물었다.

옆으로 누운 숫자 8, 이 무한대의 상징이 드디어 입체적 표현을 찾았다.

시간과 공간은 끝없이 팽창하는 공이 아니다. 이것들이 자신에게로 되돌아오는 순간이 있다. 바로…… 클라인의 병이 되는 순간 말이다!

(뉴턴, 심지어 아인슈타인의 물리 법칙에서도 벗어나는) 꿈의 세계를 이용한 시간 여행.

JK 47이 큰 소리로 생각을 내뱉는다.

「……클라인의 병이 우리에게 가르쳐 주는 최고의 역설은 바로 바깥이 안으로 통한다는 것이다. 외부가 내부로 통한다. 우리를 멀리 데려가는 길 끝에 이르러 우리는 다시 출발점으로 돌아온다. 삶의 완숙기에 젊음의 문이 있다.」

JK 47은 불그스름한 주변 풍경을 둘러본다. 나무 모양의 붉은 형체들. 그와 마주한 황갈색 입체.

지금 여긴…….

「지금 여긴 자네의 의식 속이야. 모든 게 결정되는 곳이지. 자네 앞에 보이는 건 시간을 거슬러 올라가게 해주는 마법의 승강기인 아톤이야. 단 1초도 허비할 시간이 없어. 어서 과거의 자네, 그 멋진 친구를 만나러 가야 해.」

「그러면 JK 67, 당신은…… 내가…… 당신이 되면…… 당신은 어떻게 되죠?」

백발의 남자는 편안한 미소와 함께 윙크를 날려 대답을 대신한다. 밤 12시 12초 전, 중년의 자크는 클라인의 병으로 바뀐 뉴런 안으로 들어간다.

그는 이내 소용돌이 속으로 빨려 들어간다.

액체처럼 흐르는 내부.

그는 벽이 매끈매끈한 나선형 형체 속을 미끄러지듯 나아간다. 이것이 〈꿈속에서 일어나는 두뇌 작용〉인 것을 그는 의식하고 있다.

원뿔 모양 입구는 관으로 변하면서 점점 좁아진다. 그는 부들부들한 붉은색 벽을 따라 힘겹게 나아간다.

어머니의 자궁을 떠나 태어나던 날처럼, 그는 다른 세상으로 나온다.

그가 걸음을 내디딘다. 다른 곳, 어디엔가, 바깥, 여기 시간도 자정이다.

이 순간 JK 47은 JK 48이 된다.

머리가 희끗희끗한 자크 클라인이 밝은 풍경 속으로 걸어 나온다. 안개와 모래.

나무들. 숲.

서서히 걷혀 가는 안개 사이로 그가 걸음을 옮긴다.

모래의 붉은빛이 선명하다.

멀리 사람의 형체가 보인다.

검은 머리의 자신을 바라보는 기분은 묘하다. 주름살 하나 없이 매끈한 피부. 점잖게 생긴 남자가 다부진 몸으로 꼿꼿하게 서 있다.

그를 본 젊은 자크는 무척 놀라는 기색이다.

「이거 장난 아니네, 진짜 됐어!」

JK 48은 뛸 듯이 좋아한다.

겁에 질려 어쩔 줄 모르면서도 젊은이는 경의에 찬 눈으로 그를 바라본다.

「야 이거, 진짜 되네……. 됐어! 내가 성공했어!」

붉은 모래를 한 줌 집어 손가락 사이로 흘려보내던 JK 48이 다시 젊은이에게로 시선을 돌린다. 감격의 순간.

눈물이 부옇게 앞을 가리지만 차분히 상황부터 설명해 줄 책임을 느낀다.

「자네로선 다소 놀라운 일이라는 거 인정해. 하지만 절대 걱정할 일은 아니야.」

「걱정하진 않아요. 당신이 누군지는 몰라도 우리가 지금 내 꿈속에 있다는 사실은 알고 있으니까.」

「나는 단순히 꿈속의 인물에 그치지 않아. 우연히 여기 있는 것도 아니고.」

앞에 있는 〈젊은 그〉는 믿기지 않는 눈치다. JK 48은 자신도 모르게 20년 전에 나눴던 대화를 기억해 그대로 말하고 있다.

「자네한테 자초지종을 설명할 시간이 없어. 즉시 이 꿈에서 나가 행동을 취해야 해. 엄마가 위험에 처했어. 어서! 어서! 현실로 돌아가. 꿈을 깨고 신속히 움직여!」

「당신은 누구시죠?」

「난 20년 후의 자네야. 다시 말해 48살의 자네야.」

「내 꿈에 들어와서 뭘 하는 거죠?」

「이상하게 들릴 수 있다는 거 인정해. 하지만 이 세 가지 사실은 자네가 받아들여야 해. 첫째, 나는 실제로 존재해. 둘째, 나는 미래의 자네야. 셋째, 내가 지금 자네한테 말을 할 수 있는 건 미래에 내가 한(그러니까 〈자네〉가 하게 될) 발명 덕분이야. 하지만 지금은 이보다 더 급한 게 있어. 엄마가 엄청난 위험에 처했어! 꿈에서 깨! 어서 움직여! 내가 시키는 대로 해!

「당신은 내 꿈속의 인물에 불과한데 내가 왜 당신이 시키는 대로 해야 하죠?」

「아니야, 내가 말했잖아, 난 단순히 꿈속에 등장하는 사람이 아니라 실제로 현실에 존재한다고. 나 말고는 아무도 줄 수 없는 정보를 내가 자네한테 주는 게 그 증거야. 엄마가 죽음의 위험에 처했다는 거 말이야. 엄마를 구할 사람은 자네뿐이야. 그러니까 꿈을 깨고 행동에 나서. 어서! 엄마를 구해!」

「당신이 실제로 존재한다고 믿을 만한 근거를 하나만 대봐요.」

「나는 엄마의 비밀 프로젝트의 산물이야. 수면 6단계, 〈솜누스 인코그니투스〉 말이야. 자넬 이렇게 보러 올 수 있는 것도 바로 그 덕분이야! 의심이 들면 자네의 내밀한 직관을 믿어 봐. 자네 안에 있는 무언가가 틀림없이 내가 진실을 말하고 있다는 것을 알려 줄 테니까!」

JK48은 말하는 내내 자신의 몸인 JK28의 몸을 부러운 눈길로 바라본다.

정말 근사한 몸을 가졌다. 몸매가 탄탄하던 시절에는 그런 줄도 몰랐다. 뭐든 잃고 나서야 소중함을 깨닫는 법이다.

하지만 스물여덟인 그는 속이 꽉 찬 것 같지는 않다.

저 시절엔 얼마나 순진했는지. 행동에 앞서 겁부터 먹었어. 그저 무탈한 삶, 평범하고 안락한 삶만 꿈꿨지. 야심이라고는 없었어. 그런 내게 JK48은 얼마나 큰 도움이 됐는지 몰라. 이 과거가 제 궤도를 따라가길 바란다면 나도 이제 그가 그랬던 것처럼 강해져야 해.

앞에 등장한 남자에게 당혹스러울 만큼 친숙함을 느끼면서도 검은 머리 청년은 고집을 꺾지 않는다.

저 친구는 자신의 늙은 모습을 보고 두려워진 거야. 노화가 죽음의 전 단계라는 걸 알기 때문에. 내 주름이 혐오스러운 거야.

「미안하지만 당신은 내 꿈속에 있어요. 실재 인물이 아니란 뜻이죠.」

청년은 막무가내다.

「내가 이렇게 고집불통이었다는 걸 깜빡 잊고 있었네. 약속하지, 이어 꾸기를 통해 우리가 꿈에서 다시 만나면 그땐 꼭 자세한 얘기를 들려주겠네. 그러니 일단은 날 믿어 줘. 엄마부터 구해야 해, 위험에 빠져 있어. 촌각을 다투는 일이야.」

「당신 말은 설득력이 없어요. 다른 건 제쳐 두더라도 우리 엄마가 살아 있다는 걸 어떻게 알죠? 엄마가 자취를 감추려고 수단과 방법을 가리지 않았는데 당신은 엄마가 어디에 있는지 어떻게 아냐고요.」

그 격언이 뭐였더라?

〈아! 젊어서 지혜가 있다면. 아! 늙어서 힘이 있다면.〉

이게 바로 내가 처한 딜레마구나. 젊었을 때 난 그야말로 눈을 가리고 살았어. 시야가 너무 좁았어. 거칠 것이 없는 시절이었는데 말이야. 그땐 모든 것에 한계가 정해져 있는 듯이 보였어. 내 세계를 단단히 구축한답시고 주위에 벽을 쌓았어. 언젠가 내 무의식이 그 안에 갇히리라는 것을 몰랐지.

편안한 마음으로 그를 설득해 보자. 내가 설득에 실패하면 그는 쥐스틴과 계속 살면서 인생 낙오자가 될 거야. 그를 위해서 반드시 해야 해. 나를 위해서도 반드시 해야 돼. 저 친구를 어떻게 이해시킨다?

「날 믿어 보게. 난 알고 있으니까.」

「엄마가 어디 있다는 거죠? 그렇게 똑똑한 양반이면 한번 얘기해 보시죠, 나이 든 나라고 우기는 내 꿈속의 신사 양반.」

「그게…… 말레이시아에 있어. 위험에 처한 엄마를 구하러 자네가 갈 곳이 바로 거기야.」

「엄마가 말레이시아에는 왜 갔죠?」

「기억을 되살려 봐. 엄마가 세노이족이라는 〈꿈의 부족〉 얘기를 한 적이 있을 테니까. 이 부족은 깨어 있는 시간보다 잠자는 시간에 훨씬 가치를 부여하는 사람들이야. 아킬레시가 죽고 나서 주변의 반응에 환멸을 느낀 엄마가 도피처를 찾아 거기로 떠난 거야. 파리에서 도망치려는 목적도 있었지만 수면에 대한 지식을 넓히기 위해서, 나아가 다음번 수면 6단계 탐사 실험에서는 꼭 성공하기 위해서 말이야.」

「그런데 왜 위험에 처했다는 거죠?」

「세노이족은 숲에 사는 부족이야. 위협에 직면한 이들을 엄마가 보호해 주고 있어. 하지만 정작 엄마를 지켜 주는 사람은 없지. 지금 엄마가 어떤 위험에 ―」

「못 믿겠어요.」

「내 말 잘 들어! 자네는 지금 당장 잠에서 깨 행동에 나서
거나 세상이 자네 없이 시나리오를 구현하는 동안 잠이나 자
거나 둘 중 하나를 선택할 수 있어. 삶은 항상 이런 선택의 연
속이지. 잘 생각해 봐. 지금 벌어지는 일이 사실이고, 나라는
사람이 내가 주장하는 사람이 맞고, 엄마가 정말로 위험에
처했는데도 자네가 아무것도 하지 않는다면 평생을 후회하
게 될 거야. 이런 위험을 감수할 거야? 아빠가 했던 말을 떠
올려 봐. 〈할 수 있는데도 하지 않은 사람은 정작 하고 싶을
때는 할 수 없을 것이다.〉」

중년의 자크의 말이 설득력 있게 다가왔는지, 청년 자크
의 눈빛이 흔들린다.

〈꿈속 인물(솔직히 난생처음 겪는 이런 상황이 당혹스럽
다)의 조언을 따라? 아니면 엄마가 죽을지도 모른다는 얘길
듣고 그냥 모른 척해? 어떻게 해야 하지?〉

갈피를 잡지 못해 혼란스러워하던 청년은 배경에서 순식
간에 사라진다.

붉은 모래섬에는 이제 JK48 혼자만 남았다. JK28이 맨발
로 걸어가면서 남긴 자국들만 해변에 찍혀 있다.

JK48은 문득 자신의 현재에서는, 지금 어딘가에서는, 자
신이 낮은 맥박과 저체온, 불안한 활력 징후를 보이고 있다
는 사실을 인식한다. 동면 상태의 마르모트처럼.

하지만 서둘러 돌아가고 싶은 마음이 없다. 그는 눈앞의
숲을 한참 동안 응시한다. 바람을 맞은 나무들이 고개를 살
짝 떨구고 있다. 가지에서 떨어져 나온 동글갸름한 나뭇잎들

이 공중제비를 돌다 땅에 내려앉는다.

그래, 난 봤어, 그리고 깨달았어.
지금 나는 눈을 가리던 털을 위로 올려 준 강아지 퐁퐁과 다르지 않
아. 진짜 세계를 보고 있어. 행복하고 가슴이 벅차. 여태껏 내 세계
는 편협하고 제한적이었어. 하지만 이제 넓은 시야를 갖게 됐어.
가까이 있는 인식의 한계들을 뛰어넘으면 멀리서, 또 다른 한계들
이 나타난다.

자크는 해변에 널린 조개들 속에서 클라인의 병을 닮은 진
주조개를 하나 찾아낸다.
그의 머리 위에는 사람의 얼굴을 하고 있는 구름들이 떠
있다. 노스피어.

내가 눈여겨보지 않았을 뿐, 내게 보내는 신호들은 이 붉은 섬에 늘
있었다. 이미 모든 것이 이곳에, 내 눈앞에 있었다. 모든 것의 해결
책이 내 꿈속에 있으리라고는 상상하지 못했기 때문에 눈여겨보지
않았던 것이다. 걸음을 멈추고 차분히 관찰할 시간을 갖지 않고 박
물관의 전시실을 옮겨 다니기에만 급급한 사람처럼, 내가 그것들을
지나쳤을 뿐이다.

땅에 떨어져 있는 하와이언 셔츠 한 장을 발견하고 자크가
얼른 주워 입는다. 파라솔 장식과 파인애플 한 조각이 꽂힌
피냐콜라다도 예전 그 자리에 있다. 잔을 들어 맛을 보니 진
짜 칵테일이 아니다.

이건 복어 독에 만드라고라와 벨라도나를 섞은 혼합액이야. 다른 곳에서는 내가 죽음의 위험에 처해 있다는 사실을 스스로에게 상기시키기 위해 늘 이 자리에 놓아두었던 거야. 하지만 내가 젊은 나 자신에게 건넨 것, 그가 내게서 받아 마신 것, 그건 진짜였어.

자크 클라인은 역시나 하늘에서 떨어진 듯한 흔들의자에 앉는다.

이제 가족과 친구들에게 걱정을 끼치기 전에 돌아가야 한다. 하지만 내 약속은 아직 끝나지 않았다.

그는 의자에 기대 몸을 흔들면서 아버지가 상상하고 어머니가 찾아내고 미래의 그가 소중하게 사용한 이 섬에 와 있다는 사실을 감사하게 생각한다. 그는 눈을 뜨고 그간의 일을 다시 떠올린다.

갑자기 등장한 또 한 사람이 그를 향해 걸어온다. JK 68.

「하마터면 우리 셋이 같은 꿈속에 있을 뻔했어. 과거와 현재, 미래의 자크 클라인이 말이야. 검은 머리의 JK 28, 군데군데 서리가 내린 JK 48, 그리고 백발의 JK 68. 그림이 썩 좋았을 것 같지 않아?」

「이제 난 뭘 해야 하죠?」

「이제 우린 엄마를 구할 수 있어. 엄마는 지금 5.8단계에 갇혀 있어. 오도 가도 못하는 거지. 자네가 엄마를 더 아래로 내려보내. 호수 밑에 닿으면 엄마가 바닥을 박차고 수면으로 다시 올라올 수 있을 거야.」

75

거불거불 타는 촛불들이 석관을 비추고 있다.

드보르자크의 음악이 멎은 실내에는 샴바야와 이카르가 기도처럼 내뱉는 세노이족 전통 가락만이 나직이 들려온다.

드림 캐처의 스크린이 밤색으로 변한 지 한참이 지났다. 모두 침통한 표정으로 우두커니 단말 장치만 바라보고 있다. 이때, 뇌파도와 뇌전도, 체온 측정 그래프에서 변화가 감지된다. 자크가 살아 있다!

「아빠가 돌아오려나 봐요!」

이카르가 뛸 듯이 좋아한다.

「해독제요! 빨리!」

샤를로트가 자코메티를 향해 와락 고함을 지른다.

자코메티는 황급히 주사기를 바꿔 꽂은 다음 다투라와 사리풀이 주성분인 〈각성〉 혼합제를 잠든 자크의 정맥으로 흘려보낸다.

잿빛이던 스크린 속 물이 파랗게 변하기 시작한다. 자크가 수면과 맞닿은 역설수면 봉우리를 다시 올라가는 모습을 모두 긴장한 모습으로 지켜본다.

눈꺼풀 밑에서 다시 안구가 움직움직하는 모습이 수조 안에 설치된 카메라에 잡힌다.

관자놀이가 다시 오르내리기 시작한다.

뒤로 꺾였던 목이 바로 선다.

뇌파가 뮤파인 13헤르츠에서 엡실론파인 45헤르츠까지 급격히 치솟는다.

수면 5단계. 자크가 수면과 맞닿은 봉우리 정상에 가 있다. 각성의 경계선. 그가 아래로 방향을 틀더니 다시 한층 맑아진 물속으로 깊이 잠수해 내려간다.

30헤르츠. 감마파.

그가 바닥에 닿는다. 깊은 수면 상태인 4단계.

2헤르츠. 델타파.

에리크 자코메티가 비로소 나지막이 안도의 한숨을 내쉰다. 그제야 이카르와 샴바야의 얼굴에서도 긴장의 빛이 사라진다. 샤를로트가 콘트라스트를 조절해 스크린의 화질을 높이고 자코메티는 수조 안 염수의 온도를 올린다.

탐험가가 수면 3단계, 곧이어 2단계, 1단계로 올라오는 과정이 수면 곡선으로 나타난다.

베타파.

뇌가 정상적인 활동을 되찾는다.

내리덮였던 한쪽 눈꺼풀이 올라간다. 다른 쪽도 금세 따라 치올려진다.

자코메티와 이카르가 뛰어가 무거운 석관 뚜껑을 들어 올리자 샤를로트가 자크를 부축해 탱크 밖으로 나오게 도와준다.

「자네가 해냈어!」

자코메티가 감격무지해 말을 잇지 못한다.

이카르는 어느새 다시 카메라를 꺼내 들고 촬영에 열중하고 있다.

「그래, 어땠어? 얘기 좀 해봐!」

에리크 자코메티가 재우쳐 묻는다.

사람들이 건네는 목욕 가운을 받아 든 자크의 몸이 아직 몹시 떨리고 있다. 그는 샤를로트가 내민 에너지 음료를 입으로 가져간다.

「얼른 엄마를 구해야 해요.」

그가 이를 마주치며 또박또박 내뱉는다.

꿈 개척자의 말이 떨어지기 무섭게 사람들은 카롤린 클라인이 아직도 입원해 있는 옆 건물로 달려가 바퀴 달린 침대에 그녀를 실어 데려온다. 그러고 나서 조심스럽게 옷을 벗긴 다음 아직 물이 차 있는 석관에 집어넣는다.

자크가 그녀에게 전극을 붙여 주고 주삿바늘을 꽂는다.

일이 긴박하게 돌아간다.

「위험하지 않을까?」

열뜬 모습의 자크가 미덥지 않은 자코메티는 걱정스러운 표정으로 묻는다.

「어쨌든 자네 어머닌 여든 살이야. 이런 모험을 감행할 나이는 아니지.」

하지만 별 뾰족한 대안이 없어 자크를 말릴 입장도 아니다.

자크가 석관 뚜껑을 다시 닫은 다음 염수의 온도를 조절하고 나서 마이크 앞으로 다가간다.

「엄마, 내 말 들려요?」

무반응.

「내 말 듣고 있는 거 알아요. 엄마는 지금 꿈의 세계에서 5단계, 정확히 말해 5.8단계에 가 있어요. 바로 문턱까지 가서 두 층 사이에 꼼짝없이 갇히는 바람에 정상 세계로 돌아오지 못하고 있는 거예요. 위로 올라올 수도 없으니까 밑으로 더 내려가는 수밖에 없어요. 내가 먼저 해봐서 알아요. 엄마도 할 수 있어요. 어릴 때 엄마가 나한테 유도몽을 가르쳐줬잖아요. 그때처럼 우리 둘이 같이 해보는 거예요. 하지만 이번에는 엄마가 꿈속에서 내 목소리를 듣고 따라와요. 자, 준비해요, 엄마. 경계선까지는 내가 따라가 줄 거예요. 하지만 그다음부터는 CK100(20년 후 미래의 엄마 자신)이 엄마를 도와줄 거예요. JK68이 와서 나를 도와줬던 것처럼 말이에요.」

예상대로 그녀가 역설수면 단계에 깊이 들어가 있는 것이 수면 곡선을 통해 확인된다. 자크가 염수의 온도를 낮춘다.

「엄마, 내려갔다가 다시 무사히 올라오기 위한 열쇠는 바로…… 우리 성씨인 〈클라인〉에 있다는 사실을 기억해요. 이 단어는 꿈속의 시공간을 자유롭게 이동하게 해주는 클라인의 병이라는 기하학적 형태를 가리키기도 해요.」

도무지 알 수 없는 말을 자크가 계속하고 있지만 주변에서는 차마 그에게 물어보지 못한다.

「엄마가 옳았어요. 잠과 꿈의 끝에는 시간과 물질을 초월하는 상태가 존재해요. 힌두교에서 말하는 니르바나죠. 과거와 현재와 미래가 합쳐진 시공간이에요. 엄마도 거기로 갈 수 있어요. 지금 해봐요. 내가 도와줄게요.」

꿈 영화 스크린은 온통 붉은색이다.

자크는 지켜보는 사람들에게 마음의 준비를 시킨 다음 복어 독과 만드라고라, 벨라도나 혼합액을 정맥 주사로 주입한다.

이미 느린 움직임을 보이던 노년 여성의 심장 박동이 한층 더 느려진다.

「엄마, 내 말 잘 들어요. 엄마는 반드시 각성의 세계로 돌아올 수 있어요. 하지만 그전에 먼저 미래의 엄마를 만나고, 또 젊었던 엄마를 만나서 불안을 달래 주고 도와줘야 해요. 우리를 가로막는 것은 두려움이에요. 죽음에 대한 두려움, 타인에 대한 두려움, 실패에 대한 두려움. 미래의 엄마가 설명해 줄 테니 잘 듣고 함께 아톤에 오르면 돼요. 클라인의 병을 생각하면 돼요, 엄마. 그걸 통해 엄마의 꿈속에서 마음대로 오갈 수 있을 거예요.」

수면 곡선이 5.8단계에서 5.9단계로 바뀌는 것을 샤를로트가 눈으로 확인한다.

76

방 안 풍경은 마치 밤을 새우는 초상집을 연상시킨다. 무겁고 초조한 낯빛의 사람들 속에서 자크만이 유일하게 의연함을 잃지 않고 있다.

「할머니 돌아가셨어요?」

이카르가 눈치를 살피며 작은 소리로 묻는다.

자코메티가 아랫입술을 지그시 깨문다. 샴바야는 다시 세노이 전통 가락을 웅얼웅얼 내뱉는다. 모두 입을 굳게 다물고 있다.

전혀 고무적이지 않은 활력 징후 지표들을 스크린에서 확인한 후 자크가 말한다.

「나도 똑같았잖아요.」

그가 주변을 안심시키기 위해, 어쩌면 스스로 위안을 얻기 위해 일부러 목소리에 힘을 싣는다.

다들 그의 말을 듣기만 할 뿐이다.

「엄마도 나와 같은 여정을 거치고 있는 게 틀림없어요. 내가 얼마 동안이나 6단계로 떠나 있다 왔죠?」

「12분.」

침묵 속에서 기다림이 계속된다. 다시 12분이 흐른다.

JK48은 CK100과 CK80이 만나 자초지종을 설명하며 얘기를 나누는 모습을 상상한다.

엄마의 과거와는 또 얼마나 풀어야 할 매듭이 많겠어.

자크는 기다림의 근거를 만들어 본다.

기다림이 또다시 길어진다. 석관을 주시하고 있는 자크의 의식이 어느새 널을 뗀다.

진화의 비약은 과거의 사람들을 만나러 온 미래의 사람들이 아니라…… 꿈속으로 젊은 〈자기 자신〉을 찾아온 미래의 사람들에 의해 이루어지는 것인지도 모른다.

기다림은 끝날 기미가 보이지 않는다. 자크가 천천히 심호흡을 한다.

눈에 창을 맞고 며칠 뒤에 세상을 떠난 앙리 2세의 죽음을 예견할 수 있었던 것은 노스트라다무스가 미래의 노스트라다무스와 접속했기 때문일 것이다.

과거의 무수한 발명가들이 이 가능성을 인지하고 있었던 게 틀림없다. 토머스 에디슨도 말년에 사자들과의 과학적인 소통을 가능하게 하는 〈네크로그래프〉[15]를 연구했다고 하지 않나.

자크의 머릿속에서 생각이 꼬리에 꼬리를 문다.

그렇다면 클라인의 병도 펠릭스 클라인 이전에 이미 존재했다. 단지 미래의 펠릭스 클라인이 꿈속에서 그에게 영감을 주었을 뿐이

---

15 죽음을 뜻하는 그리스어 접두사 〈네크로 necro〉와 〈그래프〉의 합성어이다.

다. 그렇지 않을까?

7년의 풍작 뒤에 7년의 흉작이 오리라는 노예 요셉의 예언을 달리 어떻게 설명할 수 있을까?

크리스토퍼 콜럼버스가 대서양 건너편에 미지의 땅이 있다는 것을 알았다는 사실을 달리 어떻게 설명할 수 있을까?

우리가 살고 있는 현대 세계는 꿈에서 〈설득력 있는〉 미래의 자신과 대화할 수 있었던 사람들이 만든 것이다.

뱀 두 마리가 하늘로 올라가는 꿈을 꾸고 나서 DNA의 이중 나선 구조가 발견되었다.

분자의 구조를 발견하는 데 결정적 역할을 한 것은 프리드리히 케쿨레의 꿈이었다.

자크 클라인의 입에서 자기도 모르게 한숨이 새어 나온다.

혼합액이 카롤린 클라인의 정맥으로 흘러 들어간 지 벌써 30분이 지났다.

다시 10분이 흐른다.

카롤린 클라인의 심박 수는 분당 4회에 머물러 있다.

「떠나셨나 보네.」

샤를로트가 혼잣말처럼 중얼거린다.

「어머니의 의식이 나보다 먼 길을 떠났나 봐요. 무의식과 나눌 얘기가 나보다 훨씬 많은 거죠. 돌아오실 거예요. 반드시, 돌아오실 거야.」

자크가 스스로에게 다짐하듯 말한다.

「의학적 관점에서는 이미 임상적 사망 상태야.」

자코메티가 조심스럽게 말을 꺼낸다.

「저도 죽었던 거 아닌가요?」

자크가 바르르한다.

더 이상 아무도 토를 달지 못한다. 침묵 속에 기다림만 이어질 뿐이다.

「벌써 떠난 지 한 시간이 넘었네, 자크. 심박 수가 이렇게 약한 상태에서는 뇌에 피가 전혀 공급되지 않아. 혹시 돌아오더라도 심한 손상을 입었을 거야…….」

「저보다 멀리 떠난 것뿐이에요. 그래서 돌아오는 데 시간이 더 걸리는 거예요. 저는 반드시 돌아오리라고 믿어요.」

샴바야는 여전히 기도를 올리듯 웅얼웅얼하고 있다. 이카르는 스마트폰에 눈을 박고 비디오 게임을 하고 있다. 자코메티는 휴대 전화를 꺼내 들고 임사 체험에 관한 최근 연구 자료들을 찾아보는 중이다.

계속되는 기다림.

무슨 일이 일어나고 있는 걸까?

자크는 복잡한 상념에 휩싸인다.

엄마는 지금 뭘 하고 있을까?

내가 그랬던 것처럼 자신의 무의식과 대면하고 있겠지.

그런데 왜 나보다 더 오래 걸리지?

어린 시절로 돌아가 풀어야 할 고통스러운 매듭이 있는 게 분명해.

엄마의 몽유병 발작을 일으킨 원인. 나에게서 멀리 도망쳐야 했던 이유.

혹시 외할아버지? 아니면 외할머니?

너무도 끔찍한 일이 벌어졌던 게 틀림없어. 그렇지 않다면 엄마가

16년 동안이나 자식을 멀리할 이유가 없으니까.

혹시…… 혹시 몽유병 증상이 나타난 동안 돌이킬 수 없는 행동을 저지른 건 아닐까. 사람을 죽였다든가. 가족 중 누군가를 죽였다든가.

그래, 알 것 같아. 내 깊숙한 곳에서 소리가 들려.

외삼촌……. 한 번 발작을 일으키고 나서 엄마가 아빠한테 얘기한 적이 있었지.

법원에서는 죄가 없다고 했지만 자신을 절대 용서할 수 없다고 했었지.

그것으로 모든 것이 설명돼. 그것 때문에 엄마는 두려웠던 거야……. 날 죽이게 될까 봐 두려웠던 거야. 발작 도중에 자신도 모르게 나를 죽일까 봐. 그래, 그거야!

오늘의 경험으로 내 의식은 새롭게 태어났다……. 이제는 굳이 노스피어에 가거나 영혼들의 얘기를 듣지 않아도 거짓과 망각, 무분별한 믿음들을 뛰어넘어…… 진실에 닿을 수 있을 것 같다.

엄마는 달리 방법이 없어서 나를 피해 도망쳤던 것이다.

거기서 엄마는 지금 그 매듭을 풀고 있는 중이다.

오랜 세월 나와 소식을 끊고 지낸 엄마를 나는 판단하려 하지 않았어요. 그러니 제발 엄마도 스스로를 판단하려 하지 말아요!

자신을 받아들여요, 엄마! 나는 그 병이 있는 엄마를 있는 그대로 받아들여요. 엄마 탓이 아니잖아요. 엄마, 태어난 순간부터 난 엄마를 사랑했어요. 엄마에게 무슨 일이 있었는지 모르지만 난 엄마를 무조건 용서해요. 어느 누구도 완벽해질 필요는 없어요.

속절없이 70분이 흐른다. 80분.

자크는 끝내 희망을 버린다. 그가 맥이 풀려 바닥에 주저

앉는다.

「아빠의 깊은 꿈속에서는 어떤 일이 벌어졌어요? 궁금해요.」

이카르가 다가와 묻는다.

샴바야가 읊조리듯 내뱉던 가락도 멎는다. 그녀가 남편의 곁으로 와서 얼굴을 매만져 준다.

「당신 잘못이 아니에요. 〈거기〉서 여기로 어머니를 데려오기 위해 당신은 충분히 애썼어요. 하지만 거긴 과학의 힘으로 사람을 구할 수 있는 차원이 아니에요.」

계기판은 80살의 노구가 벌써 한 시간 반째 떠나서 돌아오지 않고 있다는 것을 보여 준다. 그런데 바늘이 94분을 가리키는 순간, 무겁게 내리덮인 눈꺼풀 밑에서 안구가 옴찔거리기 시작한다. 두뇌 활동이 재개되고 있다는 증거다.

「다시 5.9단계가 됐어요!」

흥분한 샤를로트가 소리를 지른다.

위로 다시 올라오게 미래의 엄마가 도와주고 있는 거야.

자크는 두 사람이 함께 있는 모습을 상상한다.

「엄마, 내 말 들려요?」

안구가 좌우로 한 번 움직인다.

「우린 여기 있어요. 여기…… 현실 세계에서 엄마를 기다리고 있어요. 혼자 올라올 수 있겠어요?」

두 번의 안구 동작.

「전기 충격을 주고 아드레날린을 주사해야겠어.」

자코메티는 벌써 장비를 찾느라 분주하다.

「엄마! 내 말 잘 들어요! 듣고 있다는 거 알아요! 엄마의 의식은 물질보다 강한 힘을 지녔어요. 전기 충격 없이도 반드시 해낼 수 있을 거예요. 의식이 시간과 공간을 제어할 거예요.」

다시 안구가 좌우로 두 번 움직인다. 자코메티가 아드레날린을 주사할 준비를 마친다. 자크가 석관에 연결된 마이크에 대고 더 우렁차게 말한다.

「혼자 힘으로 돌아와요, 엄마! 해봐요!」

한 번의 안구 동작. 순간 카롤린 클라인의 온몸이 경련을 일으킨다.

「됐어요. 올라왔어요. 5.8단계예요…….」

수면 곡선을 주시하던 샤를로트가 안도의 표정으로 말한다.

드림 캐처의 스크린이 점점 환해지면서 수면까지 치솟은 봉우리가 선명히 보인다.

엄마가 지금 잠에서 깨어나면 안 돼……. 자칫하면 의식에 상처를 남길 수도 있어. 그러면 심각한 심리적 후유증이 생길지도 몰라.

자크는 마음을 졸이며 스크린을 지켜보고 있다.

감마파. 그녀가 밑으로 내려가 호수 바닥에 닿는다.

그녀가 4단계, 3단계를 지나 천천히 위로 올라가고 있다. 델타파. 2단계. 세타파. 1단계. 알파파. 각성 준비 단계. 베타파.

석관에 설치된 카메라에 카롤린 클라인의 속눈썹이 바르르 떨리는 모습이 잡힌다. 마치 잠의 세계를 떠나기 싫은 듯 그녀의 눈꺼풀이 살며시 들렸다 다시 닫힌다. 수조의 덮개가 들어 올려진다.

자크는 자신이 세상에 나올 때 받았던 주변의 세심한 손길을 떠올리며 탯줄을 자르듯 조심스럽게 엄마의 팔에 꽂힌 주사기를 뺀다.

그는 염수에 팔을 깊이 집어넣어 안아 올리듯이 엄마를 밖으로 꺼낸다. 사람들이 그녀를 받아 재빨리 수건으로 감싼 뒤 물기를 털어 몸을 말려 주고 포근한 목욕 가운을 입힌다.

자크가 그녀의 이마에 입맞춤을 한다.

주위의 빛 때문에 눈이 부셔 카롤린은 눈을 뜨지 못한다. 그녀가 한 손으로 얼굴을 가린다. 그녀가 주먹을 꼭 쥐며 울음을 토한다.

자크가 그녀를 침대에 데려다 눕힌다. 인큐베이터에 들어간 아기처럼 그녀가 몸을 옹송그린다. 이미 어둑한 방 안에 밝혀져 있던 촛불 몇 개마저 자크가 불어서 꺼버린다.

자크의 눈길이 엄마를 향한다.

격정적인 흐느낌이 서서히 멎는다. 그녀는 다시 깊은 잠 속으로 빠져들고 있는 것 같다.

입가에 미소가 번져 있다. 행복해 보인다.

그녀가 잠들었다.

자크 클라인은 엄마의 이마에 달라붙은 머리카락을 옆으로 쓸어 주고 나서 사랑스럽게 얼굴을 매만진다. 세상 밖으로 나온 자신에게 엄마가 해주었던 것과 똑같이.

77

우린 일생의 3분의 1을 자면서 보내요. 3분의 1이나. 게다가 12분의 1은 꿈을 꾸면서 보내죠. 하지만 사람들 대부분은 관심이 없어요. 잠자는 시간을 단순히 몸을 회복하는 시간으로 보거든요. 깨는 순간 꿈은 거의 자동으로 잊혀요. 밤마다 매지근하고 축축한 침대 시트 밑에서 벌어지는 일이 나한테는 신비롭기만 한데 말이에요.

잠의 세계는 우리가 탐험해야 할 신대륙이에요. 캐내서 쓸 수 있는 소중한 보물이 가득 들어 있는 평행 세계죠. 앞으로 학교에서 아이들에게 단잠 자는 법을 가르치는 날이 올 거예요. 대학에서는 꿈꾸는 방법을 가르치게 될 거예요. 대형 스크린으로 누구나 꿈을 예술 작품처럼 감상하는 날이 올 거예요. 무익하다고 오해를 받는 이 3분의 1의 시간이 마침내 쓸모를 발휘해 우리의 신체적, 정신적 가능성을 극대화하게 될 거예요.

카롤린 클라인

이 책은 1980년대, 내가 과학 전문 기자 시절에 썼던 자각
몽자에 관한 르포에 뿌리를 두고 있다.

자각몽이 가능하다는 걸 알고 난 지 단 일주일 만에 나는
생애 최초의 자각몽을 꾸었다. 반투명한 베이지색 박쥐 날개
를 달고 파리의 생루이섬 근처를 날아오르는 꿈이었다. 나는
부드러운 가죽이 펄럭펄럭하는 소리를 내며 공기를 갈랐다.
날갯짓을 멈추면 바로 고도가 낮아져 나중에는 어깻죽지가
아플 정도였지만, 긴 날개를 힘차게 펄럭이며 센강 상공을
날고 싶었다. 걸인들이 강둑에 동굴을 파듯 지어 놓은 집들
이 내려다보였다. 수면을 스칠 듯 낮게 날아야 눈에 들어오
는 풍경이었다.

꿈속에서 나는 휘젓던 팔을 멈추는 순간 아래로 추락해 센
강으로 떨어지면서 잠이 깨리라는 것을 알았기 때문에 최대
한 오래 버티려고 애썼다. 하지만 어깨가 너무 아파서 팔 동
작을 멈추자 바로 아래로 떨어졌고, 수면에 닿는 순간 잠이
깼다.

이것이 내가 꾼 최초의 자각몽이다. 또 한 번은 이런 꿈을
꾸었다. 꿈속에서 나는 사람들에게 감쪽같이 사라질 수 있는
능력이 있다고 자랑했다. 그렇게 말한 뒤 꿈속에서 눈을 감
자 현실 세계로 돌아와 내 침대에서 잠이 깼다. 다시 눈을 감
는 순간 꿈속으로 되돌아갔다. 내가 〈자, 다들 봤지? 마술 같

지 않아? 나는 사라지고 싶으면 언제든지 사라질 수 있어. 다시 얼마든지 할 수 있어〉하고 말하자, 다들 믿기지 않는다는 표정으로 나를 쳐다보았다.

이 책을 쓰기 바로 전해에 겪은 불면증(혹은 쉽게 잠들지 못한 밤들)도 계기가 되었다. 당시에 나는 스마트폰에 수면 곡선 분석 프로그램을 깔아 놓고 아침마다 일어나 전날 밤이 실제로 어떻게 지나갔는지 확인했다.

수면의 다섯 단계를 밟아 역설수면에 이르게 되자 새로운 스포츠에 도전해 날로 실력이 향상되는 기분이 들었다. 그래서 최대한 깊이 내려가 최대한 빨리 수면 5단계에 도달할 수 있게 수면 시간의 효율을 극대화하려고 애썼다.

프레데리크 로페즈가 진행하는 TV 프로그램 「뜻밖의 만남La Parenthèse inattendue」에 출연했던 일도 이 책을 구상하는 데 도움이 되었다. 이 프로그램에서 어린 시절의 나라고 가정한 소년과 전화 통화를 하면서 젊은 베르나르 베르베르BW에게 참 할 말이 많다는 사실을 깨달았다. 나는 무엇보다〈도전하라〉고, 비록 도전했다 실패해도 그 경험이 우리를 풍성하게 만든다고 그에게 조언했다.

1999년에 한 색다른 경험도 내게 영감을 주었다. 나는 클로드 트락스와 함께 바다로 나가 돌고래들과 함께 헤엄을 치다가 소설 속에 등장하는 장면을 직접 경험했다. 흰고래 두 마리와 잿빛 돌고래들이 식사에 방해가 되니 비켜 달라는 메시지를 우리에게 전하는 것을 보았다.

마지막으로 클라인의 병을 빼놓을 수 없다. 나는 그것을 보는 순간〈시간과 공간의 개념을 설명할 수 있는 열쇠〉라고 생각했다. 뫼비우스의 띠에 대해서는 그동안 많이 다루어졌기 때문에 이 책에서는 클라인의 병으로 독자들의 관심을 돌리고 싶었다. 삼각형(『개미』의 수수께끼)이 피라미드(『제3인류』)가 되었듯이, 뫼비우스의 띠를 클라인 병으로 바꾸어 내 작품 세계에 한 차원을 추가했다.

추신 1. 독자 여러분, 다들 잠은 잘 주무시는지 꿈은 잘 기억하시는지 궁금하네요. 관심이 있는 분들은 꿈을 이 책 뒤 또는 제 사이트인 www.bernardwerber.com에 마련해 놓은 데이터 뱅크에 적어 보세요. 서로 꿈도 나누고 꿈풀이도 해주면 좋지 않을까요?

추신 2. 서두에서 여러분께 드린 첫 번째 질문의 연장선에서 두 번째 질문을 드리고 싶어요. 만약 꿈속에서 20년 뒤의 자신과 얘기할 기회가 생긴다면 뭘 물어보고 싶으세요?

추신 3. 모두 푹 주무시고 멋진 꿈 꾸세요.

2015년 4월 16일 오전 10시 21분
파리 라마르크 거리의 카페에서
BW

이 소설을 쓰는 동안 들었던 음악

— 드보르자크의 교향곡 제9번 「신세계로부터」.

— 한스 치머가 작곡한 영화 「인터스텔라」의 OST (이 음악에 영향을 준, 필립 글래스가 작곡한 영화 「코야니스카시」의 OST도 함께 들었다).

— 영화 「매트릭스」에 삽입된 롭 두건의 「퓨리어스 앤젤스」.

— 호주 원주민들의 전통 노래들, 특히 2013년 8월 시드니 오페라 하우스에서 〈디저리두와 오케스트라가 만나다〉라는 제목으로 열렸던 콘서트.

— 우드키드의 앨범 「골든 에이지」.

아멜리 앙드리외(뮤즈), 엘렌 포(자각몽자), 파트리시아 다레(뛰어난 영매), 에리크 앙투안(영혼 마술사), 뱅상 바기앙(명창), 클로드 를루슈(영화감독이자 현자), 질 말랑송(식견을 가진 최면 전문가), 알렉스 베르제(진화주의자), 실뱅 오르뒤로(다재다능한 과학자), 프레데리크 살드맹(의사이자 탐험가), 에리크 자코메티(계시를 받은 작가), 그리고 함께 점심을 먹으면서 대화를 나누는 동안 이 소설에 많은 아이디어를 주었던 기욤 고티에(자각몽 유도 프로그램 개발자).

내 원고의 첫 독자인 실뱅 팀시트, 세바스티앵과 멜라니 테스케, 그리고 『일상의 자잘한 골칫거리들을 위한 사전 Le Baleinié, dictionnaire des tracas』의 공동 저자이자 〈이어 꾸다〉라는 기발한 동사를 발명한 크리스틴 뮈리오, 장클로드 르게, 그레구아르 외스테르만.

마지막으로 햇수로 벌써 25년째 나와 함께하는 편집자 리샤르 뒤쿠세.

위의 모든 분들께 감사의 마음을 전합니다.

「……클라인의 병이 우리에게 가르쳐 주는 최고의 역설은 바로 바깥이 안으로 통한다는 것이다. 외부가 내부로 통한다. 우리를 멀리 데려가는 길 끝에 이르러 우리는 다시 출발점으로 돌아온다. 삶의 완숙기에 젊음의 문이 있다.」

『타나토노트』의 속편처럼 이 책을 읽기 시작했다. 죽음 너머 세계의 신비를 밝히려는 미카엘과 라울, 아망딘이 히프노스 신과 타나토스 신 사이에 위치한 수면 6단계를 발견하려는 자크와 카롤린, 자코메티에 겹쳐 보였다. 각각 죽음과 잠을 전면에 내세웠다는 점이 다를 뿐, 육체와 정신의 관계에 대한 작가의 고민은 20년 전이나 지금이나 변함이 없어 보였다. 소설이라는 허구의 형식을 빌려 과학적 연구 성과를 적재적소에 배치하며 이야기를 이끌어 가는 베르베르의 입담도 여전했다. 전에 비해 무의식이 조금 더 비중 있게 다뤄진 것은 인생의 중반을 지나 후반으로 향하는 작가의 변화를 자연스럽게 반영한 결과일 것이라는 생각이 들었다.

이 책은 20대의 자크가 아톤이라는 꿈속 시간 승강기를 타고 온 40대의 자신을 만나는 이야기다. 아톤은 시공간에 대한 새로운 시각과 접근이 없이는 불가능한 개념이다. 현실에 갇혀 아톤을 받아들이지 못하는 20대의 자크에게 상상력의 날개를 달아 주는 것은 바로 잠자는 시간을 깨어 있는 시간보다 소중히 여기는 말레이시아 세노이족의 자각몽이다. 파리에서 말레이시아, 다시 파리로 돌아오는 주인공 자크의 여정은 한계를 뛰어넘으며 밖으로 확장되다 제자리를 찾아 안으로 돌아오는 그의 내면의 여정이기도 하다. 클라인의 병.

번역을 마치면서 이 책을 『파피용』의 속편처럼 읽었다는 사실을 깨달았다. 꿈은 뇌의 작업이기 이전에 〈현실의 과잉〉을 견딜 수 없는 인간이 만든 탈출구이자 상상력의 산물일 것이다. 〈마지막 희망은 탈출〉이라며 지구를 버리고 다른 태양계에 있는 다른 행성에서, 다른 방식으로 새로운 인류를 만들어 보려던 천재 과학자 이브는 꿈이라는 파피용호에 탑승했던 것일지도 모른다.

즐겁고 유쾌한 독서였다. 꿈을 기억해 내기는 여전히 어렵지만, 〈상상력을 쓸 줄 모르는 사람은 현실에 만족할 수밖에 없다〉는 카롤린 클라인의 말을 떠올리며 잠드는 시간은 예전에 경험하지 못한 설렘을 주기 시작했다.

끝으로 번역 대본으로는 『*Le Sixième Sommeil*』(Paris: Albin Michel, 2015)를 사용했음을 밝혀 둔다.

2017년 5월
전미연

꿈을 기록해 보세요

날짜	꿈

날짜	꿈

날짜	꿈

날짜	꿈

날짜	꿈

옮긴이 **전미연** 서울대학교 불어불문학과와 한국외국어대학교 통번역대학원 한불과를 졸업했다. 파리 제3대학 통번역대학원 번역 과정과 오타와 통번역대학원 번역학 박사 과정을 마쳤다. 한국외국어대학교 통번역대학원 겸임 교수를 지냈으며 현재 전문 번역가로 활동 중이다. 옮긴 책으로는 베르나르 베르베르의 『퀸의 대각선』, 『꿀벌의 예언』, 『베르베르 씨, 오늘은 뭘 쓰세요?』, 『상대적이며 절대적인 고양이 백과사전』, 『행성』, 『문명』, 『심판』, 『기억』, 『죽음』, 『고양이』, 『제3인류』(공역), 『파피용』, 『상대적이며 절대적인 지식의 백과사전』(공역), 『만화 타나토노트』, 에마뉘엘 카레르의 『리모노프』, 『나 아닌 다른 삶』, 『콧수염』, 『겨울 아이』, 카롤 마르티네즈의 『꿰맨 심장』, 아멜리 노통브의 『두려움과 떨림』, 『배고픔의 자서전』, 『이토록 아름다운 세 살』, 기욤 뮈소의 『당신, 거기 있어 줄래요?』, 『사랑하기 때문에』, 『그 후에』, 『천사의 부름』, 『종이 여자』, 발렝탕 뮈소의 『완벽한 계획』, 다비드 카라의 『새벽의 흔적』, 로맹 사르두의 『최후의 알리바이』, 『크리스마스 1초 전』, 『크리스마스를 구해 줘』, 알렉시 제니 외의 『22세기 세계』(공역) 등이 있다. 〈작은 철학자 시리즈〉를 비롯한 어린이책도 여러 권 번역했다.

잠 2

발행일 2017년 5월 30일 초판 1쇄
2024년 1월 25일 초판 41쇄
2024년 7월 25일 신판 1쇄

지은이   베르나르 베르베르
옮긴이   전미연
발행인   홍예빈·홍유진
발행처   주식회사 열린책들

경기도 파주시 문발로 253 파주출판도시
전화 031-955-4000 팩스 031-955-4004
www.openbooks.co.kr

Copyright (C) 주식회사 열린책들, 2017, *Printed in Korea.*
ISBN 978-89-329-2454-0 04860
ISBN 978-89-329-2452-6 (세트)